國家清史編纂委員會·文獻叢刊

# 呂留良全集

⑩

俞國林 編

中華書局

# 呂子評語正編卷三十九

## 中庸

### 君子之道費而隱章

通章只在道體上說。黏住君子便鶻突。

自第十二章至二十章。皆申明道不可離之意。其前後各章。則皆言不離道之功也。

首節

**陳際泰文** 君子之道。有所兩而兼焉者。云云。**評** 隱只在費中。故曰費而隱。以下數章都只說費。而隱之意自見。非有兩片可分也。文竟看成兩片。却又重隱而薄費。說來反似隱而費者。亦復分闢異端。不知正墮入異端之旨也。大約禪學以隱爲宗。以費爲幻。陳王從而廣之。以隱爲宗。以費爲作用。先約而後博。先一貫而後學識。其說又精於禪。足以惑世誣民。而後世有述。萬曆間高顧諸公知其放誕橫恣之非。救之以名教禮法。風節謹嚴。足以力砥波蕩。而及其爲性命精微之論。則仍無能出於其上。而直破其非。卽此文所謂兩而兼焉者。蓋當時諸先生議論淵源本如此。

費隱平舉互舉。固皆不是。卽而字轉側紆迴。亦寫成兩片矣。須知卽費卽隱。

夫婦之愚節

夫婦之愚可以與知。不是說夫婦知道。卽夫婦之愚。道亦不離耳。與知只是萬分中一分。非道之全也。夫婦兩字。只從居室而言。聖賢學問俱從此起。此纔是夫婦之愚可以與知。不是云愚人可以與知也。

人意中但覺聖人天地不能盡處奇，不道夫婦愚不肖之能知行處正自奇，齊聖人天地夫婦愚不肖作一例看，方說得費字完全。

聖人所不知，總要看得極輕，方不說壞聖人分量，不是聖人不求知，不是不能知，却是必有不及到處，在聖人不曾闕少，然在道却自不喫聖人知盡，眞是費也。

夫婦所知能，與聖人所不知不能，總在粗淺細微處看，則兩邊皆圓徹，若將夫婦所知能看得卑近，而以聖人所不知能當稀奇事，便不明語意矣。人猶有憾，不是小天地，只在天地形氣上說也，便是粗淺細微一例看。

釋氏小天地，小之以無，儒者小天地，小之以有，以天地之有礙其無，故小之，此誕妄無忌憚也，以道皆實有，有天地之所不能盡，正見天地之所有不可窮也。

自漢唐以來。二千餘年。二帝三王之道。未嘗一日行於天地之間。此憾之不可釋者也。然其道自在。畢竟殄滅他不得。乃道之費也。陳同父欲以漢唐充當之。則道終亡矣。此非天地之有憾。而人之爲憾於萬世也。故朱子辨之甚力。正以留此憾在。便是道耳。

小原與大一般。總是費也。

以物言之。小與大異。以道言之。小與大同。

詩云鳶飛戾天節

上面說費在廣大無盡處。儘放得開闊。令人茫洋自失。此節又就其中變動流露處提出示人。無所不在。無時不然。當下色色可會。所謂喫緊爲人。活潑潑地也。上面是橫說。此是豎說。上面包羅全體。此是在交接當機。

從氣機交接生動處指出道體流形，最活潑親切。禪家所謂權實照用，使虛空粉碎，始露全身。吾門權實照用，却正在糟粕煨燼無非至教。後來說悟說修，總入鬼國。

自古體道多在靜處，觀道多在動處。

此節即氣化上看出此理之察。

羅萬藻文云云。戈千子：此題形容心體活潑，昭著兩間，方與君子之身相切，見得學者當無時無處而不用力也。專講陰陽化機者，非是。評：通章始終只說道之費，並不在君子身心上看。即文止文中有身心語，然亦言此理之具於身心者，無不散著於上下間，非謂君子以此用力也。兩間無非道之昭著，心體如何昭著於兩間？此千子杜撰謬論，終日譏禪，而不知此說正爲禪所誤耳。

套說卽物見道，頭頭上具，物物上明，作圓通解悟語，乃翠竹眞如黃花般若耳。與聖人之道天懸地隔。實理流行，上下充塞，此中有戒懼愼獨根源在，喫緊爲人，活潑潑地，與必有事焉同參，不是兩重公案也。

信手拈來，無非此理也，須道理爛熟後見此消息，乃眞消息耳。黏鳶魚不得，離鳶魚不得，頭頭上見，物物上明，如此莫又作禪會邪。禪只是處處要見他沒有底，此却處處見得箇實有底，便是天懸地隔。

金聲文　道不可載，不可破，而可察也。下端於夫婦，而上至於天地，可以觀君子察道之妙。○不載大，故鳶不必兼躍，魚不必兼飛；不破小，故鳶不知其飛，魚不知其躍，而飛有得於天，躍有得於淵。鳶精於飛。魚精躍。鳶魚自盡其心力。無所歉於人。而人亦無以傲鳶魚。則鳶魚察也。**艾千子**遠邇高卑。子臣弟友。造端夫婦。中庸教人。都從近處入手。若鶩窮大而失其居。非聖人意也。人至堯許。物至鵾鵬斥鷃。莊生皆以爲逍遥遊。固知鳶魚皆察也正希之論本此。**評**其見處與逍遥遊又微有別。逍遥遊以放散去爲察。此却就上面玩弄精神。要這些子不走作以爲察。所謂彌近理而愈失眞者也。總與聖人之道背隔甚遠。正所云窮大失其居。非從近處入手道理也。千子不知禪。反爲所瞞耳。

君子之道造端乎夫婦節

上面都是將道理攤散了說。或指頭。或指尾。或隨手拈舉。到此下一總結。正是包羅貫串。將上面言語不能到處處處斡補密實。無少欠缺。其著意在造端與及至中間連合一串。無非實地。今人開眼便止見得夫婦天地兩頭。便嫌總結上文複疊無意味。於是力主責重君子體道工夫。硬與章句作敵。也只是無聊之計。

人所以多說做工夫者。以結上文複衍無意味也。不知上文遠近大小夾雜零亂指示。至此結出首尾完全次第。而其中推移充實之無窮。無不包舉。原不是空空複衍也。

只是總結上文。指點道體如此。而體道當然之意。在言外領會。更活潑潑地。

原只指道體。不黏君子。體道意自在言表。

鳶魚節是觸著磕著頭頭都是。隨手舉似。此節是原始要終。全身盡露。語句體勢固不同。然皆就道體上說。申明不可離意。而不離道之功。已在言表。造字察字都非用力字。造端對及其至也察即與上察字同。謂昭著呈露也。故或問辨謝氏察見天理。游氏天地明察。楊氏孰能察之之非。凡將末節說君子工夫者誤也。或謂上察字在上下。此察字在天地上。故義訓不同。試將察字換註語讀之。上下昭著。與昭著於天地。有何分別。若必改天地察天地之察而後可。豈有此文法邪。

註止結上文三字。不是上三節說道而此節責重君子可知。故作體道者說固非。或於空論道後補出君子意亦非。蓋此章只明道不可離。而不離道之意即在其中。看第二節註云近自夫婦居室之間。正指天倫人道之始。則夫婦二字。已具有事業功夫在。不與佛家善男子善女人同例也。知前節夫婦即有居室之間四字。則此節結上文。自應有戒慎中和之意。又何須分作兩層乎。

此節是結上文，依註發揮明了，自然關切。先輩於題後另歸重君子作結，雖於本文不傷也，只是信章句道理不及，巧作狡獪耳。或云申明不可離意，即拈體道說亦無礙，不知其非也。不可離原說道，不說君子，只明道不可離，而君子不離道之功已在言下。此中庸妙於指示處，吾正謂申明不可離，故不可黏體道說耳。

【艾千子】造端猶言下手入門工夫耳，乃君子入道之始事，非謂天地造化之理始於夫婦也。造端夫婦，以見道始於日用彝倫，方是君子行遠自邇、登高自卑，不可斯須離道之意。此夫婦字即此章與知與能，後章子臣弟友、宜室家、樂妻孥、父母其順之旨。非禮始男女，化起陰陽，合生於兩，愛生於欲之謂也。此天地開大道理，與君子入道工夫何涉。【評】千子之言非也。此章總說道體，下八章又就此章節節推明，各有本義，無一複疊，如千子言則下數章皆重出矣。看此節註只結上文三字。則造端及至是就上文兩頭總數包括語。造端非下手入門。及至察乎非成功究竟也。到不遠人章。乃漸推出兩頭輕重來。就人身上說素位章。又就身所處之位上說。遠邇高卑章。方在推行之序上說。自此三章以至問政章。亦只是虛指道理如此。皆以申明道不可離之意。不言君子不離道之功。而不離道之功已在言外。自鬼神章開出誠字。問政章末開出明誠。天道人道爲下半部中庸張本。方是說君子體道不離之實。上半部只講道之費隱末之及也。至夫婦二字。的確宜實發。不是泛當人字用。故註中特下居室之閒四字。鳶飛魚躍。皆指陰陽妙合。絪緼化醇之理。此章全主此意。故下章充之子臣弟友。至遠邇高卑章。又從妻子好合說起。以見自邇自卑之意。脈絡分明可案也。

評家云聖人論道便有責成人功意造端二字當以此為正解非也講起道便說君子之道誰道不責成人功第說話各有次第分章各有本旨不是章章句句要說箇盡也君子之道費而隱依公等言君子如何去費之隱之耶此章本只言道不可離意而不離道之功自見言下其下各章言做工夫處而道之不可離自明章句各有界分不可混也且將造字作功力字則察乎天地又如何去察耶總是不依章句便不成文字其名曰不通不通者講不去也

中庸特下夫婦二字不是泛然天地者造物之大夫婦也故曰天地絪縕萬物化醇男女媾精萬物化生又曰有天地然後有萬物有萬物然後有男女有男女然後有夫婦有夫婦然後有父子有父子然後有君臣有君臣然後有上下有上下然後禮義

有所錯。道理次序如此。聖人功用亦如此。宇宙感應。變化云爲。無不由此。故曰一陰一陽之謂道。中庸特於此章提出此意。下章卽指子臣弟友。與易傳之理相會。昭然可見也。故註下居室之間四字。亦正不泛。然吾舉此說。人多信不及。且有譏笑之者。只緣今人渾身是人欲。而於此尤爲人欲之極。看得曖昧醜褻。不可以口宣而筆書者。不知聖人却看得此爲天理之極大極微處。戒懼愼獨。正於此下手。於此能人欲淨盡。天理流行。則其餘倫物。皆無難盡難通之處矣。

夫婦一倫。人道之始。四倫皆從此生。故聖人於此最重。易首乾坤。詩肇關雎。書載溈汭之試。皆此義也。自人欲橫流。於閨門衽席尤甚。無不以此事爲人欲之私。若不可以挂齒者。不知聖人正以此爲天理之正。禮義之從出。而戒懼愼獨之所必謹。於此得手。其餘更無難治矣。

夫婦二字。是通章微旨。實在居室上講。一陰一陽。至天地而極。故對舉結。不曾徹得太極圖說。不能精實言之。

從夫婦二字推其極曰天地。此天地只貼夫婦本義講極精。造端乎夫婦至察乎天地。此舉兩頭而言。中間無處不充滿。正無空隙。如鳶飛魚躍之屬。包括在及其至也中。

夫婦天地只說兩頭耳。其中處處有理會。步步有境界。俱包裹在裏。

不是離小為大。只總籠看便是。及其二字。原根上句來。

隨處皆是。故曰察乎天地。看鳶飛節自見。

言天地中間無處不充滿也。非空指天地兩位也。

天地亦道所察。亦道所察之一端。見到此。則於理氣先後分合之理釋然矣。羅整菴一生疑團，今日如桶底脫。

子曰道不遠人章

詩云伐柯伐柯節

他處詩辭點掇得，此處詩詞點掇不得。略加一兩個虛字便侵下故也。

執柯三句，是上文轉語，又是下文興語。

此節書之奧摺，全在說詩一段，有雪隱鷺飛之妙。

已不可云遠矣，然以爲猶遠者，由其胸中自有極不遠者在也。此猶字正與毛猶有倫猶字相似。

抑其過跂其不及，無過不及爲中庸，中庸人道也。於第一個人字提闡分明，直將此字當中庸二字，而天命聖教皆貫其中，乃得淵源。

陳子龍文道本自然。然而有不能自然者。君子不幸而生於人之後也。評君子生於人之初。亦不能自然。生於人之後。亦妙合自然。何不幸之有。文吾觀君子創立紛紛。要使其足以爲人而已使其初未嘗有變。豈非始終自然乎。評生人之初卽是變。至今始終亦自然。此皆異端不知道而以太上爲言也。○通章總爲道不遠人四字發明。以人治人。謂卽其人之道還之。非以我之人理治之。所謂以衆人望人。卽以人治人中此意已足。不必到改而止方說著也。以人治人改而止。正要人人各盡其當然。不令其遠人以爲道耳。非是使之至於安逸便利而已。文中以自然爲道。故於書旨不甚淸切。

自己要做聖賢。謂人只消將就。此緣解以衆人望人一句不出。翻入薄道也。夫萬物皆備於我。惟聖人然後可以踐形。固不可以該庸衆。然民可使由之。如爲子之必於孝。爲弟之必於悌。豈可云不至於大不孝大不悌便已邪。正緣此理是人人固有之良。無不可能之事。故人皆可爲堯舜。不是孟子權術誑語以衆人望人。只中庸而已。中庸盡處便是聖人。莊周謂絡馬首。穿牛鼻。人也。然牛首必不可絡。馬鼻必不可穿。豈非天乎。以人治人之義。只如此看。

**施聞章文** 人既自治矣。而君子猶多爲治。如誘以禮樂。董以兵刑。云云。**評** 纔見以人治人。不是將就便了。然實非分外事。匹夫亦有治人之道。

萬物皆備於我。我者人之本也。盡人性在能盡其性。然則云以我治人何不可者。只爲人人理一。而人人分殊。若以我治人便有行不通處。譬之言孝。則我與人同該孝者。然其所以孝。則甲之所行。不可以施之於乙。故甲乙各盡其事而同歸於孝。乃所謂道不遠人。看一個人字。便見道理是公共的。故曰本天。可知外面道理。無非我裏邊道理。陽明謂事父不在父上求個孝底理。事君不在君上求箇忠底理。都只在此心。心卽理也。不知事君父。不於君父上求忠孝之理。則雖有忠孝之心。而其道有所不盡矣。程子謂在物爲理。處物爲義。其義極精湛。民澤不知而改在心爲理。亦卽此謬。

金聲文　今之學道者。皆以爲實有一物焉。可藉以治人。何拙也。評　禪家這些子又不是邪。但不欲以道名耳。他黏著道理便怕礙。

文　吾不能治。不能改。吾自不能爲人矣。雖道何濟焉。評　不能爲人者。正坐不能知道耳。文　吾以人治人。以人改人。人之心思力量。蓋已確然其可以自理矣。又於道何藉焉。評　豈道果另一物邪。正所謂爲道而遠人之言也。以人治人，言卽以其人之道治之耳。不加道字，是文法偶爾，非謂必不可以道治之也。卽在人字發明全義，不必增出道字。此已是萬曆閒最陋講究，然猶止在文法言。今必欲提闡不是以道治人，則是異學要去理障，而其所謂以人治人者，亦幷非聖人之以人矣。

以人治人句，原可兼人己，故語錄云我自治其身，亦是將我自得底道理自治我之身而已。史伯璿以爲因上有君子字，則似人字對君子言，故章句以此爲君子治人之事，其說不盡然也。章句只因改而止三字費解，故云爾。

忠恕違道不遠節

此忠恕是說學者事。

有聖人之忠恕，有學者之忠恕。論語夫子之道，聖人之忠恕也。此章不欲勿施。學者之忠恕也。由學者之忠恕做到聖人。便與道合矣。故彼曰夫子之道。而此曰違道不遠也。

**歸有光文** 忠恕者求心之術也。**評** 求仁求道。獨不可只言求心。施諸己二句。註中直云忠恕之事。或從恕字單出者。非也。忠恕與道有分合。忠與恕又有分合。施諸己二句。與忠恕又有分合。要各疆界絲毫不混。然後貫通渾一處完全無間。施諸己二句。似只說得恕。而忠行乎其間。此中賓主次第。煞有義理。蓋脩道以仁。求仁以忠恕。忠恕之體用。固忠先而恕後。而兩者推行用力關頭却在恕邊見。恕可見忠。忠不可見恕也。如此節節推去。其分合之故。亦瞭然意象矣。

君子之道四節

惟夫子謙詞最難體貼。若老實說未能。則無夫子身分。若說夫子本無不能而姑爲謙讓之言。則是不誠之尤。愈非夫子身分矣。要見聖人毫無閒然。而所謂堯舜病諸者竝行不害。方是善言聖人。

上四段自責未能。庸德之行以下半節。是美君子以爲法。故章句於此上用反之以自責而自脩焉句束住上文。而末句用君子之言行如此。纔下半節。若此處一滾直下。則末三句竟是曼倩割肉自責乃反自譽矣。且言顧行二句前後又如何闖入君子邪。

**楊以任文**凡人不可一世之意。不得不爲父而低徊。**評**此意好的。則豈爲父貶此意不好。豈勉爲父禁。**文**天下無可奈何之說獨不可用於人子。**評**此說用於臣則弑君。用於弟則戕兄。用於交遊則賣友。豈獨子不可用哉。**文**有兄有弟而形氣分矣。有兄有弟而妻子故紛矣。評兄弟多故原於此。文分者翕之。紛者樂之。皆於弟乎責之。評兄固有道。能弟則能兄矣。文止問吾何以子兄也。寧計兄何以與我也。評程子解無相猶矣義謂只相好。不要厮學。正明此意。文施報起而情衰。先後明而誼薄。友所以不古也。評此乃老莊之見。施報如何不起。先後正慮不明。文事父事君事兄之君子。朋友固其後者也。評事親當知人。獲上在信友。原無後之理。文賢人傑士。天之所以遺天下。而吾得之以爲友云云。評何必如此說。即一介下士。誼亦如是。不然。尋常鄉黨閒便當後施邪。文脫友謂我能。而我不能。則責友實甚。評我許之而不能。以此之責則可。若此言。則友不知人耳。何以狥之哉

陳百史當觀其聖論與後世情事夾雜成文處。評後世情事。未嘗不可發明聖論。但須以聖人之義理爲把柄耳。今其胸中有

最上一著。則斷絕情緣本無往來爲之宗。而於世閒法又不求事理。但取血性猝亘意氣激烈爲之用。故其夾雜成文處。皆與聖論無涉。

難體貼在下半節。上四段正在自責。忽然接出庸德二句。中閒更無轉遞。故拘語句者多主順勢直下。說在聖人自脩身上。自謂得口氣。不知到末句畢竟直下不得。從新費起周折。仍舊增添語句。則於口氣仍未嘗得也。看註中以自責自脩一句畫斷上半節。後繳言君子之言行如此。總指下半節。則未能也之下。庸德之上。中閒自有一段意思。

自庸德之行至末句一氣直下。只是說君子。讚君子。而責己自勉之意在其中。看末句只稱美君子而止。言外神味無窮。

**顧麟士** 蓋嘗妄論此節。自庸德之行二句以下。當急口讀之。君子二字文法爲倒出。評註於顧行顧言下云君子之言行如此。則上八句自然一口急遮。君子二字爲倒裝文法矣。麟士何得勦冒爲妄論邪。楊子常饒氏謂夫子責己以勉人。前四語是責己。庸德以下是勉人。細讀胡不語氣較合。評庸德以下總是說君子。而自勉意在其中。既以自勉則勉人固不必言矣。饒氏之云。徒生支綴。

末句本緊指庸德以下六句。慥慥只就行德謹言說。非統贊也。亦非從言行勘進心神一層也。

慥慥不專指心。是指言行數句而言。

慥慥二字。直從庸德句貫注下來。君子一句是倒裝文法。不是到此方省得是君子而歎美之也。

君子素其位而行章

首節

位字極有定。却極無定。君子素位之道。立乎位之上。故能止乎位之中。雖所處只一位。而凡位之理無不備。纔能素位而行。故下文曰無入不自得。朝爲耕農。夕爲天子。其素不二也。從過去未來顛倒回互。看出止有一個現在之位。從周流六虛變動不居。看出君子止有一個素位之道。方說得聖人全體大用盡。

不願乎其外不字。須斬釘截鐵始得。纔說得含糊游移。便是秀才胸中卑汚志趣流露周旋耳。且不字有兩義。一是有義不可妄求。一是有命不可必得。然此猶就下一等人說。惟直窮到義利公利之關。此纔是不字眞實本領。

素富貴節

無入不自得。不是從世情轉身。隨波逐浪。袒裎而入裸國也。或問謂無不足於吾心。此纔是自得眞實詮解。不然。默而識之。是識個甚。無入不自得。是得個甚。却不反爲僧總駁倒邪。

在上位不陵下節

此節專說不願外。怨尤病根。總在願字生來。要不願先須正己。念頭一鞭辟向裏。則内邊自有汲汲處。外邊無非坦坦處。故曰無怨。怨尤盡泯。則不願外可知矣。中庸於無怨下又加怨尤二句。正爲願外者搜根刮骨。將怨字萌菱斬盡。無字全體光瑩。乃見不願外極頭。

首四句上下。卽大學之上下前後左右相似。不止在出處一項說。己字從外面求人四圍逼攏看。眞見得外無可願處。只有正己忙耳。

只重正己二字。不求人。卽上文已見。所以能不求者。惟其己在也。

所以不得求者。惟正己之爲急也。然正己又正要不求於人。不求於人。乃見其正己之盡、工夫鞭辟到一路。如此看。而字一轉更覺有味。

不正己之不求。不算不求。

**黄淳耀文** 就物以求勝。必逐物以成移。是其中本無棲泊之所。而其外隨之也云云、**評** 從爲己爲人分際。針砭學人立心隱微深錮處。不啻血流涕湧。惜講到正己眞實工夫。却只成空架。不得不遁入高玄一路。可知陸子靜講科舉義利之說。亦能使聞者感泣。而無解於其黑腰子之魔也。故學者須步步向切實處討下落。不然。終不免陶菴所云其中本無棲泊之所耳。

故君子居易以俟命節

**歸有光文** 世惟營營於外。而所以自視者常不足。是以覬覦於非分。而責之天者無厭也。【評】看今人營營。只是自己看得輕賤。全靠外邊做貴重。畢竟外邊如何貴重得我。

變動不居。無非居易。

居易不是泰然無爲。

直到樂天境界。都是居易。

二氏之曠達。非君子之居俟也。

子曰射有似乎君子節

本文只論射。不推勘君子。

孔子只論射而比之君子之義。子思只論君子而比之孔子之論射。各人倒說不得。

夫子自言射。射是主。中庸引言君子。射是賓。

聖人絕大本領。止得一個反求。從人所不見。不媿屋漏。直到無聲無臭上事。更無別樣方法。蓋反求則循理。循理則步步著實處處精細周到。與世間走空闕捷之學。直是天淵。反求直是聖人立命之功。

君子之道辟如行遠章

高遠卑邇指兩頭。兩頭都是道。此費隱章義也。高遠却即在卑邇此不遠人章義也。高卑遠邇。各有本分所當盡。不得居卑邇而妄騖高遠。此素位章義也。以上數章皆在兩頭定處盡處說。此章却就卑之於高。邇之於遠。中間推行交接上不定不盡處說著力在首節兩必自。言道之高遠無窮。而爲之有序。只在卑邇上用力。逐步積趲上去。行得一步卑邇。便到一步高遠。卑邇不定。高遠亦不定。卑邇不盡。高遠亦不盡。只看詩言妻子兄弟。而聖人謂其道已及父母。由此推之。可見步步有高遠。步步在卑邇上做自然高遠即如到了父母順又不止於父母順乃所謂序也惟其高卑遠邇無定位亦無盡頭故不可質言而引夫子說詩做個話頭指點令人自悟此註中意字之妙然皆指實事實理非虛弄機鋒也人只看見兩頭不曉得中間實地故意字都落影響

自道不遠人至此三章皆近裏就實指示學者用力處以發明費隱章義然各章主意不同道不遠人因上章說道體恐人求之闊遠故指向身心上來素位章是就地位上言此章是進道推行之序其義絕不相蒙作此題者動云高遠即在卑邇之中但求之卑邇而自得說話未嘗不是然却是不遠人章義於此全沒交涉也不遠章道只在人身日用是說兩頭盡處此章遠邇高卑是說中間逐節次第處走得一步卑邇便得一步高遠迆

邐推去節節如此。無定位。亦無住處。全在行登二字上說。著力在自字。故引詩及子語。是偶舉一事做個影子。令人言外自得。章句下一意字。亦是吃緊爲人處。活潑潑地。若但說道在卑邇又何必於不遠人外疊牀架屋乎。

首節

遠邇高卑。只在行登處說。

此不是說兩頭。說兩頭中間逐步推移處也。

著力在兩自字。求道有序。要到彼。必由此。步步由卑邇。步步到高遠矣。故謂高遠自高遠。卑邇自卑邇者固非。謂卑邇卽高遠高遠卽卑邇者亦非也。

行遠自邇。登高自卑。自是道中自然之理。不是君子立說如此。

詩曰妻子好合二節

詩原只說妻子。以及兄弟。以及室家。但在下面推說。夫子忽然移到上面。正於不講順父母而下面工夫足。自然到了上面。此註中所謂以明行遠自邇登高自卑之意也。若從要順父母推出所自。便失神理。

和妻子宜兄弟而父母順。嘗謂三代以下。如浦江鄭氏規範實存得此理。歷宋至今。不特有家者之所無。即有國有天下者未能或之及也。曹月川先生夜行燭。未嘗非孝子之用心。然終有自見得諭親於道意思在。

附妻子好合二節文

道有漸進之序。可於詩與聖言喻之矣。夫詩言兄弟而溯及妻子。夫子因詩之言妻子兄弟而又及父母。皆無高卑遠邇之見也子思則曰。此與吾自之說相發明矣。嘗謂道無對待。而有對待之象。道無層累而有層累之形。此皆從學者之漸進而生者也。對待者漸進之極際。漸進無盡則對待亦無盡。故終身由之而不至也。層累者漸進之近功。漸進不已則層累亦不已。故當境求之而即得也。即得者實得焉。斯不至者亦馴至焉。此其故虛擬之。亦可實證之。全舉之。亦可曲喻之。如吾言道而有遠邇高卑。而對待之象視此已。行與登必有自。而層累之形視此已。然而過焉者。立一高遠之境以求之卑邇之中而不可得也。則廢然返矣。即不及焉者。守一卑邇之説以求夫高遠之忽至而不可得也。則亦廢然返矣。何則是猶見於對待而無見於層累也。是猶見於層累而無見於漸進之實也。無已則與觀於棠棣。棠棣言兄弟也。言兄弟而忽及妻子矣。言妻子而又及兄弟矣。則又觀於夫子之讀棠棣。棠棣言兄弟。兄弟已也。言兄弟及妻子。

妻子兄弟已也而夫子又忽及父母矣是説也可以喻道矣天下一事必有一事之理而一事之理既盡則必有不止於是之用萬事必有萬事之推而萬事之推無本則亦終不得彼此之通今夫妻子合而兄弟翕焉妻子若卑邇也兄弟若高遠也兄弟翕而室家宜妻帑樂焉兄弟若卑邇也室家妻帑若高遠也妻子合兄弟翕而父母順焉妻子兄弟若卑邇也父母若高遠也由此推之當其未合與翕必有所以致是者妻子兄弟未可以爲卑邇也及其既合與翕以及於順已必有不止於是者父母又不可以爲高遠也若是乎高卑遠邇之無定位而行遠自邇登高自卑之必有實功也道之有序亦若是而已矣得其意而通之妻子兄弟父母皆道也而皆不可以盡道也何也就詩人言之妻子之道也兄弟之道也不必其爲父母之道也若以

爲父母之道有不盡於此者矣。就夫子言之妻子兄弟之道也。父母之道也。不必其言君子之道也。若以爲君子之道又有不盡於此者矣。然而有順推之勢。無逆施之理。有不期之效無失實之功。大略然也。然則君子之道又豈外是哉。

子曰鬼神之爲德章

此章是兼費隱言。從體說到用。從用指出體。不似他章但言用而體在其中。

前後章俱從費指隱。此章指微之顯。於合散往來處看。故曰兼費隱。

此下三章皆推庸行之極至。庸行從子臣弟友節來。正是人道之費處。其本則在誠也。故哀公問政章達道九經歸於一誠。亦是包費隱言也。

首節

鬼神兼事物身心說方盡。

鬼神之德。正在這曲伸機緘上看。

視之而弗見節

此節三句纔盡得虛實二字。到極虛處無非至實。故虛實只是一個。釋家言色即空。空即色。却看成兩件了也。

**陳際泰文** 鬼神者著於無形而體空。故大空不可遺。著於有形而體萬物。故萬物不可遺。**評** 問體空之說如何。楊子常稱其無形亦體。深於易性理。是否。曰。此正不懂易性理也。世間無空。空即天也。天即物也。曰體物。則無非是矣。不可謂體空又體物。體有形又體無形。如此則是有無已判成兩也。故曰大易不言有無。言有無。諸子之陋也。且其看物字只作形器之屬。不知事即物

也天地開變化遷流與人事動作云爲皆物也此有何形然無非鬼神之所體也

章世純文天下聲無於目色無於耳而以氣行者竝無於耳目評耳目便以氣行文若鬼神亦無於人之耳目而原非無於自體者也評耳目即自體文有形者必有隕落有聲者必有消寂苟有隕落有消寂則其體不堅而其有不實至若鬼神窮年窮世而必無壞滅者矣其有乃不更實哉評隕落消寂即是實有窮年世而無壞滅以有隕落消寂者故文賓以肆祀則能通其感應伺於善淫則不失其禍福昭昭乎爲物司命云云評此等見解不但儒者鄙之亦爲禪子所笑依他說物外另有個鬼神安得謂之體物哉他只道依草附木憑巫降乩者是耳若謂無形者乃能不壞滅此方謂鬼神則諸有形而有隕落消寂者又是

何物。蓋其所見之粗也。不出天堂地獄輪迴冥報之各有主司。其精者則不出有物先天地。無形本寂寥。能爲萬象主。不逐四時凋而已。秀才肚皮都是這一家道理充塞其中。聖經賢傳如何得入。

**又章文** 鬼神之才性。好何善而察惡云云。**評** 予有老友。每呼人爲鄉光居士。或問之曰。鄉下光棍也。何以稱居士。曰。凡鄉下光棍必爲僧人募施漁利。必拉佛會放生講感應篇果報造神鬼靈顯誕妄以動村俗。故云。聞者皆笑傳其言。不謂文人亦止得此鄉光居士識見也。

使天下之人二節

第三節是祭祀中見鬼神體物處。引詩節則體物中見其不睹聞之隱。末節則又轉指出來。反覆説盡費隱。

羅萬藻文凡人皆具鬼神體而不宜更作鬼神念射度二一念但觀其歧未觀其體評其意晧照下誠字謂鬼神即在人心更別無鬼神此義在上文兩節內發或末節後推論則得若此兩節實就祭祀之鬼神使人畏敬恍忽處見鬼神之妙未及歸重人心也謂鬼神之精靈即在人心敬畏處見則得謂人心外更無鬼神則不可引詩言不可度矧可射亦正證歎鬼神使人畏敬恍忽之妙非戒人之詞也即戒人射猶可謂戒人度更說不去矣要之通章原只在理上說不在心上說即末節誠不可揜誠字亦止謂陰陽合散無非實者指實理不指實心也後此指出人心常實又是言外義不可反客作主文有道之世其鬼不靈其神不傷即其隱隱體物者是也若以爲人而別有鬼神使之是衰世之鬼神也評鬼神使人祭格之理不分盛衰之世皆然衰

世多幻妄之鬼神耳。盛世之祭祀。豈無鬼神哉。其意欲專指人心。反昧書理。

鬼神使人盡其誠。鬼神之理誠也。人以誠格鬼神之誠。人心之誠也。兩邊道理缺一邊。便不見下誠字全義。祭祀之鬼神。鬼神之一。鬼神之誠。誠之一。

夫微之顯節

易曰一陰一陽之謂道。記曰一動一靜者。天地之間。陰陽動靜之妙。全在四個一字上看。鬼神亦只是此理。全在屈伸至反處。最是天地間靈機妙用。極杳冥恍忽事。却無非實者。乃所謂誠也。自無之有是誠。自有之無亦是誠。單說一邊不得。微之顯。從上文祭祀指出誠之不可揜。非謂鬼神之德只在昭著處也。

此字雖承上文來。然夫微之顯誠之不可揜九字。是統言鬼神之理因祭祀指出，不止說祭祀也，天地閒風吹草動，無一非鬼神，人身上動止云爲，無一非鬼神，中庸從祭祀指出鬼神，從鬼神指出誠字，其旨甚精，若黏煞祭祀，則受訓詁之蔽矣，章句云不見不聞隱也，體物如在，則亦費矣，費卽顯也，隱卽微也，

微顯二字作兩截說，便無之字矣，若只作微顯無閒寬套話頭，又是顛倒說得，非微之顯也，

費而隱而字是推入，微之顯之字是推出，一順一逆，皆是併說，其實有便是誠，

黃淳耀文顯者之不可揜如此也，鬼神之體物也，微者之所以不可揜如此也，誠之體鬼神也，評細看欠安，微顯分誠與鬼神，不得誠體鬼神，乍讀似可喜，乃程子所謂只好隔壁聽者也，

歸有光文維天之命，於穆不已，上天之載，無聲無臭，而爲屈伸，爲

往來是固有不能自止者而發揚昭著之如此信乎天地之貞觀隨在必察而所謂物與無妄者於此得之矣【艾千子】誠字卽鬼神之德也鬼神之德卽天地之化也依先輩作文何等直截停妥【評】鬼神之德卽說鬼神不分兩層故註云爲德猶言性情功效不云德卽誠也蓋鬼神之德無非實有其實有者乃誠也天地之化只是鬼神其實有是化者誠也鬼神之德只在氣上說維天之命上天之載從理氣合一原頭說出誠字鬼神亦包舉其中此太僕之妙於言誠也若謂其仍指天地之化則失其理矣於此見于子於此理猶隔壁聽在

就鬼神指出誠不是說鬼神卽誠也誠是理上事鬼神是氣上事鬼神只氣耳所以爲鬼神卽理也此中分際不知其二卽不知其一羅整菴知理一分殊之妙而於理與氣二物處尚有疑礙則

猶未達此關也。

艾南英文今之論鬼神者，非意其爲誕，則駭以爲怪，不知天地閒實有此消長之理，則實有此消長之氣。評所謂實有者，即誠也。文自其氣之合散謂之鬼神，自其合散之理謂之誠。評其實有此合散者，即誠也。文誠之靜而鬼生焉，誠之動而神生焉，其一動一靜者，誠也。評一動一靜者道也，鬼神之德也，其實有此一動一靜者，誠也。文物得誠爲始而來而爲神矣，物得誠爲終而往而稱鬼矣，其能往能來者，誠也。評能往能來，其能只是鬼神，實有此能，則誠也。文疑鬼而疑神者，總之有形之屬。評無形者亦是。文食陰陽之實理以成其聚散，近取諸身，遠取諸物，皆是也云云。評如此，夫三字原統結上文，正當從上面精粗大小兩頭說個盡，但須見得合一處耳。於鬼神看得精者太精，粗者太粗。大者太大。小者太小。勉強牽合誠字。總屬影響。要之他看誠字先不甚確。若云理之不可揜如此夫耳。理非誠。實有此理乃誠也。

全部誠字有二義。在天地爲實理。在人爲實心。此處誠字兼二義言。

誠在天地之間爲實理。在人爲實心。必有此實心。而實理始爲我有。仁孝而饗帝饗親。非禮勿視聽而聽明正直。上蔡所謂要有便有。要無便無。鬼神至誠之理盡此矣。

葉龍泉謂人物明而可見。故先言費而後言隱。鬼神幽而難知。故先言微而後言顯。愚以爲亦無他。都從氣上指理耳。鬼神氣也。人心亦氣也。天地之氣。惟鬼神最奇幻。人之氣。惟心最神靈。皆若杳冥恍忽不可測。而其實止一理爲之。誠而已矣。然則天地問孰非誠之爲乎。

天地間至荒忽難信之事無如鬼神然皆實理之所爲實心之所有則天地間事理無一非此可知此是中庸第一個誠字却從鬼神說起煞有妙義。

鬼神而實天下無不實者此意看得分明如此夫三字自活。

以前都說昭著處就事物實象言見天地間無非此理忽說到鬼神是恍忽無形之物而昭著如此漸引向神明不測就人心內言爲下半部誠字張本於此實見得個道理如此夫三字指點語意百倍精神。

異端件件歸虛無任山河世界皆爲幻妄聖學件件歸實有任靈奇恍忽皆爲日用誠者實也有也舉天下事物之實有皆可信。惟鬼神最渺茫難信此處看得實有則天下無事物非此理矣。

此中庸言誠發端於鬼神意也。鬼神非即誠。即事物中運用其實有則誠也。須見得分明。

中庸至此章方露誠字。鬼神從上章高遠來。蓋高遠莫高遠於鬼神。鬼神亦實理所爲。則無所不實矣。釋氏以三界法象。一切歸之於虛無。吾儒以變幻幽渺之事。無一不本於實有。故人以釋氏爲知鬼神。不知惟吾儒乃知鬼神。釋氏之所知。非鬼神之正也。看透借鬼神楔出誠字之旨。離鬼神說。黏鬼神說。兩層精義都得。如此夫三字。指天畫地說來。其聲未寂。

呂子評語正編卷三十九終

呂子評語正編卷四十

中庸

子曰舜其大孝也與章

夫子只就舜孝而極其至。中庸論庸行之至而引夫子之論舜孝。章句云此由庸行之常推極其至。正從前十三章末節庸德中來。子臣弟友皆庸行而孝爲大。故引夫子此言。

大德即大孝。大孝即庸德。庸德即大德。初非兩件。孝本庸德。如舜之孝做到盡處。便是大德。凡聖人未有非孝者。然其德之所重不在孝。亦如伯夷非不不念舊惡。然畢竟是聖之清。柳下非不介不可易。然畢竟是聖之和耳。惟舜之孝爲凡聖人所不及。故其德莫大於此。論舜聖人之德固不止于孝。而大德惟孝。即他處論舜德亦不專說孝。而此章大德却專說孝也。俗說反云德以受命而成孝。不是孝以成德。于中庸之意却相背。看總註由庸行之常。此指孝而言。本也。推之以極其至。此指德爲聖人以下而言。末也。大德必受命。言凡庸行之常。苟能充之至其極。皆可以爲聖人而受天命。此是中庸以道不遠人勉人之意。如俗說則反德爲本而孝爲末。則必爲聖人而受命。乃可以爲庸行之至。非中庸之旨矣。

章意只就說孝。大孝必得天。所謂推庸行之極以見道之費也。大德卽是大孝。非所以爲孝者。後人推重德字。反看小了大孝。失中庸引證之旨矣。

章意由庸行之常推之以極其至。舉舜做箇樣子。自古以來聖人止有帝舜渾純是一孝做成底。觀虞書四岳薦舜升聞陟位。只是一孝。以孝做到聖人。以孝做到天子。以孝做到富有四海宗廟饗子孫保。如此說來。方合章意。時解輒云以聖人之德孝其親。以尊富饗保孝其親。道理便倒。與章意不合矣。如必尊富饗保而後爲孝。是孝非庸行也。以此卽爲孝。則秦漢唐宋諸君皆大孝乎。若云善則歸親。以聖人之德孝其親。則古來聖人皆是。何獨指一舜耶。知此則首節德爲聖人句。與下四句平列亦見下節提出德字亦見。不知此。側重非。平列亦非也。

論章意舜只做一樣子耳。次節已結住。第三節便推開通論矣。許東陽謂次節卽泛言理之必然。此則太驟。看註舜年百有十歲。則此節正結上起下之詞。熟讀白文數遍自見。乃有謂通章只就舜身上說。不識何據。或曰出存疑達說等書。吁。此余向欲盡去天下講章也。講章之說不息。孔孟之道不著。

講章一派。起於元儒。盛于正嘉之閒。如世俗所稱蒙存淺達之類。

拘牽破碎。影響皮毛。於聖道毫無所見。而自附傳註之宗。其去漢唐訓詁已不啻萬里。至若時下坊刻所行說約等書。其鄙倍又過之。此不但道理之賊。亦文字之賊也。

首節

聖人未有不孝者。然聖人多不只以孝做成者。只舜之聖以孝成故曰大孝。

俗解謂舜以聖人之德。并諸福以成大孝。然則堯禹文武何嘗不是。其所以獨推舜爲大者。自古諸聖人以孝爲其聖中之一德只有舜一生單就一箇孝便做成聖人。做到有天下。此爲不同耳。其也與三字。正要看得非舜不足當此乃得。

大德必受命。通章即此一意推詳反覆以見庸德之極。其用廣如此若謂德爲聖人以下是舜以此孝其親故稱大孝。則與下文自爲矛盾。末節當云必受命者爲大德矣，豈其然乎。此謬實始于陳壽翁許白雲。而後之講說者因之，失朱子之意遠矣。

許白雲謂大孝句是綱。下五句是孝之目。此句便錯。陳定宇謂德爲聖人以下皆是推極其至。似矣。如何又云德爲聖人尊富饗保如此。豈不可爲大孝乎。然則定宇之所謂極其至。亦是倒看。不知德爲五句。卽下文祿位名壽受命同。皆所謂極其至也。或曰如子言。則德爲聖人句。應與下四句分出矣。曰。不然。此德字與後德字異。卽下節必得其名。名字之意。言其以孝成聖人之名也。故下文德字上加一大字。便是大孝替身語。與此德字分別矣。如此然後知首句是庸行之常。下五句是極其至聖人句原當平列。提出不得也。

此章由庸行之常推之以極其至。孝。庸行也。舜却由此庸行造到極至以此爲聖人以此爲天子有四海宗廟饗子孫保惟其孝爲大孝故必受命如此德爲聖人言其以孝做到聖人卽下節必得其名也看堯典有鰥在下一段廷臣薦舜之詞只說得孝行一節未嘗旁溢他語卽所謂玄德升聞也至禹謨益贊禹曰惟德動天也止述齋慄允若以爲至誠感神可見舜孝德之大與他聖之孝不同今說者必云以聖人之德孝其親且以德字爲所該者廣不止孝之一事是小看了舜孝正與由庸行而推極至之意相反矣

舜之德爲聖人止一孝成之看典謨所稱自見

唯舜之德爲聖人純自一孝做來故中庸獨舉之

只是以孝爲聖人不是以聖人爲孝

五者俱是孝所極不是以五者爲孝

徐闇公德爲聖人是全句尊爲天子非全句評德爲聖人五句一例安得有全句有非全句五句只合平看總是舜之大孝所致此節只重大孝即下文大德字也德爲聖人句止取聖人二字德字不重提重德字貫下四者固非即五件平列不知以孝之德爲聖人而云以聖人之德孝親便是孝外别言德連下文德字俱泛不切庸行之旨矣章中四箇德字下面三箇德字一例與受命對看爲主爲綱者也首節德字又一例與尊富饗保並列爲賓爲目者也直當平舉不當特提蓋五句總以孝而致非以此爲孝也或謂孝爲聖德之大端非德止於孝其說似是而非若泛論聖德自然孝爲大端而不止於此中庸此章却只論孝故所謂大德令德皆專指孝而言所以只舉箇舜不是他聖無孝德也他聖不似舜單以

孝成名有天下而備諸福耳。夫言豈一端而已。夫各有所當也。

陳際泰文舜之所宗者堯也。則謂己之祖宗何。評祖宗原不改。文舜宗堯既得堯之天下。遂奉堯之先。則後之人宗舜既得舜之天下。亦必遂奉舜之先。評全以私心說壞聖人。舍其祖宗而認人祖宗。而又冀他人以之爲祖宗。而皆以天下爲餌。豈復成聖人乎。唯和尚法嗣則然。然則和尚皆大孝乎。況舜只受命文祖無奉堯之先之事。文舜受堯禪。其子孫不失爲大國之君。則禹受舜禪。子孫亦當不失爲大國之君。評此義不甚悖。然不失大國之君。以大孝之德耳。豈以禪人爲子孫之保哉。○饗保之福。皆舜大孝所致。中庸推極其至以見大德必受命。舜意計中並無此事也。如大士言。舜切切爲饗保計。而宗堯禪禹以圖之。不但誣聖亂道。說得大舜亦太拙甚矣。其說之謬。總由錯認德爲聖人以下五句皆所以爲大孝。而不知爲大孝之所致。思必得饗保以孝其親。則不得不宗堯禪禹。陰曲以圖之矣。自好講權用。因謂聖賢亦猶人耳。文人不明書理。憑臆妄論。每有此害。曰天子天位。乃四海公家之統。非一姓之私。三代以上禪授。其受終祖宗。皆指天位相傳之序。非爲人後之義也。爲人後。從父子倫出。天位傳授。從君臣倫出。只因夏殷以後家天下。君臣中又兼父子之義。故其禮制又不同。要之七廟之設。皆三代之禮。與唐虞廟制義自別。不可以後世之法論古初也。

故大德必得其位節

大德者。大孝也。非根德爲聖人句泛說德也。脫了孝字講。便與全章大意不相關矣。

此節緊貼舜講。下文漸說開去。得名卽指德爲聖人得壽固是年

多。而宗廟饗。子孫保。亦卽其事也。故此節大德專就孝言。名壽
皆歸本於此。一句泛論不得。
此節大德指大孝。末句乃推廣庸行言之也。

故天之生物節

因材而篤。兼下兩句說。
材字兼栽傾。不可對德字。栽乃對德也。

詩曰嘉樂君子節

此是引周詩。不是證周事。詩本指周。中庸引詩却不指周。時文未
免說做中庸亦引來指周矣。

艾千子 引詩一段宛然有尊周德。頌文武。原周所以受命之意。評
此論不然。此章專就舜說。下章專就周家說。總以明庸行之至
以見道之費。虞周都是引證耳。雖大意未嘗不關通。然各自話

頭若謂引詩爲下章鍼線。則文王之詩及周頌中言周家受命語甚多。豈不更明切。而引此泛用之辭耶。詩言君子。不指文武周公。而引詩者欲借以指文武周公。不太費分疏周折耶。通章只在舜論。不必增出周來。到此原是説舜。與周無涉。

**陳子龍文**舍帝王之名。而君子是稱。何其大雅深長也。**評**此説陋甚。帝王尊號。秦以後事。詩中多稱君子。豈獨嘉樂也。

**金聲文**天之祿君子也。其因在德。而所以然之故。不徒在德。德亦一人事。一人了一人之局。天必無此隆施也。**評**宜民人正是德之應。德豈是一人事。自了原不是德。此等議論。亦自佛學中來。

**文**若非嘉樂顯顯。卽人卽天。而曰以獨知之地潛與命通。吾未見必得之明徵也。**評**如此説。直疑殺孔孟矣。引詩只取德命以起下節耳。無重宜民人句之義。若必宜民人而見達天，則無時位之聖人。其大德不可信。而天之因篤。亦疎漏不足憑矣。

引詩總只取得天意以起下節。原重受祿句。

故大德者必受命節

上大德必得，靠舜說。此大德必受，籠統說。固也。然理是推開。意是總結。

此言庸行之常。果能推至其極。如舜之大孝。未有不受命者。乃講德之至而及受命。非講受命之由而及大德也。二帝三王。受命得其正。即後之孔孟不受命。漢唐來非大德而受命。亦自有其理。須講得通透。不然。反與必字刺謬矣。

**羅萬藻文** 世無大德之人。即天命無所屬之矣。世無受命之人。即權謀有所奸之矣。**評** 即孟子天下無道。小弱役強大。亦天也之說。此是天亦無如之何。然使有大德。天必急命之矣。然則孔孟云何。曰。天所以命孔孟者又別。

聖人只盡庸行而天命自屬。德命相與之際。消息甚微。中庸說出必得之理。指示人從庸德用力。以極大道之費。

大德不是爲受命。只大德必受命。

命卽在德內。

命原是聖人自己分內事。得失由人耳。

氣數之命卽在性命中。德有淺深。則命有厚薄。惟人自取耳。程子所謂如修養之引年。世祚之祈天永命。常人之至於聖賢。皆是也。

附嘉樂君子二節文

引詩以明得天之故。知庸德之必極其至也。夫栽培傾覆。物之於天也有然而況有大德者乎讀嘉樂之詩可無疑於受命之故矣予思引以結庸行之至以言費之大者若謂吾言大德而及於天之生物而知天之培覆如是其不爽也而竊有慮焉以天視聖人聖人亦一物也其能有此大德也則以爲物之栽者也大德而必得位祿名壽也則以爲天之培之者也斯二者天與人各操其一焉天不能必人之皆類乎栽人反能必天之皆出乎培也哉兩相需夫是以兩相遁也而又不然天無爲者也以人之有爲而天之爲著焉亦人爲之自著而已天無心者也以人之有心而天之心見焉亦人心之自見而已其所爲有爲而有心者何也德也其所爲自著而自見者何也命也然則栽培傾覆天固盡人而同之固盡古今之人而同之者哉其故莫詳於嘉樂之詩其曰嘉樂君子顯顯令德宜民宜人言君子有此

此令德。而顯顯然其昭著。則天下嘉樂之矣。說者曰。人在上者也。民在下者也。言君子有此令德。則上下無不宜也。曰受祿于天。言令德之君子爲天下主。天若論定而寵貴之者。然曰保佑命之。自天申之。言天既寵貴君子。又必維持之。啓佑之。反覆眷顧之云爾。夫天之於君子也。既寵貴爲天下主。而又維持之。啓佑之。反覆眷顧焉如此。何其盛也。令德故也。令德。庸德也。庸德。大德也。德。人所主也。命。天人參焉者也。人不克自得其所主。而與天爭其所參。天必不予。人既克自得其所主。而欲天惜其所參。天亦不能。故大德者必受命。然亦有不必大德而受命者。繼統之天子是也。此其命皆其祖宗受之以遺其孫子。故有德易以興。小不德不足以亡。一時自以爲得天之易。而不知祖宗之德有淺深。則子孫之命有延促。故其時雖有位祿之及。而名壽有所不能干。亦有大德而不必受命者。聖人而在下是也。此其命皆自天地受之。以移其氣數。故無德可以貴。小有德不足以賤。一時皆以爲得天之難。而不知天地之德有甚尊。則氣數之命有甚薄。故其身既獲名壽之奇。則位祿有所不必計。凡此者皆天也。而所以必之者德也。德莫庸於孝。而推之可極於天。嗚呼費哉。

子曰無憂者其惟文王乎章

此章言文武周公能盡中庸之道。以見費之大者。章句云。此言文王之事。此言武王之事。此言周公之事。本自平分。未嘗以文王爲主。而下二節乃言子述也。此皆隆厯鄉村俗講説杜撰章旨。强拈無憂二字作貫耳。

艾千子作中庸者子思也。言武周者夫子也。引夫子稱武周之言以證中庸者子思也。荆川文時中無忌憚等語。吾終病之。安得夫子言時。遂知有分章照應之中庸。遂以時字分别武周乎。評此雖孔子之言。然子思引來却爲庸行之常推之以極其至見聖人因時制宜。各盡中庸之道處。若謂孔子言時。不爲中庸分章照應。然則舜之大智。回之爲人。子路之問强。皆夫子偶然各論耳。又何曾有貼合智仁勇道理。父母其順。夫子自言詩。又何曾爲道之遠邇高卑乎。固哉艾子之論文也。

首節

無憂是就境遇上説。若説得太玄妙。則無以處凡聖人。且與下文打成兩橛。

文王非公子封君靠前後成功者也。其身於中庸之道。固無所不盡。而又得作述之盛如此。故曰無憂者其惟文王。猶曰無爲而治者其舜也與。極德遇之盛。而益見聖人盡道之至也。
下面分列武王周公。各有盡中庸之道之事。此處却只言武王。蓋
周公所爲。總以成文武之德。舉武王。則周公在裏矣。
作述俱在德業相繼處。不以取天下爲說。
兩之字是指文王而言。

武王纘太王王季文王之緒節

纘緒二字最易說壞。不是武王不子。便是太王王季文王不臣矣。
要之武王亦不願有天下者。直是時至事起。天人交迫。莫之爲
而爲。在後人觀之。太王王季文王時。已有有天下之勢。至武王
而集其成。則以爲纘緒焉耳。
纘緒專指翦商一事不得。然却脫離不得。肇基王迹。兼德功而言。
即翦商亦言其理勢自然之道。非圖謀神器也。若欲避翦商之

說。而專指周家忠厚積累仁德而言。則其緒直自后稷來。何以獨始于太王哉。總是豎儒眼中看得翦商是大逆不道事。於是曲爲之說。反將聖人心事。裝成枝梧闇昧。不道太王武王所爲。皆天理至道。有何罪過賴後儒解免耶。使紂不至無道。武王終守侯服。其纘緒未嘗不光大也。此句另講。到一戎衣方說到有天下。有天下亦不過纘緒中一事耳。如此看。方見武王能盡中庸之道。

武王之不同乎文者。時也。非德也。不失顯名。非可以權力詐術爲之。曰天下。則古今之公理也。曰身。則一人之有道也。可見武王非聖人論。直是小人無忌憚耳。

顯名我所固有。特不因是失耳。

不失中自有學問本領。

不失兩字最難寫。輕率不得。又斡旋不得。世人不曉此義。便有輕于非聖者。原其禍本。是自子瞻論來。蘇氏文章害人心術。豈淺評耶。

武王末受命節

【章世純文】武王既没。道在周公。公引人臣之分。亦可委遠時柄云云【評】人臣也委不得。使周公是異姓亦然也【文】仁孝之事。先王所自有【評】文武各無闕欠。周公自有成之之事【文】可以創置創置之。可以更設更設之。期於有以見異。以明新朝之深恩【評】理當然耳。豈謂新朝必須見異哉。此等論頭即害道【文】事有所繫之而後重。繫之文武則。無專己之嫌【評】周公制作。原不曾繫文武名下。不曾避嫌。此論亦害道【文】功有所歸之之為安。歸之文武則有不忘之思【評】成文武之德。是夫子追論語。非周公當時以此立說也通章言文武周公能盡中庸之道此節專指周公之事周公當時只盡其道之所當爲爲文武之所不及爲故曰成文武之德若謂周公以之歸功文武借名免專己之嫌便是私心作用豈復成聖人豈可謂盡中庸之道哉以此揣摩姬公心事不啻天淵之隔矣**文**功弘矣被之以德聖人所以高其道**評**德以爲功一倒說則德成假矣

此是孔子敘論周公之事語成文武之德固不是周公立說自解亦不是史臣紀載筆法也强造一番淋漓隱痛之言都是後世人心迹聖人如青天白日用不著一分陰氣

**又章文**追王者身本非王而自後人加之也深觀禮意臣子無爵君父之文君父亦無以卑臨尊之義故死者可以稱天以謚之則遠者亦可稱天以爵之皆歸于以天道行事**評**此實理非權

借之法。太王王季。於道當王。故可稱天以尊之耳。〔文〕今之始王者實文王也。而其追王者則固文之祖與禰也。〔評〕此說稍曲。〔文〕追王之者子孫也。而其宜王者則固自在太王王季也。不獨以情而議。而又兼功與德而議。則其義亦必如是而後盡耳。〔評〕後世議禮只講情耳。周公直以功德當然。非又兼之謂也。太王王季。其功德本自當王。上世禮法簡略。不曾有此義例。周公能盡中庸之道。上體天理。下當人心。而特創立此制。直從道理上生來。爲萬世不易之大法。不是體貼文武孝思尊崇其私親也。故不入達孝章。而於此發之。原不關孝字事。蓋周家累世修德。至太王王季文王。其功烈又大。故上節言纘太王王季文王之緒。武王有天下。皆本此三世之功德。文王則武王已王之。而制度有未暇詳及者。故此言武王末受命。周公成文武之德。而追王單稱太王王季。以武王已王文王也。文中言太王王季本自宜王。周公歸本天道行事。其道理甚高濶。後世不知此義。以爲天子必尊其親。上尊號。亦附於周公之制。而曹操司馬懿皆得與太王王季並論。豈亦可爲盡中庸之道哉。但其謂始王爲文王。故追王止文王之祖考。此却是曲說。總之在三五世數上講隆殺。此是周公制禮後方有此推論。當周公追王時。是特起之義。安得便拘世數定制。太王王季之當追王。使周公生在康王後。亦須制此禮。所謂成文武之德者。推武王王文王之志。本文王之德而云。非謂以文王爲王者。而爲追王之始也。皆因王季下少了文王二字。有此支離。其實文王已追王。不待周公也。

上承大孝。下起達孝。此章是過脈處。看下章註云。承上章而言。又云上章言武王纘太王王季文王之緒以有天下。而周公成文武之德以追崇其先祖。此繼述之大者云云。則此處正下章發源。但此章原平說文王武王周公之事。言其各盡中庸之道。因盡道而推本其孝。非直稱其孝如上下章例也。周公成文武德其經緯制作甚廣。追王崇祀。乃其大者。以孝爲制作之本也。

子曰武王周公其達孝矣乎章

首節

章大力 指達爲變通。誰非變通者。究竟達亦大之義耳。評 達孝與天下歸仁同例。看得許與稱謂粗淺。故歸字達字必欲說入高玄去。不知非欲淨理純。不足以當歸仁。非德盛道行。盡倫盡制。不足以當達孝。許與稱謂原非粗淺事也。越說得粗淺。達孝理體愈高。大力知變通之非。而仍以大釋之。其不曉通謂之義。亦猶夫人耳。

註明云承上章而言看下節註繼述亦就上章說而下三節祭祀之理指通於上下者言之則達孝實据自應止就上文發明爲是所謂通上下卽上文兩達字亦卽此達字之所以然蓋此理本非武周之所獨自武周實有其道而天下之言孝者歸焉猶之仁爲天下所共有故一日克復則天下歸仁達字根源在此

夫孝者節

夫孝者三字不粘住武周正見此理横天塞地凡爲孝子皆當如此武周特其最耳如此方見達字之義

善繼述所該甚廣據註大者亦當於制禮上說粘煞伐商立論乃時文之粗也

章意以道之費之大者而言指其盡倫盡制重在制禮一邊戎衣纘緒固是繼述中大事然意不舉此以爲訓也人多貪發上章

次節。專在取天下立論。反失本章下文四節之意矣。達孝達字。原指天下此心此理之同。故通稱無異詞。王制之備。萬世由之不能易。此武周之所謂達也。若止就征誅上說。如何盡得達字。善繼述之義。在功業則有功業之繼述。在制作則有制作之繼述。纘緒而有天下。功業之繼述也。然亦修德行仁以爲纘。非先王謀人天位。子孫必成其志。是曹丕司馬炎皆達孝也。制禮通于上下及下二節。制作之繼述也。不必又扯戎衣有天下來說。盡倫備物。仁至義盡。在諸侯時盡諸侯之禮。在天子時盡天子之禮。此則時勢有不同耳。使武周終身侯服。亦是善繼善述。非必爲天子而後謂之善也。此章須明此義。

事志只就禮制上說。合天理當人心。便是善繼述也。所以達也。

春秋脩其祖廟二節

不是以春秋二節概繼述，只舉其禮制之大者言耳。春秋二節，總是舉祭祀之禮大段，而下節推其義以見其孝弟。春秋節指各廟之制，而太廟亦在其中。宗廟節則專指太廟之禮。春秋明是四時祀事，宗廟節則兼大祫禘祭及四時之祫。大祫陳祧主，時祫不陳也。時文分時祭祫祭亦無大謬，但宗廟節專主大祫不無偏漏耳。有謂二節俱屬一時，則時祭時安得羣昭羣穆咸在耶。

宗廟之禮節

看此節禮制，子孫臣庶畢備，而情文周密，規模宏達，自非祫禘，安得如此。註中明云有事于太廟，則非春秋各廟時祭之禮所同可知，固不可混兩節爲一串也。

太廟坐位與屋制不明，而以後世擬議，則北牖南向，南牖北向等語皆可疑矣。

宗廟之禮兩句。專指與祭子孫而言。左昭右穆者廟制也。只明宗廟二字。宗廟之禮。即指子孫與祭執事奔走拜獻進退儀文。已包下四句在裏。所以序昭穆。言凡子孫與祭執事奔走拜獻進退儀文。各以其祖宗之昭穆爲行次也。

止重武周制禮用意周浹。仁至義盡。情文燦然。以見道之費處。到末節明乎郊社數句。漸推開濶遠作結。此節勿即夾入封建黜陟。邦國朝廷治天下之義。

踐其位節

此節根繼述所當然也。繼述必主易侯爲王立說。所不當然也。禮制明備。仁至義盡。即是繼述之善。當泰誓止稱文考。至武成柴望後稱文王。豈泰誓時猶有歉。而武成後乃爲孝哉。當稱文考。

泰誓時善繼述也。當稱文王武成時善繼述也。廣平所謂武王觀政於商時。使紂一日有悛心。武王必與天下共尊之。無牧野之事。果爾。則西岐廟中終無敬愛之孝乎。故不可以時說害正理也。

**陳際泰文**云云。**評**其字指先王。則太王王季之緒俱在內。周公成文武之德。則武王亦在內。其義自圓活。繼志述事不必坐煞文王之事也。大士看孝字只好用在文王。故其說如此。不信指先王固孝之至也。

孝之至也一句。總結上三節。正在禮制上說。此至字猶云動容周旋中禮者盛德之至。至字相同。

郊社之禮節

聖人制祭祀之禮。義甚精微。到上帝其先。其義乃盡。中庸因時祭說至此。直從鬼神盛德章來。與下章達道九經歸于明誠作樞紐。不僅鋪陳祭祀制度也。

只就制作精備處見武周能盡中庸之道。

達孝意上已了結。此就盡制之極推廣。以見武周盡中庸之道之費也。

註於上節云結上文兩節。皆繼志述事之意。解者遂謂不宜復根達孝。然則此節不幾成贅疣乎。蓋上節止結春秋二節之義。非通章已盡。而此又另起也。上文就祭祀中見其事事以先王爲心。故曰孝之至。此則又從上文推論禮義之精深淵大。所及者遠。以起下章問政爲天下國家之意。故此節所重在明乎以下。不止在上四句禮制詳備也。況宗廟祀先上文已盡。安得以復述爲推開乎。

郊社禘嘗之於上帝其先明禮義之于治國。總在所以二字得个會通關紐。武周之所以制。與後人之所以明。皆從此貫徹。今人看道理。只是所以然處不的。

**黃淳耀文** 郊之禮有二。正月行之爲祈穀。十一月行之爲報本。而總必以陽之類求天。社之禮亦有二。后土之祭在北郊。社稷之祭在國中。而總必以陰之類求地。**評** 明此便知併后土不得。**文** 天地陽先陰後者也。**評** 卽有先後。必無合併。**文** 後世天地合祭。漢始于莽。唐始于曌。故蘇軾主合祭。而劉安世力詆其說。然事鉅費繁。人主之出益不得不疏。故合祭非得已也。**評** 論大禮只合在道理是非斷定。豈可遷就向功利去。註中明云不言后土者。省文也。自萬曆後塾師欲速。删註授徒。此句未有不塗抹者。蓋學士家從未之見也。崇禎間尤以不依註爲高。雖見亦必反之於是曲説横行矣。陶菴亦未能免俗。而又濟之以典贍。尤足以聾世。然非陶菴之幸也。

不言后土。省文也。註中明白説破。而作者必欲增天統地父統母等論以撇開后土。直是不曾讀註。

五峯以爲無北郊。只社便是祭地。朱子然之。而吳澄獨以爲有北郊。祭於方澤。惟天子得行。故以配郊爲至重之禮。然看下面禘嘗對舉。嘗乃四時之祭。通於諸侯。亦不獨天子行者。恐只是社祭。但天子之禮不同耳。看召誥用牲于郊。社于新邑。自明北郊之祭。於尚書春秋無可据者。

**陳際泰文** 大報天而配以祖。而五帝六宗皆天神之分合而主之者也。故以圜丘饗之。**評** 天神非上帝也。乃四時五氣日月星辰寒暑水旱之屬。**文** 大慶成而配以禰。人主祀天歲一舉。而郊爲尊至於社則地之尤卑者也評地雖卑於天然亦極尊故書稱告皇天后土社亦即是祭地但諸侯羣姓亦得立者非別有尤卑之示也文祭於方澤致地示物鬽也而社不與焉評此是祀后土大祭而天子自有社祭亦所以祀后土非兩示也祭有大小耳文五歲而禘所以本始出也故王公與焉始祖配焉而審親與別尊所以因之者也評大禘只配始祖無審禘意審禘只可訓祫禘耳文極尊尊而配以祖而已祧未祧皆始祖以下而昭穆之者也故以祫祭祭之評若時禘以祫爲尊則嘗亦有祫若大禘則又未嘗祫也文極親親而合以食人主祀先之禮不一而禘爲尊至于嘗則祀之尤卑者也評亦不卑文惟嘗祭無樂則嘗專爲飲食而已矣非爲儐鬼也評因時序陰陽分迎來送往故嘗無樂耳經文甚明何嘗有飲食之說文明禮義者明

此而已。【評】郊與社對舉。指天地也。非天子不祭天。而諸侯以下皆得祭社。尊父親母之義。然不可謂事母者尤卑也。故先儒謂社即祭地。而有廣狹之不同。置社止其里。侯社及其國。王社徧乎天下。皆祭地也。故謂州里之社尤卑則可。謂凡社即地之尤卑者不可也。禘者五年之大祭。嘗者四時之祭之一。禮不王不禘。而嘗則通于上下。非謂嘗以飲食爲義。故尤卑也。祠礿嘗烝之名。皆因時物生成取義。豈皆飲食之謂。蓋兩者俱各舉其盡以括義。固有大小之分。與天子諸侯等差之不同。而未嘗有分尊卑之意。且謂明禮義者只明此尊卑。便治國如視掌之易。恐聖人之說。亦不至粗淺如是也。

按禘與祫確是二禮。其混禘於祫爲一事。致歷代紛紜不定。則自漢賈逵劉歆始也。楊信齋論之極詳。而莫明於朱子王者有禘

有祫諸侯只有祫而無禘二語灼然可無疑矣禮大傳曰禮不
王不禘王者禘其祖之所自出而以其祖配之此言天子有極
尊之大祭天子以下所無也曰諸侯及其太祖及者牽連以下
之詞與配不同即大祫也亦諸侯極尊之大祭諸侯以下所無
也故下曰大夫有大事省於其君干祫及其高祖言大夫無祫
有功德而君賜之乃得祫及高祖然云干祫者謂非禮之常也
凡尊必兼卑卑不得僭尊故天子有禘復有祫大祫則合毀廟
羣廟之主食於大廟禘則止設所自出之虛位於始祖之廟而
以始祖配享不合羣主序昭穆也後人妄謂禘即爲祫皆合毀
廟羣廟所異者但天子多所自出之帝耳此說非也大傳明言
以其祖配之因設位在始祖廟中故不復贅曰始祖而曰其祖
耳非謂始祖而下皆稱祖故可統指羣祖也且配之云者偶尊

之辭。故郊祀止配以后稷。宗祀止配以文王。禘則祀嚳而配以后稷。皆以一位謂之配。未有羣然衆列而云配者也。如所言。則禮文當云王者禘及其祖之所自出斯得耳。或謂禘爲大祭。若僅以始祖配而不合羣主。似太簡寂。何謂大祭。此又不然。祭各有義。有文有簡。有多有少。各以其義爲貴。禘取尊遠。祫取合祖。豈以廟主之衆寡爲大小乎。如圜丘明堂。后稷與文王且不相兼。亦何簡寂。然則郊宗之祭。亦疑不得爲大耶。或曰按詩序長發爲商大禘。雝爲周禘太祖。長發歌玄王相土。武王中葉。雝歌文武。則似禘亦兼羣廟之主。曰。朱子固辨之矣。長發既爲商禘。乃但述玄王以下。而上不及於所自出。雝則但稱皇考烈考。而無一詞及於嚳稷。祀所尊而但頌其後。必無此理。若據此爲大禘。豈禘祭并及阿衡文母耶。義更不可通矣。故朱子以長發爲商大祫之詩。雖則祭文王之徹詩。其以爲禘詩者毫無可據。蓋詩序之妄也。凡序之不足信。而朱子辨說之精類如此。正惟天子別有禘禮之尊而魯僭用之。故夫子謂魯之郊禘非禮也。若止是祫祭。但有所自出之異。則魯又未嘗僭祀嚳稷何爲非禮哉。禮制雖散亡難考。然但就禮經參訂之。尚有足據。如大傳王制禮運曾子問儀禮子夏傳皆昭然可見。至春秋三傳。止侯國僭禮後之記載。其名實混亂。固有不可以證大禮者。又不足憑矣。

祭莫大於禘。論語中夫子謂其難知。文意與此處略相類。嘗乃是四時常祭。舉其一耳。嘗祭小。禘祭大。今人徒欲對仗相稱。既于嘗祭補出禴祠烝。因于禘祭亦增出祫祭以相配。不知合祭曰祫。祫非祭之名也。故記云祫禘祫嘗祫烝。則禘亦曰祫。烝亦曰祫。嘗亦曰祫。將何說乎。此向來餖飣沿襲之誤。

**羅萬藻文** 禮與義相廣云云 **評** 禮便有義。何廣之有。看註中禮必有義。對舉之互文也。分明的當。必不遵信。强生支離。徒見其不通耳。

從來禮家只成得散碎學問。須是明其義。

**黄淳燿文** 此之爲禮。起于未始有治之先。**評** 有禮卽治在其中。理無先後。但明與治有先後耳。

**陳際泰文** 人必有天。而天子祭之。諸侯不得以分干。此何爲乎云云 **評** 禮義豈正名分之云乎。禮達於治。義藴甚精。當于本原上理會。非可求之名分權術也。在論語問禘章。尚可兼名分意。蓋爲有魯禘非禮之旨。然亦必以報本追遠與仁孝誠敬之至爲主。而後微及名分爲得。若此節則全無是義。不得以彼例此也。

明乎以下。自是對後人言。武周制禮已盡倫盡物。安用更明耶。

王庭文合萬國之歡心以事其先王。孝之實也。先成民而後致力于神。祭之本也。評後世尊親之禮。未嘗不極其隆。却于此義無當。故于治國亦無關。

哀公問政章

故爲政在人節

此節緊接人存政舉說來。要看首句故字直趕下語意。全章重在脩身。下面達道達德九經明誠之理。皆從此節發源。取人句不過因上文生來做過渡引子耳。意不重也。身不專爲取人而脩。道仁二句。謂其義在下不便實詮則是。若謂要避下文而併入取人中說。妄謂此處脩身又別。皆謬解也。下文達道達德九經。身之包舉甚大。所及甚廣。脩身非專爲取人也。語勢從上文急遽趨注末句。只得如此耳。

取人以身。言有此種身。纔取得此種人。

以身二字當活看。原兼脩不脩說。人多坐煞脩一邊說。做不脩之身。取人而人不肯來。非也。有辛紂之身。所取卽廉來。未有無人者也。卽脩之中亦不同。身而性之。則所取爲禹皐。身而反之。則所取爲伊呂。身而假之。則所取爲管狐。身而詐力。則所取爲鞅斯。此脩身所以必以道以仁。而知人又不可不知天也。

脩身爲取人之則。則字極活。言其身爲何等身。則所取者何等人耳。非謂人不肯來也。

**楊以任文** 王霸雜用。君子猶有譏焉。蓋道愈盛而仁愈衰也。**評** 道卽達道。仁卽達德。盛均盛。衰均衰。無仁衰而道盛之理。

此節是結上起下。故字直貫到底。結上人存政舉意。脩道以仁句。

開出下文。

仁者人也節

自此至下節。只完得修道以仁句耳。非平添出義禮來也。

此節總爲修道以仁一句註脚。首二句接上句開章。却已攝下五句。下五句從此節節遞出。非平列也。

黄淳耀文仁不可不詳其用。且不可不詳其輔之之用。評尊賢亦不是義之用。此與下節總發明修道以仁一句。義從仁中推出。作兩片看。從仁義推出禮。成三件。又從義禮上推出知。成四件。合來衹是一个仁。不是仁之道理有未全。要此三者輔濟爲用也

陳際泰文人主之量。與仁義並大。要當依其先後緩急之序。而後用不窮也。評此節但虚虚分疏仁義禮之理如此。下節乃講仁

義禮之相因。而合義禮知以成仁。故此節仁義。不講事。不講用。仁者人也。義者宜也。只此兩句訓仁義之理已盡。親親爲大。尊賢爲大。專爲下三句等殺爲禮之張本。故下此二句。爲大。就仁義中指其所重以爲下節事親知人之張本。言仁義之理莫大於此。非先後緩急之云也。

惟親親處用力。方到得博愛。此中已隱然有等殺在。

親親爲大。非親親爲始也。人只講得始義。却不是此處道理。總之此處道理是節節推出。不是歸併反約也。

禮之實節文斯二者而已。故曰禮所生也。禮字卽是理字。其本則天也。異端之學。只要打破理字。其原只是不知天。故告子謂生之謂性。釋氏謂運水搬柴是道。象山之尚力行。陽明之致良知。皆是不求事理當然之極則。故曰本心。不本天。近日無忌憚者直敢道程朱性卽理之非。其蔽悖總不外是。

故君子不可以不脩身節

仁者兩節。總完得修道以仁一句。上節從仁字中推出道理如此。此節從修道中推出工夫當如此。其實止一派說話。惟道理節節生來。故工夫須層層完備。必如此方完得个仁字。故曰此節倒看。統言只一仁。分而爲二。則爲仁義。再分而爲四。則有仁義禮智。其中有對待。有相生。有附麗。而合之原只一箇仁。義禮智皆仁也。明此則註中兩又當意躍然矣。

何以謂之倒看也。修身是箇大本。不止一事親便了。但修道以仁。而仁以親親爲大。事親又親親之大也。有仁必須有義。不是知人便了。卻事親。到知天是親與人盡頭。固不止爲知人而知天。然亦只了得箇知字。脩字工夫正有在。故註中兩又當字最宜玩。只爲一箇脩身節節推出。又須得如此。又須得如此。故曰倒看也。

或謂荆川文單扼脩身。與層遞語法不合。不知此節層遞語法不同。倒縮至脩身。正是得語法處。

此節爲貫串上二節。句法遞下。似注到知天。不知却是層層伸脚語頭重末輕。一層歸併一層。謂必須如此。又須如此。而後完得脩道以仁一句也。

三不可不是倒重。故註中用又當二字。非以知天爲重也。

大旨是合仁義禮智以修身。四句又正見義禮智只完得一仁字故曰此節書倒看也。兩知字卽伏下智字。智只在義禮分明上見其旨最精細。玩註意自得。

此是合仁義禮智以脩身。不可不是重上語。不是注下語。故朱子謂此節要倒看。而得力却在知天。蓋仁義禮之義多在下文。此只總結箇貫合的道理。補出智之意於兩知字。爲下文達德張本也。

此節是合義禮智以成仁。二知字便是智。脩身事親只在自己實心用力。若尊賢非知何以辨其品。等殺非知何以盡其分。事親是煞定底。二者是活動底。故智貼在人天上看。貼不得在事親上。到知天則活動底皆有煞定處。此智之盡矣。

**錢之壽文** 自人而言之。幾以爲有厚薄。惟我高下。惟我之心。而亦知皆天爲之云云。**評** 此儒釋本天本心之分也。釋氏講見性普度。亦言仁也。惟其本心而不知天。故五倫可顛倒由我。親賢俱平等不分。下梢一路差去。直至大不仁而不知耳。

**陳際泰文** 人主之孝。與衆人之孝不同云云。**評** 欲盡親親之仁。必由尊賢之義須從仁義交關道理上看。則明通開濶。若坐煞親人二字於事機上説。説來便多格閡。至事機又只在人君身上説。愈窄隘矣。不道即匹夫事親。亦不可不知人。

上知人單指尊賢。此知人又併連事親在內。非知人有二。因知天兼親賢等殺。而語勢倒縮急遽。不得不如此也。

將四句一滾急遽看去。一滾倒轉看去。則思知人句不消斡補疏闡。而其理自圓也。只在註中兩箇又字看得精細。

天下之達道五節

陳際泰文 天下之大。不可以無主。故衆建而爲君。天下之治。不可以獨制。故衆建而爲臣。評 所見者大。可知君臣從天來。非詐力之可强制也。

章世純文 父子之相與。天地托焉。以衍古今者也。夫婦之相爲。天地托焉以寄生化者也。昆弟之相差，天地托焉以廣旁生者也。

評昆弟也只在衍生蕃育爲道，則三倫只該併入夫婦一倫耳。且止父子夫婦昆弟生化不窮，便是達道，則人與禽獸何別？聖人亦無事成能其閒，安得謂之達道。纔有父子便有親，有夫婦便有別，有昆弟便有序，故曰道。若只此六件東西是道，則所謂親別序，又是聖人加造以膠漆纏索天下者耶？甚矣其鄙倍也。

五倫中夾入朋友，頗覺不屬，然細思之，則四件總關係是一件。且四件或有暫無，而朋友必不能無。君臣亦可爲朋友，父子亦可爲朋友，兄弟亦可爲朋友，夫婦亦可爲朋友，四件不相及之處，又皆此一倫濟之。在五行論，卽寄旺四時之義，故其德主信，非迂說也。

五者無論衰亂之時，暴棄之人，必不能離，卽匪類異物，無此五者，亦不可以生成。故曰天下之達道。嘗與禪子論及此事。謂汝欲超出三界。故求脱離人物事理之障。然畢竟脱離不得。奈何。禪者愕然曰。何謂也。曰。善知識高座僧俗禮拜于下。叢林分職辦務。陞黜賞罰。清規極嚴。此非君臣之道乎。宗派法嗣即父子也。同門者兄弟。徧叅者朋友。所以生育爾僧而至今不斷絶者夫婦也。無此五者。豈復成道場。豈復有禪宗哉。汝所脱離者眞五倫。而別尋假五倫用。究竟假五倫之理。即眞五倫之道。故曰脱離不得也。

世人論古今。每云此有德無才。此有才無德。極爲亂道。德才猶體用。體用豈可分乎。所謂無才。只是智勇虧欠。正是無德也。所謂無德。直是不仁。乃不能盡其才者也。看中庸此句自明白。蓋其說本於陽明。而熾于龍溪海門卓吾。彼意總以廢物曰德。濟惡曰才。非吾之所謂德與才也。

或生而知之節

八箇之字。只是一箇之字。之者何。道也。道字提清。一也根源自見。時文混混沌沌。不知知行箇甚麽。

六或字。兩一也。總爲下兩等人說法。另提出生安則此意分外分明。

放置生安。驅策學利。並輕置學利。驅策困勉。一步鞭緊一步。方與章末愚明柔强結處關通。聖人望人主意原在此。平人資禀不過至愚柔而極。然加功困勉則知之成功可一。至此直無可推諉處。今天下多聰明好氣質人。只坐無志氣。便都爲流俗所壞。不愚而終於愚。不柔而卒於柔。可哀可惜也。即時文不肯學做好時文。亦是愚柔之至。

生字謂氣質清明。禀賦純備。生而異人者。之字謂知此道之全體大用。非良知性生之謂。亦非草野一節獨行合道之可得而與也。

及其成功四字。有多少艱苦在。莫略過。

開口便斅然一也兩字。翻使展身無地。不道成功兩字談何容易。

及其兩字。正是功候到十分滿足時耳。

好學近乎知節

達德理所同賦而氣有不全。承上文學利困勉者。設法謂依此做去。可以望知之成功之一。故曰近知近仁近勇。

質未及乎達德。近之所由名也。學行恥與知仁勇相關。近之所以然也。好與力與知深一步。則知仁勇亦親一步。近之功效次第也。

三近字是逆從困勉到學利而後求上同於生安。不是順從生安與學利分界說。如此方講得好學力行知恥用力猛厲。

**陳際泰文** 仁者便於人不便於己之事也。故人主自然行之而不能。而以天下之故勉其力。己誠有所累焉耳。云云 **評** 先將仁字看錯。只作得惠術說。又講到便人不便己利己並利物。則純是人欲計較之私。連惠術都是假貨。正與仁字遠背。此不但不懂孔子之所謂仁。并不懂退之博愛之謂仁也。力行言凡有所知。必使實見之事而得之于心。非行仁之謂也。況其所謂行仁又只講得行仁于天下。與自己身心毫不相關。與上文三達德下文知斯則知所以脩身全無理會。即其所謂行仁于天下。亦秖是世間鄙俚勸善書所云做慈悲利濟好事耳。非聖王之仁政也。未有聖王之仁政而便於人不便於己。天下利而己有累者也。又其講力字，人以爲得激厲哀公柔懦意，不知說做了近勇，非近仁矣。

上三知爲智，三行爲仁，此三近爲勇之次，勇卽在知行上見。

知斯三者節

知斯三者知字，與上文知之字別，猶大學知先後之知，非知止致知之知也。

凡爲天下國家有九經曰脩身也節

大匠作室，就壁畫圖，而梁棟椽楹楣楄居楔，無不備具，顧其間先後次第，更一毫紊序不得，由是倣而爲之，雖建阿房柏梁可以不失尺寸矣。九經是夫子絕好一幅畫壁圖也，自有宇宙以來，合下便須如此，非可以私意增損措置於其間，所以不謂之九政，而謂之九經。不然，則是匡時救弊，僅與王文中太平十策等觀耳。

九經經字。乃經常之經。非經傳之經也。與五達道三達德同例。皆孔子之言。先自舉成數。而後詳條目。復詳效事。是文法如此。非別有經文而孔子述之也。如謂九經有曰字明是成語。則達道達德節亦有之。經可曰經。言將道亦可曰道。言德亦可曰德。言耶。若謂經有未詳故云。則焉知下二節亦非經之自有耶。按家語於上節之下。有公曰政其盡此而已乎。孔子曰凡爲云云。至天下畏之下。又有公曰爲之奈何。孔子曰齋明盛服云云。至固執之者也下。又有公曰子之教寡人備矣云云。詳問答語氣。皆孔子之言可知。安得自爲註脚哉。

脩身則道立節

原是脩身以道。而身脩則道立。

**金聲文**天下之有道無道。觀一人作君作師之身耳。上失而求之下。雖忠臣孝子。不能起其敝也。朝失而求之野。雖端士大儒。不能振其衰也。**評**程朱其奈之何。人言宋亡於道學。不知宋亡於不用道學耳。

**陳際泰文**三代之際。略于言性。而詳于言道。一切超器之學。隱而私之。而一效其事于脩身。明乎私者之無與于物耳。**評**脩身外別有箇性命之學。要隱私。又無與于物。可知其胸中畢竟以禪爲高妙在。

賢與大臣不同。乃師友不臣。人君就學論道者也。故不惑在道理上講。不指事務及人臣之賢否邪正也。賢不混大臣。尊不混敬。不惑是從尊賢得來。不泛從賢士大夫説。卽尊處見不惑之心。方極精切。

又陳文衆建諸侯而少其力。絶其萌芽。此大計也。雖致小怨焉而有所不恤。評漢時議論。豈可入三代。三代封建。非一姓之私也。葢三代與後世。不獨規制景象不同。其立心與議論。迥乎天淵之絶。不可雜和。

敬不止是信任。能敬則君心一而信任專。志清明而邪不入。故臨事不迷眩。

陳子龍文事之將定。大臣之事也。事之已定。人主之事也。評已定後亦賴大臣不少。如曹參守法。豈非大臣事哉。

戚藩文狎于其臣以處之。志肆而事不及察也。肆與忽相因。君雖有小明。盡於忽矣。簡於其臣以責之。權輕而事不能斷也。外輕者中猜。臣雖有遠智。詘於猜矣。評眩有二端。其在君者。人共知之。其在大臣者。則獨此文及之耳。

自俊秀以上皆曰士。有服官者。未服官者。大臣以下皆爲羣臣。不獨士也。至士而羣臣盡矣。士之報禮重。而臣無不重其報者矣。懷之與畏。自是效之自然。若謂爲畏而懷。便是五霸假仁。不是王者之懷。

**楊以任文** 政罔不舉之朝。其于二三友邦也。乃可專用德矣。云云。

**評** 九經序次。以內外遠近排來。非謂至此纔可用懷也。如所云則懷前另有作威法耶。抑上八經是威耶。所見只坐勢字。故雖根本修身舉政。而權術之意隱然。要之聖人所言懷畏。乃情理之至。而勢在其中。非徒從勢上計較出來也。

天下二字所該者廣。自方伯連帥大小諸侯附庸分邑。都鄙鄉遂山澤關旅人民以暨蠻陌要荒舟車人力日月霜露所及者皆是。蓋三代天子。未嘗獨得天下。只諸侯歸服。便是有天下。看文王三分有二。何嘗盡入版圖。只六州諸侯歸之。便有天下之二。故曰懷諸侯則天下畏。天下仍指諸侯不得。專指人民不得。三分有二。文王懷諸侯之效也。故諸侯亦有懷之責。方見凡爲天下國家不虛。

天下二字所該者廣。不單指人民。凡小國遠方來享來王者皆是。此是推遠到極處。兼包上數經在內。看春秋戰國。天下之勢多是小國歸附并吞。便分强弱。懷諸侯雖是天子之道。然方伯盟主能懷。則天下之畏服亦然。其理不止天子用得。正夫子告哀公意。

九經之序。自內達外。至此已盡。天下二字。原無所不包。自弱小附庸羈裔以及各國臣民皆是也。

天下若指民。則畏字於理有礙。要天下百姓畏。此是秦以後心事。

三代王者必無是意。況聖人舉萬世不易之常經以告其君。而啓其威加百姓之心乎。看上文柔遠人則四方歸柔字歸字。纔是及民字眼。此畏字畢竟指小國外國。及各國有采地邑乘之君長爲得。蓋當時勢能抗阻天子之政令不行于海內者。皆此輩不畏之故。故云然也。

天下畏固不即指諸侯。然亦不止草竊梟雄也。萑苻奸宄。諸侯自能畏之。若布衣揭竿而取天下。此漢以後廢封建爲郡縣事。三代所未有也。九經之序。自近及遠。自內及外。故愚謂天下二字。大段指要荒以外而言。舉要荒而域中附庸之長。鄉遂之民。固已包括無遺矣。若單說畏叛亂之民。是後世策略。非三代聖人之常經。即畏字亦不是以勢鎮壓。使民不敢叛也。守禮奉法。納於軌物。道德一。風俗同。乃所謂畏也。不懷諸侯。則國異政家殊俗。而不享不貢不王。斯爲不畏王威耳。將畏字看煞做讋懾篡竊。則天下字自不得不指草澤奸雄。而懷字亦不得不夾帶權術之意矣。豈是三代懷畏氣象。

天子諸侯原從天下生來。其事本乎天理。而權勢亦卽在其中。以上臨下出于仁。以下奉上出于義。上仁則下義。故懷畏相應如此。其實懷中具振肅之用。畏中得忠愛之情。理勢未嘗相離也惟後世單講作用。則所以爲天子諸侯之本旣失。其爲權勢亦純是詐力相制。幷非三代之所謂權勢矣。故此題從作用立說固非。若不兼理勢講。亦不盡懷畏中體用具足之義。

**熊伯龍文** 文武之興由藩侯。不制天下之命。則我之爲天下與爲國家也何以異。**評** 此宋祖由藩鎮而廢藩鎮。成祖由親王而錮親王。皆私意起見。非文武之政也。**文** 天下之勢在封建。不獲友邦之心。則天下之視共主、與視列辟也何以異。**評**此義却是天下無王。則霸者得以威天下。

**曾王孫文**相天下勢之所在而急圖之。而天下遂不得不合其勢以歸我。乃後世不見政之强而見勢之弱。遂以弱勢議先王而忘其强政。是未明于懷諸侯之效也。**評**可見封建論之謬。唐之藩鎮。自失懷之之道耳。唐之亡。于藩鎮何尤。

齊明盛服節

九經各有本分。聖人各還其天命之當然。而天下國家自治。非欲自利天下國家而後爲此九經也。若爲欲利天下國家而設。不但尊親等皆成虛假。卽爲天下國家而脩身。其脩身已僞妄矣。下面所以行之者一。歸于明善誠身。又如何說得去。

**章世純文**敦本崇源。將以爲可推之恩也。且夫卑其親者。無尊君焉。輕其親者無重君焉。【評】親親爲他人而親其理既倒講到尊君重君一發是私心連仁之根斷矣【文】吾恃祿位以爲仁至戚可矣才者可矣其疎者傲很不類者若之何用之不窮莫如好惡則雖祿位所窮固自有所以處之矣【評】同好惡不是濟位祿之窮者三句原是平話如此則好惡句又分出層次矣至謂戚與才者可位祿仁之而疎屬不才必須同好惡更不通疏屬位祿不過殺降親親之位祿原不論才不才親之至戚而才者正須同好惡如何分說得

同其好惡原從天理起不從人意起

尊其位三句單講一情字便極眞摯也只得私意纔看得私意越眞摯道理氣象越小樣句句從天說下一本推行直到民物得所都在裏方是三代王者親親道理氣象明得此義不但後世

猜忌殘忍。至削奪禁錮誅夷。爲王者罪人。卽黃屋左纛之隆寵長枕大被之愛眷。至縱恣不法不問。亦止得私情。可以過厚。卽可以過薄。非三代聖人本天之常經也。須將一篇西銘道理熟爛。便見得都是天德王道上事。

君臣大義本乎天。則敬體皆自然之理。不可以人主私意輕重也。大臣之功在不眩。則自有職業在庶司之上。必其體優崇。乃得盡其道。官盛任使專主尊敬義。乃大臣使令之官。非內外庶司也。隨其所使而不問。是爲任使。

官盛任使。原不是增設冗員。

周禮曰勞辱之事。勞則未有不辱。辱者敬之反也。後世治天下者。惟以私意待人。自宰相不自辟掾曹。則內無善治。自州郡不自辟僚倅。則外無善治。甚至猜疑避忌。不設丞相。致令閣部無權政歸宦寺，天下事掣肘無一可爲，此莫是從頭鑄錯耶？何怪乎世之不復古也。

事不掣肘，程子所謂雖作永安尉可也。

趙衍文 世之所謂敬大臣者吾異焉，外示其經邦論道之文，而內無倚重之實，則上下之情疎，上飾乎陰陽調燮之體，而下懷牽制之憂，則君臣之誼薄。評 三代以後，不收大臣之效，弊病只坐此數言。

大臣本領在格君心，而其職掌只用人而已，此而不得行其志，更有何事可爲？人主猜忌，爲其專權樹黨耳，不知此意一萌，小人得乘間中之，大臣受權黨之名，而小人已收權黨之實，敗亡往往由此。三代以後，上下相疑已成故習，然漢唐之間，尚有延攬賓客自辟僚佐，訶責近侍，得專征伐者，至近代又有不能行者矣。

趙普尚能補牘靴奏。得大臣之義。人主輒以私意疑其下。此小人得而害君子。而門戶之禍從此烈也。

黄淳耀**文**大臣不敢擅權者。所以尊人主之勢。小臣有所役屬者。又以盡大臣之才。**評**不是盡才。亦無尊主勢意。君相皆天所設以爲生民者。三公去天子止一等耳。自秦以後。遂相隔濶遠。而猜忌横生。至君臣不相保。皆尊君卑臣之説害之也。尊主勢及擅權僭擬等語。猶是末世見識。**文**大臣之體褻。則小臣得膺耳目之寄。以簡察台司。**評**後世用相。病多坐此。甚至以宦官監制。此相業之所以卑敝也。

忠信重禄。本是天理上事。命曰天命。禄曰天禄。故不特忠信是天性。相接。卽重禄亦是天性中合如此。不是人主可以私意顛倒豪傑也若但從交謫養廉起見則是下不過爲田園子孫以求仕上不過以美官多錢誘天下只流露今日士大夫心坎中物耳豈三代君臣之義哉要之後世人主以猜吝待天下亦只是大家在人欲中看透此意人臣爲其所輕耳然以此而求勸士之效亦不可得已

**熊伯龍文** 從田間而來則宣力之暇亦念身家 **評** 固雖人情然在臣心中說不得此等處最關人志識不可苟

漢唐以後太平之君無不自以爲已時已薄而不知其苛也亂世之君又方恨舊制之太時太薄而不得遂其欲也只一卷賦役志已足爲浚生民之具況聚斂之臣其所以講究裒益者無窮乎皆緣漢唐以來人君視天下如其莊肆然視百姓如其佃賈然不過利之所從出耳所以不敢破制盡取者亦惟慮繼此之

無利耳。原未嘗有一念痛癢關切處也。中庸下箇子字。便包得一篇西銘在。

經言體子。只在上邊說。此換勸字。是合上下兼目與效而言。正要在臣民意中看出忠信等事。所以勸處更關切有味也。第從臣民意中一寫。便似士勸百姓勸。非勸士勸百姓矣。

若謂必如此而後勸。太說壞了士民。若謂爲要他勸而後如此。又太說壞了君上。要之所以勸三字。旁人說道理如此耳。君與士民胸中。皆著不得此三字。

**唐順之文** 因勤惰而上下其食。類族辨物。勤者不嫌於豐。而惰者不嫌於儉也。豐者不以爲恩。而儉者不以爲怨也。**評** 稱事中極相懸。總是當。此造物自然之道。所謂奉三無私者也。

凡爲天下國家有九經所以行之者一也節

下節豫字。正豫此一。而註云凡事指達道達德九經之屬。原雙承兩一也。而言。猶大學自脩始誠意。而齊家治國平天下。亦止推此好惡之實也。前一也是脩身之一。此一也是治人之一。行有兩層。一只此一。

凡事豫則立節

豫之爲說。非謂凡事要先圖先愼也。先圖先愼。止講得一事。天下那有事事先圖先愼之理。惟能擇善固執而豫得此一。則天下凡事之理皆本此而行。無不知之明處之當。故曰先立乎誠。不是豫其事也。豫字中藏有一字。

題義之所欲豫。謂豫上文之一。而其所以爲豫。則下文擇執之功也。凡事指達道達德九經。謂道德九經行之者皆一。能豫此一。則道德九經無不立耳。今文泛作凡百事爲總要豫習豫做。與書義脱離矣。

上言所以行之者一。此所謂豫乃豫其一也。非先事機勢之謂也。凡事原可活說。但爲兩箇所以行之者一。故凡事必須根達道達德九經來。則豫其一之理乃明。而下文明善誠身所以爲豫之道。方一脈貫通。

此句有三層意。道德九經是一層。行之者一是一層。豫又是一層。道德九經必本于誠。而誠必豫乃得。下文擇善固執學問思辨行。正豫此誠也。人多泛說凡事。既不切貼。即知貼道德九經也只做得道德九經要豫。已删却一字一層矣。請問凡事二字。註何以貼道德九經。專爲上文兩箇所以行之者一而設也。若脱離一字。更豫箇甚。

金聲文云云。評中庸前定。卽下文擇執。他只在機勢上說。其所謂前定。乃如如常住。萬緣流注。不動耳。非聖賢之前定也。聖賢前定在理上。禪學前定在氣上。纔主氣便忌著理。怕爲理所動也。正希見處如此。

跆卽言中弊病。如跎蹬乖戾。說不通之意。非兼行言也。

在下位不獲乎上節

陳際泰文 先王鄉舉里選之制。卽授于平日相與爲競之人云云。

評 不是他立說要復鄉舉里選之制。但不從古制講出所以然則信友獲上。皆說入後世朋黨去。窮士望援引于所知。達者忌要求于故舊。一部史記韓文猶未能免此。況餘子乎。甚至植私以爭門戶。營賄以廣梯媒。又大奸惡矣。如此文方可說到順親誠身明善去耳。

陳子龍文 我苟有家庭牽制之憂。而欲以身許人。異日且爲朋友之羞矣。評此荆聶之義耳。家庭牽制，自不礙于信友。看舜有瞍象而師錫，獲上尚在未底豫之時也。文親之好不一，則順之端甚難云云。評順不是隨其所好，順者即底豫允若之謂，有以諭之于道，心與之一，而未始有違，孝之至也。非父賢從而賢，父不肖從而不肖之謂順。信乎友，亦不是便於與之交遊往還，乃因其大節而信其平生，如郭泰之於茅容，亦是此意。先生大約爲其時結社走聲氣一流抒寫耳。然看石齋先生仿林宗之法，信友而爲枚母者所欺，乃知不誠者之果不足以信友獲上，而信人者更須先明乎善，乃不爲僞妄所誤，此又足補此文之一義也。

又陳文主於有定，則不能通方，而不免於委蛇；主于無僞，則不能禦物，而不免于術數，甚矣誠身之難也。評亦不必言其後之不誠。只是誠到底也。總是錯。故不可不先明善也。【文】其遇善也以純一爲誠。而遇不善也以權變爲誠。【評】講入作用去。卽純一自有裁宜無兩般誠也。【自記】今人以老成爲長厚。以庸懦爲養望。如是而亦名爲誠身乎。葢此輩人最足以誤國。明乎小善而不明乎大善也。大善者。用殺用權皆善也。【評】雲間諸公喜談作用而惡理學。故所見率如是。葢其時理學多僞人。無怪其惡。然豈可以此而并亂聖學哉。善豈有大小之分。用殺用權何遽爲大善。大樽或有爲言之耳。

誠者天之道也節

上二句言理。下二句言人。分界斬然。而有人纔有此理。合處自見誠者誠之者。分界亦斬然。而有誠之者而後見誠者。合處亦見人有兩般。人理只一般理。故下二語可分兩樣。上二語不可平分也況大旨註重誠之者一邊連下二語勢原不平乎。

誠者天道只是一箇囫圇現成道理合下便如此耳。

此句且虛指理未說到人。

誠者天之道也誠之者人之道也此兩句且懸空說正以不粘煞工夫爲是工夫在下段也天人分說兩件到人身只是一件誠之者所以誠其天道之本然也。

上句是兩邊所共下句雖著一邊然只要完得上句之理仍是一串其所以一串者爲側重下截也。

誠只一誠耳由生初迄成功無或二也但中閒多一番工夫轉折分出天人耳。

思勉正是借誠之托背出誠者耳。

思勉中得原是誠之者甲裏事誠者直無可形容借對面反托出

來自見耳。

從容中道道字。與上兩道字不同。即達道之道。就宇宙倫理事物上言。人每混看。或説入二氏空虚别有之道去。

博學之節

五之字根善字尚有及者。五者皆爲未能誠身。求所以誠之之法也。誠字根原多拋置著。

此節是學利。下節是困勉。界限畫然。人都將誠之者三字朦朧過去。

雖是學知利行之事。然看下節。則困勉亦只在此五者中加百倍之功耳。非另有節目也。

兩節分處。不是下面另有工夫。能此五者就是學利。未能底須在此五者中更下苦功。須是困勉。

博學審問慎思明辨篤行。聖人不全靠此五件做成。然聖人用功。亦究竟離此五件不得。便降至困勉。只就其中加百倍之功。也離此五件不得。故知五者是徹上徹下工夫。

上四句相聯而下。是一串事。末一句與上四句對。又是一節事。

問從學來。思辨亦當從學問說下。不得憑空講思字。

【羅萬藻文】辨所以辨吾思云耳。【評】辨所思之理。非辨思也。【文】行又所以行吾辨云耳。【評】行所辨之理。不可云行辨。且行則統上四句。亦不單帖定辨。【文】天下之理。苟有不徹于心者。簡之可也。【評】亦簡不得。但是學問甲裏事耳。【文】天下之理。苟有不安于已者。闕之可也。【評】不安則還當慎思。不切要而可疑者闕之耳。【文】慎思所以去僞求無私之道也。【評】無私去僞。不切思辨之義。蓋思辨是惟精內事。

金聲文學問思辨行雖人。而其眞至之神。動于不容已者卽天。評果如此。又是聖人之思勉矣。中庸明分天人。講禪學畢竟要合天人爲一。只此處錯了路頭。一路道理都不的。

有弗學節

此節是困勉之事。則一能十能。亦止學利一種人。混入生安不得。總是誠之中人。此處纔分出兩種。

果能此道矣節

此道緊貼己百己千。就困勉一流言。故曰愚柔。若籠統指誠之者。便顢頇矣。

此道只指百倍其功。與諸道字沒交涉。亂拈天道人道者皆誤。

呂子評語正編卷四十終

# 呂子評語正編卷四十一

## 中庸

### 自誠明謂之性章

首句指誠者言。次句指誠之者言。與首章天命謂性脩道謂教不同。彼是統說道理。此是說兩種人道理。而意却注重自明誠。

**章世純文** 聖人之誠明。亦何可析也。既發而有其辨。**評** 未發亦誠明。已發亦誠明。明誠之未發已發亦然。自誠明者豈必待發而後見邪。彼蓋以誠爲內。明爲外耳。謬甚矣。

兩自字境界不同。兩則字口氣迂直各別。須體貼註中虛實。

誠則明矣。明則誠矣。兩句同一則字。上則字快。下則字遲。上則字直。下則字曲。世閒除却生安一二人。其餘皆自明誠者也。博學審問愼思明辨所以明。篤行所以誠。使謂只去篤行而不必由於學問思辨則吾不知其所謂行者是行個甚篤又是篤個甚今之儒者有懲象山陽明之學過於高明以爲寧取質魯一路人其意未始不厚然遂使村豎白丁人人曾閔向使象山陽明見之不足當其一笑適以張其軍而助之燄耳知而故愚之邪是爲狙公不知而受其欺邪是惑厠鬼兩者均無所可也故今日學者但有求明一法無遽求誠不明而誠所誠皆錯悍然自以爲是而不知其非孱弱者終爲俗學其高強者必一折而仍入於象山陽明矣可不慎與

惟天下至誠爲能盡其性章

盡其性人性物性各有實事必知明處當巨細精粗無毫髮之不到此之謂盡非異端之見性了性也時文每作一盡其性人物無不盡在裏許是彈指出定三界一切惟心造矣豈惟不識性

字。直不曾識得盡字。

盡人性。盡物性。都是實象。說做一盡性便了。竟成無相光中世界。埽却事理兩障。則聖學聖治皆澌滅矣。

誠若人言一盡性無不盡。中庸何用多此疊句法。自取支離之誚邪。其性中包得人物。是理一。其性中混不得人物。是分殊。兩者闕一邊講便不是。或曰。如公言逐層實遞。不疑於漸次類人道非天道之盡性乎。曰。天道人道。在知行有安勉之分。只天下至誠。與其次致曲曲能有誠處。便自不同耳。若事物彊界節次。雖聖人亦一抹過去不得。生安如堯舜。亦必克明峻德以親九族。九族既睦。平章百姓。百姓昭明。協和萬邦。以至於變時雍。上下咸若。其彊界節次分明。未嘗一抹過去也。

聖人知明處當本領。於盡性中具備。而要其所爲盡處。於人於物。

又自有各正之理。善推之序。

**林賓文** 見有利而後謀之。見有患而後拯之。以此謂仁謂義。功利之所在而喪其懷來。盛德之不終而忘其彝秉。以此謂道謂德。其亦未觀於盡人盡物者。**評** 自秦漢以後。極治之世。其本領不過如此。朱子謂陳同甫以聖賢事業。向利欲場中比較。此毫釐千里之謬也。

張子曰形而後有氣質之性。善反之。則天地之性存焉。化育亦是天地氣質上事。纔落氣質。便有過不及。故必賴聖人之贊。非虛論也。惟天地原有氣質之性。故人稟受於天地亦如之。知此足信程朱理氣之說至精而無可疑。

上言性。此換化育。上言能。此換可以有義理在。

朱子謂千五百年來。堯舜三王周孔之道。未嘗一日得行於天地之閒。漢唐賢君。何曾有一分氣力扶助得他。然終久殄滅他不得。可知贊化育是實有其事。即無其事而事之理自在。如此看則可以三字。越活動。越著實
參贊都是實事。不徒作頌子。
贊天地只在盡人物處看。
贊化育之事。只在人物身上看。贊化育之功。却在天地身上看。
黄淳耀文言誠有兩端。道器而已。化育以前。形而上之道也。化育以後。形而下之器也。評道器本不相離。無形時安有上。形下處道即存。如此分開不得。文人必不能中立於道器之閒而無所處。則僞之所積日以下。而誠之所積日以上矣。評然則僞豈配器哉。
歸有光文衆萬雜揉。合之而爲一體。化工浩渺。操之而與同運。文

千子語類道家旨則經術。評此四句只道得氣化上事。雖語近横渠。然横渠也多言氣化。不是指聖人功用。横渠説聖人處煞精實。此却止是廓落之言。無當經術。大約諸公見理不真實便以廓落爲極至耳。

至誠實際。到贊化育已盡。末二句只是從此推擬品位之同。不是這上面還有事在也。

參贊不是無分。却不是贊上又有參一層。贊就功用上説。參就位分上説也。

上六句有層次。下四句文法急疊。道理無層次也。

上六句有理一。有分殊。人每拈一放一。多失之直捷。下四句本無層次。只是疊句文法。人每挨演口角。致失之支離。

附此章文

推誠明之全量由盡性以極其至焉夫吾性中本統人物而位天
地者也惟至誠能盡之則兼盡之則已贊之則已參之矣中庸
言道首言性性天命者也天不僅於一人命之蓋人人命之者
也不僅於人人命之蓋物物命之者也人物各命以一性則人
物各命以一天地然而人人不能天地物物不能天地者非所
性之有殊而能盡與不能盡之别也其所以不能盡者何也天
命一也而氣質不一受清者人矣受濁者物矣惟其受者濁也
故不能誠卽能誠也必不能明不能誠而明故物必不能自盡
其性而物與物隔物與人隔物與天地隔於是乎有盡物性之
人無盡人性之物矣氣質不一也而嗜欲又不一得純者誠矣
得駁者人矣惟其得者駁也故不能誠或能誠也亦不能爲自
誠明之誠不能爲自誠明之誠故人有不能自盡其性而人與

人岐。人與物岐。人與天地岐。於是乎皆能盡人性之人。皆爲求盡性於人之人矣。自今思之。其唯天下至誠乎。天下氣質之偏者不可謂誠。全者亦不可謂誠。卽猶有氣質者亦不可謂誠之至。天下嗜欲之多者不可謂誠。寡者亦不可謂誠。卽求盡嗜欲者亦不可謂誠之至。故誠爲至誠。則凡天下之有誠有不誠者不可得而幾也。天下之由不誠以及於誠者亦不可得而加也。由是以其誠而知。則爲生知。以生知知吾性之理。形上形下。罔不格矣。以其誠而行。則爲安行。以安行行吾性之事。由仁由義靡不中矣。故唯天下至誠爲能盡其性。夫性一而已。上而爲天。下而爲地。聚而爲人。散而爲物。皆是性也。至誠能盡之。斯無不盡之矣。然盡則俱盡者。天下之理未始不一。而盡必兼盡者。天下之分未始不殊。則人其同體者也。同體而異性乎。至誠由己以推之而有所以變其氣質之道而有所以治其嗜欲之宜則人性盡矣而物其共命者也共命而各性乎至誠由人以及之而有所以用其氣質之權而有所以遂其嗜欲之法則物性盡矣夫至誠盡性之能事至於盡人性盡物性如此然則天地之內惟人物而已矣天地之所以爲天地惟能盡人物之性而已矣然而天地且有不能盡焉者人物有氣質天地能生之未必能變之用之也人物有嗜欲天地能容之未必能治之遂之也而至誠則已變之矣治之矣用且遂之矣則凡天地之化至而育不至育至而化不至化育至而皆有所不至天地固懸一事以待至誠卽懸一位以待至誠而天位乎上地位乎下至誠位乎中也久矣而人且疑其可贊而不可參也是猶論官者克任厥事而猶謂其不足立乃位也豈其然哉若是者非謂其盡性

之後而後見其盡人物之性以贊化育參天地也實可以參天地而後謂之贊化育實可以贊化育而後謂之盡人物之性實能盡人物之性而後謂之盡其性實能盡其性而後謂之天下至誠非具聖人之德居聖人之位者其孰能與於斯。

其次致曲章

此至次與孟子養氣章義不同近人都說做亞聖一種人坐不看註耳。

其次對上至字。然除却至誠其餘通大賢以下皆謂之次不止說一種人也但有能致不能致致足與不致足之異耳虎狼之父子。蜂蟻之君臣亦是曲但彼不能致故只成蠢蠕致只是推擴將去。使復吾性所固有之全體而已故曰曲能有誠。

**陸文霦文** 次不一其人亦不一其功 **評** 曲字正各不同學利困勉

皆是。

曲只是誠之一偏，纔見曲，即是誠。誠本非二物。

不曰致曲則誠，而曰曲能有誠，正見得曲誠本非二件。故由曲而致之，即有誠也。致得一分曲，便有一分誠；致得十分曲，便有十分誠。

**羅萬藻文** 性之所有者曲也，則是非曲也，誠也。**評** 謂曲亦是性，則得；不可謂性之所有者曲，誠與曲混不得。**文** 曲之所有者誠也，有之斯能之矣。**評** 有從能來，能不從有來。若論固有之有，則不可以曲名矣。**文** 廣大者性之居，而必端隅以自循，此誠之謹忍而息於其微也。**評** 誠不是一物，能有誠，謂德無不實耳。蓋中庸誠字，有指理言，有指心言。指理者可與性天通，指心者只就人能實有此理言，不可與性混作一虛空道理看也。**文** 惟人無權

而後聽於天之自至則凡所謂曲者本天之事也評曲本從氣質之性來故亦本於天致曲而有誠却是人事

歸有光文云云評逐句回顧誠字時人亦知之但似一誠後自然無不至者却疎也自形而著而明外面一步顯爍一步却是裏面誠字一步充拓一步固不是形著明逐節上做工夫亦不是底處一誠便了也此義時人未解有問馬君常稱其形著明内俱暗藏箇致字即此義曰此却又别致只帖曲上看到有誠則此理已實以下都從誠字說不復粘煞曲字矣若仍只有致曲後何得云惟天下至誠爲能化耶

到能化則誠之體亦足其用亦全更無分别處指其盡頭言也謂仍指上節至誠則語成歇後謂至誠即其次之稱則名號混亂須見分曉

附首二句文

求人道之誠由偏而得全者也。蓋誠一也。而必俟致曲而能有者。則不謂之至而謂之次矣。至於有誠。又安可量。且天盡人而予以性。則盡人而予以參贊之權矣。而獨尊一人以爲不可及。則以天下無不足於性之人。而有不足於誠之人也。然則人第求足其誠焉而已。而又不能。則吾又謂其無不足於誠。而有不足於性。非不足於性之理。而不足於性之氣也。蓋理止一原。氣有萬變。受理者無一異。受氣者無一同。惟無一同也。故天下皆有未足乎誠之質。惟無一異也。故天下皆有取足乎誠之功。則不得不推夫理全而氣又全者謂之至。則不得不分夫理全而氣偶偏者謂之次矣。而抑有疑焉者。至次之名相去。而實相近也。其必與聖人未達一間焉。然後可。而下此遂無足幾者耶。不知人之品量雖甚懸絶而以誠視之則止有至次而已矣以至誠視之則皆爲其次而已矣何則自大賢以下至於恒庸其未得爲誠一也自恒庸以上至於大賢其可以爲誠亦一也蓋其未得而誠者惟曲之故而其可以爲誠者亦惟曲之故其所謂曲者何也當夫理全而氣全則天下之氣皆繞於理而不分此之謂性當夫理全而氣偏則天命之理反附於氣以自見此之謂曲也蓋理虛而氣實實者得則虛者無不得矣故性見於誠之後氣私而理公私者盡則公者亦無不盡矣故曲見於誠之先然則至之獨尊乎次者惟誠以前無此曲折耳然則次之微遜乎至者亦惟誠以前多此曲折耳曲折者何翳惟致曲曲之囿於稟受者其體超於稟受之初而離稟受無所求體也卽其所囿者而一致之致其不及而無弗及致其太過而無或過致之

所以爲充盈也曲之分於散殊者其本立於散殊之上而去散
殊無所得本也即其所分者而各致之致其所知而無弗知致
其所行而無弗行致之所以爲積累也今夫人有僞妄而不能
誠者矣未有充盈而不能誠者也有虚間而不能有其誠者矣
未有積累而不能有其誠者也惟曲有自達於誠之功斯誠無
不各給於曲之勢亦惟誠無或離於曲之道斯曲無不共極於
誠之原一曲之自有一誠也衆曲之止有一誠也彼以順行而
有之此以逆取而有之彼以統同而有之此以博求而有之彼
以神靈而有之此以漸次而有之其所以爲誠者不同而誠固
無二誠也蓋莫不生於二氣而近健者剛居多近順者柔居多
惟不能自克其剛柔之用故乾坤之理恒虚亦莫不出於五行
而得木者仁嘗勝得金者義嘗勝惟不能自極其仁義之純故

天地之性難返。誠由致曲而至於有誠。而誠之所極。又豈有畛域哉。

至誠之道可以前知章

此節首二句喝起。國家將興以下。一氣直貫到禍福將至句一住。此六句總在理上説。所謂可以前知之道也。至誠之前知。正以其道也。故曰可以前知。而不曰至誠前知。看之道可以四字自分明。

道可前知。言理本如是。自蓍龜四體以上。皆指其道而言。禍福將至以下。言惟至誠能有其道而前知如神也。先知如神中至誠正有審機之精與修救之妙。豈僅同讖緯術數之學哉。

禎祥妖孽。無人不有。單説帝王便講不去。

在天地間有實理。故至誠之道可以前知。在人有是心。則實理在我故至誠如神也。蓍龜四體之自見自動。無時無事不然。非至誠之見之動之也。而惟至誠乃見其見動之所以然。以其道也。

見動是蓍龜四體之自然。見乎動乎是道。皆公共之理。到卽見動而先知善不善。方是至誠之神耳。

見動只在蓍龜四體。知其見動却只在至誠。無至誠眼前刻刻見動。誰能知得。

看兩乎字。則吉凶原不關蓍龜四體事。蓍龜四體固不知其該見動也。然則以爲此爲見此爲動者。原是至誠耳。至誠如何便知其見動。在天地間皆此實理。惟至誠之心有此實理。故湊著便得。世間無一刻無一物不見動。只是無至誠。空見動。空消滅耳。可見見動原在至誠心眼裏。

**陳際泰文**　惟動以誠。故可前知。不然。世之雜然而動者固多矣。其能盡信之乎。評必誠而後動者可前知。則至誠之可知者鮮矣。

正于雜然而動處能盡信之耳。文詭而動者之不足據也。評詭而動。卽是詭足據矣。文浮而動者之不足憑也。評有浮卽可憑。曰動乎者。卽指禍福善不善。非泛言四體之動也。纔有動。此理便顯。不論動之誠與不誠有意無意也。

至誠前知。只是理耳。豈董五經之輩乎。

善卽是福。不善卽是禍。然不云禍福而云善不善者。註云理之先見者也。程子謂董山人能前知。然聽其言論亦無異人處。只是久靜氣虛。虛生明耳。與所謂無一毫私僞留於心目者異矣。前知須靠定理字講。

善不善便是禍福將至之兆。猶言吉凶也。

金聲文人之於善莫不雜。而至誠者但得一善。學之於善莫不膠。

而至誠者又未始有善。評此善字在氣機上說。非道理心體之善。禍福將至之先。其機兆分端。不可以禍福言。所謂善不善也。若作本源善字看。則兩之字先說不去。不善句亦有礙。不得不轉入無善無惡去。正希宗旨如此。觸著磕著。無非這箇耳。凡入禪學。則一切文字語句。無一定名義。皆可假借爲言。雖破句別字。不礙了悟。吾儒不然。字字有下落。彼此不相混。其極頭合一處。更自分明。

幾在事先。理又在幾先。一路追到極平寔地頭。却正是神妙不測之盡處。

唐順之文有一善一不善焉。幾動於彼。而誠動於此。云云。章翊兹先知當是靜照耳。若云誠動於此。幾於有意將迎矣。且誠何以動。亦無究竟義。在。評幾動於彼。事物呈其朕。如禎祥妖孽蓍龜四體之屬。誠動於此。幾至則感而遂通天下之故。動則俱動。非將迎之謂也。誠何以動。誠之明動也。如目之忽見耳之忽聞。所見所聞。幾動於彼也。見明聽聰。而心通理得。誠動於此也。靜照者二氏之說。非聖賢語也。即由其說言之。照即動也。彼意欲其雖動而本體常寂。故曰靜照。非有不動之理也。將迎者幾未至而自私用智。非誠動也。荆川語本無病。且正見其體晰之精。

**章世純文** 天下之物。莫不能效幾先之用。而人不能物。物無機。人有機也。**評** 蓍遭刈。龜被鑽。彼亦不能神。豈亦有機耶。**文** 一心之靈四體之動。我以機智自用之。則天下得而用之矣。**評** 越機智。天越用之所謂不善之動也。**文** 物之能爲吉凶先者。又豈不至神也哉。**評** 物爲吉凶先。物寔不知吉凶也。**文** 人而能物者。則人而能神。**評** 兆吉凶妖祥者。非如神也。因其兆而即可知吉凶妖祥者至誠如神之道也。至誠之道可以前知，非以前知爲至誠也。至誠之知超乎人物，故曰如神。大力却要至誠離人道而學物，眞是可笑。

通書謂誠神幾曰聖人，其說發原於此章。蓋實處是誠，虚處是神，介乎静動之間者是幾。三字須合作一件講，方是此章全理。人只發揮得一幾字耳。

**祝翼權文** 無者不可知，有者可知；隱者不可知，見者可知；静者不可知，動者可知。不於其寂於其感，道所以正天下之聰明。**評** 此郤子加一倍法，程子不屑爲也。**文** 知所有不俟其既有，知所見不俟其既見，知所動不俟其既動，不於其著於其幾，至誠所以豫天下之觀省。**評** 月暈而風，礎潤而雨，此理顯然。至誠只爭一先字耳。

誠者自成也章

此章自成自道分配處予意頗與時說不合竊謂首節分說下二節則言誠而道在其中未嘗分也首節誠者句兼人物而言而道句專就人說故上句無工夫而下句有工夫然註中即找誠以心言二句則誠之在人者原有工夫故下節不誠無物註即云人心一有不實也若不誠以下止說自道則宜云道之爲貴且末節誠者非自成已又何說乎蓋誠在物爲實理而在人爲實心人必有此實心則實理方成而事理亦得假如實心爲孝而後成孝子此誠以自成也而定省温凊許多道理已無不行即此爲自道若無此實心則不成孝子而定省温凊之道亦皆無物矣故所重專在誠如時說則所重專在道矣或曰終始句解自成不誠句已是說自道此意本朱子不知朱子此言是說

終始句仍指物而不誠以下乃責之人耳未嘗分道與誠也要知自道工夫全在誠上用功不在道也不然朱子何以又補而道之在我者無不行末節又補而道亦行於彼乎

首節

此兩句只虚疏誠與道字到下節誠之爲貴方責重人功節次分明可見人要發明兩自字不道竟做了誠之爲貴題目非此節本義也其病總坐不信註不肎細心體認若能體認則不特註中實字分毫移動不得即虚字語助亦一箇忽畧不得如誠者物之所以自成道者人之所當自行兩句物字人字兩實字分下所以所當兩虚字不同皆有至理精意粗心者以爲兩自字總責成在人如何自成反屬之物此不通也這物字包攝甚闊非對人而稱之物乃兼人而言也天地間象緯流峙飛潛動植

凡有形氣者固是物。卽人亦物也。人之動作云爲交接之事。亦物也。故誠者自成。朱子謂孤立懸空說這句。正爲其包羅廣大。不專指人而人自在中。不是單屬對人之物也。惟其不專指人。故不可言所當自成。而云所以自成。曰所以則凡物皆非此不成。而責重之意自見矣。或曰。下文又云誠以心言。似專指人。曰。海粟說如彼就一物上說如此。其義一也。物物必有此實理而成其爲物。在一物必有此實心而實理乃成。如物物統體一太極。一物各具一太極之意。蓋天下原多自然成就之物。不待人力安排。然其道必不能自行。故道必責重之人。如牛之任重。馬之行地。亦自其實理自成。然任重行地之道。必須人使之。馬牛固不能也。曰。若說天下有自然之成。則自字恐易錯入老莊去。曰。不然。老莊之自然。猶陽明所揭良知之良字。不過欲打滅學慮之苦。理義之障耳。游廣平楊龜山以此意解兩自字。故朱子辨之。若朱子所指自然。乃萬物所以自成之理。與彼說有空實之別。相去天淵。不得以其說之謬而併廢正義也

物無不誠。人心之本然亦無不誠。故首句懸空說。物無不誠。却不能道道。人心有不誠而能道道。故道專屬之人。而其工夫只在去其不誠。而物之道亦自人道之。此末節所以成物也。須看透此意。

自成句兼人物。自道句專在人說。故朱子謂不誠句已指自道說言指人之行之也。而道自道。兩道字音義本不同。而道之道理也。自道之道行也。自成須人自行。故誠道分開不得說自成。則自道在其中。講章以誠者句分自成。以下皆主自道。其解最謬。

上句兼人物空說。却有誠之之人在內。下句專就人言。却有自成

成物在內。

說者多謂上句是天命之性。下句是率性之道。本於大全。盛於講章。其實不然。天地之理至實。聖人之心亦至實。與性字無涉。即以性言。亦是實有其性之謂誠。非誠即性也。率性之道。亦兼人物。不專屬人身。此道字即誠之事理耳。就誠字帶說。故下而字。若云靜存動察以自道其道而爲誠。亦是倒說。仍與率性之說無二矣。蓋誠之乃所以自成。而自道亦在其中。看章句自見。

天道人道道字。與此章道字迥別。亂拈不得。

陳子龍文 人之心術不同。而意所自發者多堅。迹所强襲者易敗云云。評 良知之說。其蔽正在此耳。原批 儒術而誤天下。彼亦曰誠。故自成者如純忠純孝是也。自道者忠孝而可行之於君親可達之於後世也。此處用不得格板。全在自家理會。方不爲儒術所誤。故誠者自成也。而道自道也。至誠如神。神者權也。論理之家。皆皮毛耳。評兩自字指本然之理。兼責當然之功。非謂本之自己者爲眞。而在宇宙事物教學者皆僞也。此皆爲艮知之說所誤。嘮叨罵假道學一餉。分毫不切書旨。閱幾社原批。知當時一輩名士無一辨道者。可歎也。

誠者物之終始節

因首節上句兼物。下句指人。故朱子謂不誠句已說自道邊言責重在人耳。卽須有人不他始得之意。非分此下屬道也。在物爲誠。在人須誠之。而自道卽在此。不誠句註中專就人心說。正與首節誠以心言相照。

羅萬藻文吾今而觀於物。未有知其窮且盡者也。云云評終始正指兩頭盡處而言。非循環不已之謂。文不誠則其初亦無從有物耳。評不誠當就人心説，不當仍從物之本然説。文君子於此既有得於其理之不易矣，而内外精粗之分，不得不舉而實之以事。評説成兩橛，其意將上兩句看做造化萬物外事，爲天道自然，誠之句爲君子身上事，是勉然人道所貴，上下都説錯也。誠者終始句，即君子之誠已在其中，但統言人物事物之理如是，故曰懸空説此句。不誠句專就人心説，今將不誠無物看人無始以來，尤爲謬妄，惟其終始句連君子在内，故君子句一氣直下，非君子有監於外邊物象而後不得已而誠之也。

陳子龍文天下之不能無物者勢也，而君子不敢以爲必有。評爲甚要無爲，甚怕有。

誠之實有工夫在。

誠者非自成己而已也節

仁知見處是德。本即是性。故曰性之德。

仁知雖是性。然性不專仁知。故曰性之德。時文只是仁知性也。

或以此章言人道。遂將擇善貼知。固執貼仁。說謬矣。此仁知是指成已成物之道理言。不向工夫推論。到合外內句下。故時措句上照註補出。既得於已處。括此意則佳。然亦不可分擇執。蓋成已自有擇。成物亦有執。彼知仁。非此知仁也。

【章世純文】誠能兼成者。有所以成之者也。【評】所以成之者誠也。仁知乃因兼成而推論及者也。【文】君子於此。亦求其端於仁而已矣。至於及物也。而又資之知矣。【評】仁也知也。是推本語。不是用功語。且仁知並言。不得分次第。若云及物又資之知。然則成物又是一樣。何以云所以成物耶。【文】天下之事。固有無術而可行者。其近者也。家庭之間是也。無術而不可行者。其遠者也。天下之人是也。評以術爲知。豈可言性之德哉。且家庭之間卽成物也。仁也知也。本推論成已所以成物之故。只緣仁知皆吾性之德。誠則實有諸已。其成已卽性之仁。其成物卽性之知。故成則俱成耳。乃因成已成物而追本仁知。不是謂求之仁知而後能成已成物也。且又分别出求仁知次第。又將知說做權術作用。然則求仁而不能求知之術。則但能成已而不能成物。必須兩件各求。又何以謂之非自成已而已。所以成物哉。直於理解不通。

言仁知爲吾性之固有。道理不分內外。故能誠之而自得於已。則自然及物。以時措之事爲無所不當耳。合外內是指自然道理如是。非人不能合而聖人合之。道字非性道之道。亦并非自道之道。

性字實，道字虛。此道字非率性之道道字。亦非而道自道道字也。

性字與合外內相應。道字與德字相應。看本文句法自明。人將性道平對。下句應作道之合外內矣。

道字與德字相應。不與性字相應。只當理字相似。合外內三字。乃與性字相應。

性之德也三句三也字。上兩也字更急。末句較緩。

中二句要直下要急受。末句却急直不得。仁知雖爲性德合外內。然不實有諸已。常人豈便能時措皆宜。故註補既得於已四字。即節首誠者二字也。一滾並作固非。即就性德自然順下。亦未夢見在。

此節與上節皆只說自成。而自道在其中。故上節註補道之在我者無不行。此節補而道亦行於彼矣。言外補自道則可。題中平繳自成自道則顯頂。

故至誠無息章

此章分明兩大股。一總結。又是一頭。一過文。一尾。自相照應文字。前六節說至誠。後三節說天地。末節收合此兩股一結也。以至誠無息爲頭。不貳不測作過文。純亦不已煞尾。此三節照應也。其大旨只至誠無息與天地同。然天地之無息可見。而誠難見。故第七節專指出不貳。不貳者誠也。聖人之誠可見。而無息難見。故末節專指出不已。不已者無息也。

通章止完至誠無息四字。天地之無息可見而誠難見。故指出不貳。不貳卽誠也。至誠之誠可信而無息難信。故結出不已。不已卽無息也。

不息則久節

凡天下治理事物名術。亦必不息乃久。久乃徵。道理未嘗二也。然此却只說至誠之不息。至誠之久徵。人多說向粗外。

**陳子龍文** 古之聖人。莫不有見於世。方其未見。忘乎徵矣。而未嘗不以爲驗也。彼異說者以爲綿綿存之。不勤于用。其誠與否孰知之也乎。**評** 此等論如何動得異說。異說卽有徵亦非誠。至誠不見其徵。其不息之誠自在。

徵則悠遠節

**陳際泰文** 云云。**評** 當時悠遠博厚高明等義。俱看入心性去。如禪門過去現在未來六道因果。總只是一刹那間事。滿地野狐跳噱。得大士文竟實說在功效。如沉翳之日一明。然大士又說向後世粗迹事爲。於至誠界分絕不相似。此古人所以有扶醉漢之歎也。

悠遠二字只一意。悠久二字兼內外。乃有兩義。強將悠遠亦分兩樣。以精神功業支配理便不確。徵以下皆指功業。功業皆見精神。不可分也。

高明二字。須從博厚中刻畫出來。大士文只將高明作文飾看。而謂至誠但遲待約守。不急役於此。此豈博厚則高明乎。且自悠遠以下。皆推極至誠德業徵驗之盛。非至誠以博厚高明悠遠爲事而漸次做成也。

博厚所以載物也節

此言至誠與天地同用。天地之博厚載物高明覆物悠久成物。是實事。至誠之博厚載物高明覆物悠久成物。亦是實事。所以二字。乃其所謂同也。人不能實說。多說向無形影去。又何以謂之用。又何以見其同哉。

此言聖人與天地同用。自宜在功業上説。俗解以爲粗。偏要説入心性去。此禪家問庭下石在心内。曰行脚人著甚來由放塊石在心頭也。

至誠載物覆物成物緊有寔事。自當從功化及物處講。正在用處看。三代後太平刑措。總到不得載物覆物成物甲裏。貞觀之治。唐太宗自以爲行仁義之效。歎曰惜不令封德彝見之。而不知其原非仁義也。問何以非仁義。曰。其體不誠。故其功用亦全不是。文武成康之治。惜不令唐太宗見之耳。此針一錯。直到伯恭同甫皆認賊作子。以至於今未悟也。學者亟當辨取。

悠久合内外。故所以成物處亦徹内外講。成物只在覆載上見。故悠久亦只在博厚高明上講。

悠久非寬大徐緩之義。此因上文之悠久而贊聖人之用之同於天地。成物當在天地成物上配看。方見所以之意。

博厚配地節

註言與天地同體。正指其功用之所出。非指功用之所至也。若講似載物配地。覆物配天。成物無疆。便是第三節義。非此節矣。

如此者節

此是形容所以覆載成之極處。無絲毫不是天地耳。非於覆載成外別有奇事也。

天地之道可一言而盡也節

以上言至誠之道配天地。此下三節言天地之道以証至誠。至末節方合併言之。而歸重至誠。此節與上六節分界。自無爲而成以上。專言至誠。自一言而盡以下。專言天地。末節乃合言之。言至誠處。皆天地之理然。只說至誠。言天地處。皆至誠之理然。只說天地。一夾雜便亂了賓主章法。天是天。地是地。如何不貳。惟其誠而已。若指其氣之通合爲不貳。則已截然是貳矣。且中庸明云天地之道可一言盡。非謂天地可一也。

天地之道博也厚也節

此是第四節對子。註中誠一不貳。是承上節說。本節即各極其盛四字耳。作不貳看不得。功用在下節。又作及物處看不得。博厚高明悠久。天地之道。皆指功用。其博厚高明悠久之誠一不貳處。便是至誠。蓋天地之爲誠不可見。從此道上見得其所以然。不是博厚高明悠久即誠。又不可說博厚高明悠久之外别有箇誠。

今夫天節

此節人單指生物之盛說者非也。看註云皆以發明由其不貳不息以致盛大而能生物之意。則斯昭昭撮土正照不貳不息意。及其無窮以下。乃所謂致盛大而生物也。故又補天地山川寔非由積累而大以完語病。則昭昭撮土。其指不貳不息之本可知。蓋此節正對上文第四節以下說以明至誠之功用。昭昭即是全體拆看云然耳。

若說天去覆萬物。覆得幾何。即覆得盡時量亦盡於此矣。須是萬物覆焉。只增得一焉字。便覺天體寬大多少。故曰無窮。曰不測。

此節總爲則其生物不測句發明。一路說向外去。極言其盛大耳。人每爲映合至誠。偏要倒裝轉誠字。并且夾和至誠說到治化上去。皆謬見也。

凡作此節中文。每將聖人治功綴合至誠以爲得章意。而不知其寔亂本文也。自天地之道至此。但言天地絕無至誠在內。一語夾和。便亂了中庸章法。彼總不知本文中自有章意關會在耳。註云由其不貳不息以致盛大而能生物之意。不貳不息即誠也。只不可說到人事上耳。

詩云維天之命節

至誠無息。與天地合一處。上九節已反覆道盡。末引文王做箇模樣耳。須得中庸引人意。

天之可見處是不已。文之可見處是純耳。其寔一也。

天地之無息可見而誠難見。故說天地之道也。只是不貳。不貳即誠也。聖人之誠可信而無息難信。故說文王之純亦不已。不已即無息也。如此看兩邊結束甚明。

純即是至誠。不已即是無息。此亦易曉。然何故作此復衍語。只爲說至誠與天地同。天地之無息可見。而其誠不可見。故結天地之說曰其爲物不貳。不貳卽誠也純也。至誠之誠可信。而其無息不可信。故結至誠之說曰純亦不已。不已卽無息無疆也。如此看。則亦字側重不已處意自分明。

不已卽在純內。別無兩層。

人將亦字看做中庸斡旋詩義。便須增出純如何到不已。反成兩分。不知詩之言天卽是言文。猶中庸之言天地卽是言至誠。就詩言詩。不必更費脣舌。

呂子評語正編卷四十一終

# 呂子評語正編卷四十二

## 中庸

### 大哉聖人之道章

首節

通章先有下四節。纔有前三節。先有下二節。纔有第一節。首節先有道。纔有聖人。先有聖人之道。纔有大哉。

大哉突如與歎。聖人之道四字拆開不得。此函蓋乾坤句也。

大哉句直貫下兩節。

大哉聖人之道。是贊道。不是贊聖人。

看下文一待字。可知雖數千五百年無人行。聖人之道長在此。所謂非道亡。幽厲不由。而朱子以三代下架漏牽補時日。毫無助益於此道也。道不必人而在此。說似與待字語離。却止與待字義客。

洋洋乎發育萬物節

只虛虛說箇道體如此。若說聖人如何去發育峻極。便非書理。且使第四節亦無地步矣。

不善講峻極者。先定却道之分量。而後極之天。恰好充塞。假使天再高一層。道必有空缺不飽綻處矣。善作峻極者。只定天之分量。而道必極之天。高一層則道亦高一層。天再高一層則道亦再高一層。天自高不去耳。道之峻極固無限也。如是方可謂之大而無外。

優優大哉節

**楊以任文**君子以爲三千三百皆儀也云云。**評**儀原不粗淺。程子所以闢異端。只在迹上斷定。要知迹從何來。知其非則知聖人之儀固精矣【文】無忌之小人其初皆以行禮爲意者也【評】無忌憚小人先無天在胸坎則曰禮豈爲我設耶安能以行禮爲意哉【文】禮者道之至三千三百非禮之至也君子非徒汲汲於行禮也不使德性問學出於二而使德與禮出於一而至道凝矣而禮乃行矣【評】此段議論見者以爲重禮字而不知其正澌滅禮字也必將一部三禮盡數燒却而獨存無體之禮乃謂之眞禮則聖人之禮亡矣此章原無重禮字義即以禮論聖人之道之妙正就三千三百上見故曰優優大哉但人不能脩德斯道不行耳尊德性節正說脩德故禮與道爲體不可云禮即是德而三千三百爲非禮之至也蓋其所見止激於僞飾儀文之人而因疾惡禮法之士其既也因疾惡禮法之士而幷抹撥三千三百爲非至道設有動容周旋中禮之聖人過其前必反疑不

如嵇阮之眞矣嗚呼此豈文章小失歟【陳子龍文】聖人之道誠大非禮何所附麗哉【評】道亦不靠禮爲附麗禮便是道耳【文】聖人作禮禮作而道不廢其中後有作者無小不備既盛美矣然而習之者不樂非禮不善其洋洋者不及聖人而優優者不可見也【評】若論晉人胸中便在禹湯文武時亦不樂也【文】當世之於禮亦云習之而已卒其所云行者非其人不能也【評】待人而行行其道非行禮也天地萬物禮儀威儀皆所以見聖人之道單贊聖人之作禮既落村見因看得道爲自然而禮屬假造遂謂無聖人禮無當於道不可行害道更甚矣

故君子尊德性而道問學節

致廣大句與極高明句最易無别講致廣大字字貼私意説講盡

精微字字貼析理說界限方分明。

陳子龍文 聖人之道。其可見者大焉而已。即欲自言其內之所存。聖人亦不能。評 這大字與首句大字不相涉。廣大不是外。精微亦不是內。文 天下之事無窮。而君子悉引而歸之。已斯博業之正矣。評 廣大不指此。此乃精微中事。其意以事功名物爲廣大。而以內體玄渺爲精微。又似廣大屬道而精微爲君子用功以求廣大者。此與中庸何著也。

謝于道文 人知求精微於德性。而反遺天地萬物之理於吾心。則虛而不可用也。評 方知陸子靜原不曾尊得德性。吳草廬原不曾識得朱子。文 人知務廣大於問學。而不會三千三百之禮於一原。則泛而失所歸也。評 此博學宏詞訓詁事功之無當於聖學也。二段大有發明。直可見江西永嘉之學都無是處。

温敦字是已精加精意。故章句就已知已能說。已知已能。與良知良能自別。人每以德性之知能爲說。故多誤拈。其寔非也。

良知良能。自然之理。人人之所同。不可以故厚名之者也。已知已能。必然之理。人各不同。然無人不有其所已知已能者。故曰故曰厚。人爲故厚要貼德性。故每引良知良能。不知凡人之所已知已能亦皆德性。即如其次致曲之曲亦德性也。

**唐順之文**云云。**評**廣大高明二句。本說來一片。至温故二句。忽然分畫有德性之知能。有問學之知能。豈下二句而以二字與上兩而字文法意義各樣乎。其意謂已知已能不足言德性。必良知良能乃合耳。不知知能即德性。義理節文即問學。非謂知能各有兩種也。

惟敦厚纔可以崇禮此卽忠信之人可以學禮之說也然天下有一般人實是敦篤純朴然或箕倨不以爲非故敦厚又不可以不崇禮如此講來兩層意思都到以字自有安頓却無後來講學穿鑿之謬

非敦厚無以崇禮而敦厚者又不可以不崇禮此與上四句每句中都有兩意自隆萬以後有側重崇禮者謂厚者禮之意也故敦厚卽所以崇禮一順說下則此句獨卽有一意與上四句異矣推其病根皆原於老莊之說以禮爲忠信之薄故艾千子直斥之爲一字不通非激論也

通節語勢一例上下俱平看互看不分輕重人因此句換以字強生枝節遂有偏主半邊者宜千子詆其不通笑端也

是故居上不驕節

陳子龍文吾觀往古廢興之故君子亦嘗進用矣而始之未見有赫然動人之功既也又無以爲藏身之固而卒爲小人所困逐世甚痛之然我以爲此君子不明于機不察於勢也評亦是欠修德凝道無不驕不倍之本領耳豈論機勢哉○此四句言脩凝之君子無往而不入於道足興足容從不驕倍來不驕倍從尊道五句來非謂當識有道無道之機勢而巧於作用也巧於作用即驕倍之小人非君子也且此重足興足容不重有道無道即有道無道亦不專論君子小人之進退大樽有感於崇禎年門戸之鬬耳

陳際泰文富貴功名之樂豈必身自享之用其言與用其身無以異也評發足字高出意表然又須知即不用其言然其理自足興於有道也足以興者言其理也如世間秀才習爲吉利軟美

之辭活脫膚浮之法雖以此得科名美祿位然其言足以亡也足以興中分量高下更自不同直須向未作文字前道取一句耳。

根柢脩凝憑依不倍推極足興之氣魄力量規模聲勢無所不盡却只得君子德性問學中事方是中庸道理時文鋪揚盛美但說成太平粉飾一流耳與上六節何與

興謂興起在位若僅在言之功用上說便似後章動而世爲天下道言而世爲天下則義矣

又陳文 國既無道言而取禍不言而未必免禍自一事也評要之即不容而其足容者自在文朝廷之上猶有可樂身日在小人中而安若泰山人或目其默而忌之而君子獨用之以自委蛇於鋒鏑交加之地評將推尊長樂老耶此一種作用今人極有

傳之者。小人而無忌憚。非君子之默容也。立乎人之本朝而道不行。恥也。故朝廷之上更無默法。但有無道則退耳。默者卑官處士之爲也。**文**天下或以口舌爭。或以身命殉。或以括囊道。或以隱忍留君子皆曰未也。有心以避禍。不若無心以任運。**評**無道時紛紛景象。有許多人品行術。襯出君子甚好。但追到要緊處。却只成差路作用。故讀書須明道爲要。

**又陳文**世人隱於山。而聖賢隱於道。上下治亂。日與共事。則人不能測之深矣。**評**保身非隱也。只是大隱作用。揚子雲於此自誤一生。**文**人所共習者。千古巢由之癖。下而不上。默而不語。乃得道之士。神力充周。其入世而不以喪吾存者。又不在道也。**評**東方朔戒子詩至矣。○明哲是見得事物道理分明。保身是所行必無危殆之道。固非見幾趨避先占便宜之謂。亦不單就無道默容言也。文於此理欠細確。隱隱躍躍。文走入黠滑不可測一路作用去。

子曰愚而好自用章

今天下節

**歸有光文**云云。**張爾公**不倍是今天下真精神脩凝。是不倍真血脈。識得可倍不可倍道理。則戒懼凜然。自生忌憚。今天下節。正不得攙入大同一統膚語。**評**此節是上節寔証。同軌同文同倫。正言不制不考不議。非所以不制不考不議之故也。所以不制考議之故。却在下文今天下之所以同軌文倫。從天子來。天子者。即下文註所謂聖人在天子之位。蓋指文武周公也。故所稱大同一統之盛。亦從先王制作功用氣象規模而言。子思自謂當時。乃今天下不制考議之時。不指制考議之天子也。若子思時之天子。正是有位無德不敢作禮樂之人。亦在爲下不倍義例中。豈議禮制度考文者乎。今天下之所以同軌文倫。而尊如時君。聖如孔子。皆不敢作禮樂。正爲今天下之禮度文。皆從文武周公來。所以大同一統。如此之盛。雖有當更定者。而時無德位並隆之人。皆當守不倍之義。雖時君不敢以愚而自用。雖孔子不敢以賤而自專也。起手即從文武周公說入。後言大同一統氣象。皆王道之大。正見不可倍道理。而評者反謂膚語未合。不亦異乎。

三同字只照上三不字。

或謂此止說時位。不兼德言。非也。饒雙峰謂此章爲在下位者言。故非天子不議禮制度考文。專指賤者而不及愚者。亦非也。看下文雖有其位苟無其德一段。則此節同軌同文同倫。原從文武之德位來。今天下三字不是夸盛語。謂今天下有位者無德有德者無位。自天子以至庶人。皆在爲下不倍義中。只合共遵守之。正見都議禮制度考文不得。非謂其可議禮制度考文也兼愚賤用專言爲是。

看下節云無位無德皆不敢作禮樂。則今天下車書行之所以同者。依然文武周公之所作耳。不但孔子不敢。卽時王亦不敢也若止就有位說。則下節之義不全矣。直從周初德位說下。今天下三字鄭重宏正。方見聖人爲下不倍之義。不止爲勢位而言。

**郭浴文**凡世之敝也。必從其虛者先疑。而後寔從而壞。一點畫有不遵。一聲音有不協。而又何有於月吉之頒。一王之詔也。**評**名論足垂。胡文定謂大事皆起於細微。可知文字不是些小事。六書之學。爲之未有不穿鑿傅會者。或是好奇如石推官之類。其失尚小。或即以解經文佐其穿鑿傅會之見。如臨川之字說、莊渠之精蘊。其病便有不可勝言者。友人中有好此。雖鄭札必以蟲鳥見及。某却不敢如此。以有洪武正韻在也。

王天下有三重焉章

首節

做得有字徹。方是說為上不驕。若重拈王天下與重字。仍只是為下不倍中義耳。須知有字中已具本身六事在裏。不是後方增出。

故君子之道本諸身節

此節是極贊君子之道。指其現成之理如是。不是說工夫。亦不是考功效。

註中明云其道即議禮制度考文之事。而時文每只虛空說道字。

遂使其言益渺而無據。

此章重在三重之道。本身以下。是所以有三重者。六事平列。未有側重本身意。然不驕根原却在本身內。

考建固不是著工夫。然須有寔事。考有考義。建有建義。如何刺斜裏做此方僭過。

章世純文君子之道甚大。所以自計其失得者亦大。不以失之其身。失之其民。斯爲失也。評巧言害道。失之身。失之民。根本差矣。豈得以三王天地解哉。文援世所萬不及之倫而始受其屈。此可謂之屈哉。但言古不及三王。上不及天地。即謂贊美可也。評如此則一味大言。便是君子之考建乎。秦政新莽亦與三王天地妄擬。亦將贊美其善乎。其言甚辨。儘能形容恢張。第考不謬。建不悖。正見君子不驕之實。如文中語。無論本領如何。只此箇氣象。却正與不驕相刺戾耳。**劉思敬文**陰陽消長。化工變化工之窮。皆慎防其悖耳。**評**天地運氣。有勝必自復。而人不能。亦此理也。

**金聲文**我自疑。而天下之不能信我也。亦自恍惚矣。我自惑。而天下之不獲相見也。亦如後人耳。**評**不必說到此。若不能知天知人。便天下信我見我。總不相干。**文**君子以爲後世必無奪吾是者。或其人非聖。誠不能無乖異。非是而君子早作之師已。**評**此段發揮得盡。陸王之學。必非孔孟之徒。後世爲所惑者。皆不能知天人之理耳。然正希意却正主其說。**文**自無疑惑。豈誠有可以疑惑之者。故必至是而後見君子之自信至此極也。**評**無疑惑固只在本身內。然如此說來。亦不必質俟矣。不亦驕乎。**艾千子**既已徵諸庶民矣。則雖鬼神後王。非影響也。君子自信固如此耳若待鬼神後聖而始無疑惑則非本身徵民之理矣【評】若追到極處只本諸身三字自信已足何必講徵諸庶民況以下四句耶然此章大指却不如此四方上下往古來今有一處分毫不合便是本身處有未是故後文云君子未有不如此註指本身以下六事而言此正所謂不驕也若只要自信得盡則五句都成剩語矣只爲鬼神後聖二句無憑據恐人錯會師心自是故特設下節知天知人以明之而註又特下知其理三字方見二句之實總之聖學無疑惑在理上他說無疑惑在心上信理則從戒慎恐懼明善誠身來故不驕信心則自用自專生今反古直至無忌憚正與不驕相反此毫釐之辨也或曰焉知其所自信不指理而言曰纔說得悍然自足泰然無事處便是道理走作孟子所謂知言亦只在這些上可見雖名理瀾翻不能

遮蓋也。

質諸鬼神而無疑知天也節

只爲上文鬼神百世聖人二句，恐人疑其渺茫夸詞，故特解之，見此是實理，天地三王，更不待言矣。

不是質鬼神無疑而知天，俟後聖不惑而知人也，知天而鬼神在其中，知人而百世聖人出其內耳。

如今人崇奉佛老，諂事淫祀，此不知天也，惑於流俗，囿於習見，方隅舉世所非，便立脚不住，此不知人也，豈必欲叛正從邪，只是於自家道理上原鶻突，自信不及，便無所不至耳，故欲闢異端，先須識得自家本等，若妄爭虛氣，下梢定一折而入於邪矣。

不靠寔理，雖補綴成文，總亂道耳，畢竟天是何物，鬼神是何物，天與鬼神是一物，是兩物，先儒云天者理而已，又云鬼神造化之迹也。須做箇題目入思議。知字便不難下也。

光武赤符。眞宗天書。總緣不明理。天者理而已矣。

是故君子動而世爲天下道節

不得但作頌美昌瑋體。須知此正是寡過之寔。所以動行言而世爲道法則。其根都在上文須語語合。是故語脈乃隹。

兩而字粘緊行言讀。令行言兩字語輕急。乃得其妙。非輕行言。正說行言到盡處。不必重大致慎。凡有行有言。卽世法世則。盛德之至。非功夫純熟。未易語此也。

**俞嘉言文**自君師統分。而大君之行言。因疑不足師模於百世。夫君第斆學之事。而特重之以紀綱之設者也。**評**可知殿廷原是書院。書院主異端。與殿廷主殘暴。一也。

世字即指本朝言。若兼異代，其如無徵不信何。

仲尼祖述堯舜章

首節

全章舉仲尼以證天道。此節言仲尼入聖之功。祖述等字，若不著力，則非精義。若說沾沾地依傍規摹，又低遏天道地位也。每句中須不漏此二解。

此是推本仲尼之學之大，而聖人之不待學處，與其學之渾化不測處，須看得四面圓相。

金聲文　仲尼出而遂以精核之史立萬世之師。評　說得述字小樣，祖述不指著書立說也。此是孔子所以得中庸之道源流，何等地位，却只在功用上分疏，即其功用亦復何等，乃作此小小見識耶。

辟如天地之無不持載節

上兩句意在無不字，下兩句意在錯代字，正爲下節張本。泛講持載覆幬行明，便失之粗矣。

首節註即云兼内外該本末，便爲小德大德張本。下節註云此言天地之道，以見上文取譬之意，可見持載二句，即並育並行之大德；四時二句，即不害不悖之小德。

陳際泰文　君子非無不持載無不覆幬之難也，能用之如四時錯行日月代明之難也。評　兩譬如無側重意，若説用，則焉知持載覆幬非用耶。

萬物並育而不相害節

陳子龍文　天地之所謂道者，非人意所測也。評　道字蒙混。文　其事見于效法者，我得而論之，而天地之道亦因以明。評　此是只説天地。而效法者在言外。非以效法者明天地也。【文】儒家嘗好言理矣。理之弊。可以論大端。而推之毫末。必有所蔽。【評】理明豈有毫末之弊。【文】何以冬之末可以成春。月之行可以在日。求之一一而不紊者。非理所測也。【評】惟理能測之。但精理者難耳。【文】術家嘗好言數矣。數之患。可以論細微。而窮其終始。必有所失。【評】此則有之。○道指四時日月運行度合。如黃道白道之道。文中多誤解。此只說天地自然之理。雜入儒術理數等論。亦無當。

德本無大小。大小即在川流敦化處見。非別有二德。而一爲川流一爲敦化也。川流即大德之支節。敦化即小德之全體。原只是一件。

不是小德外另分箇大德作對。亦不是小德中各隱箇大德作主。只分看見箇小德。合小德看便見箇大德耳。

化字卽川流中看出。

敦化不可見。只在川流處見之。天地間燦然可指者都是川流。其所以往者過。來者續。日出而不窮者。必有敦化者在耳。從小德看出大德。便得窾會。

大德不在小德外。敦化卽從川流上見。人亦欲作是觀。而說來多不透。蓋意中專謂川流者是分體。而欲於小德上面。別尋一件籠統不動者爲大德也。不知川流是小德。而其所以不已者卽大德。易曰一陰一陽之謂道。不是並指陰陽。乃兩箇一字之妙也。

敦字正在化字上見。非化則亦不知其爲敦。非其化之敦。則亦無從知其爲大德也。

末句精義在所以爲三字。而神氣在此之也三字。

說天地不必更添仲尼仲尼卽在所以爲三字內也

胸中是仲尼口頭是天地

立箇仲尼在前而以天地說之故仲尼只在天地裏面此字所以字如見其指點親切否則雖知說仲尼仲尼畢竟在天地外

附末句文

竟以大言天地其所以爲大者一也夫天地之所以爲大卽仲尼之所以爲大也知天地不必更言仲尼矣故中庸直指之以明引譬之義且天下之最易相忘者大約在人耳目之前者也天下之最難相信者大約在人耳目之外者也今有理焉卽在人耳目之前又在人耳目之外則忘之益易信之益難矣而吾以爲無易也無難也但不忘其耳目之前者又何難信其耳目之外者哉今由萬物與道而及小德大德如此此伊誰之德歟推

二儀太極之初。此蓋虛而無所麗矣。忽而生天而麗於天。忽而生地而麗於地。忽而生天地之間而麗於天地之間。此無不全則此無不在也。而天地得之爲最先。吾歸之於最先者而已。極參伍變化之際。此蓋紛而無所聚矣。忽而見天而聚於天。忽而見地而聚於地。忽而見天地之間而聚於天地之間。此無不得則此無不同也。而天地出之爲長存。吾繞之於長存者而已。雖然。此以爲天地。誰則謂其非天地也。而吾以爲猶未知天地者也。言天地者必及此。言此者不必主天地。吾以此言天地而人踰。吾以此不言天地而人疑矣。不言天地而人疑。則其所謂踰者。亦未嘗深思而明察也。人各有一天地在其意中。見天地。不見天地之大耳。見其大也。此則眞吾意中之天地矣。此以爲天地之大。誰則謂其非天地之大也。而吾以爲猶未知天地之大

也言天地之大者必至此言此者不必專天地之大吾以此言
天地之大而人悟吾以此不言天地之大而人驚矣不言天地
而人驚則其所謂悟者亦未嘗周通而廣覽也人各有一天地
之大在其意中見其大不見其所以爲大耳見其所以爲大也
此則眞吾意中天地之大矣是故天下言大者至天地焉而止
吾言大亦至天地焉而止彼之言大大以象此之言大大以道
也大以象謂非天地不足以極其大大以道謂非大不足成其
爲天地焉爾天下言天地者至其大焉而止吾言天地亦至其
大焉而止彼之大天地以分殊此之大天地以理一也以分殊
謂天地自有所以大以理一謂天地亦止此所以爲大焉爾然
則天地之不私其大可知也使大而可私則天之內不復有地
地之外不復有天而天地之各成其大已如此矣然則天地之

不分其大可知也。使大而有分，則大天者不足以兼地，大地者不足以兼天，而天地之共有其大又如此矣。此天地之所以爲大也。

惟天下至聖爲能聰明睿知章

首節

此章言小德川流，正在分處用。一籠統寬套好聽語不著。

此節先論其德，未言及行處，然行處下文即到矣。足以二字定要離用說，亦是偏。

首五字通章所共，爲能字通章所共，提出首句是矣。而或只提得天下二字，若以天下之任屬至聖者，却不是本義。凡言天下至誠至聖，皆謂其德天下莫能加，非謂有天下也。

凡言天下至誠至聖，皆言天下莫及意，非有天下之謂。

陳際泰文云云。評五者皆言至聖之德，廿箇字字字平放。只聰明睿知四字。統下面四德，却無輕重低昂，至每句中四字，又如何用軒輕？自欲造一番閒議論，竟不管書理作何解。總之見識粗莽。全不體會道理，將世間極凡猥事理，與聖人分上一般看待，文人犯此病，非小小也。

郭曰燧文餘耳目不任而任心思，餘心思不任而任天性。評聰明便是耳目之性，睿知便是心思之性。有此耳目心思，便賦此聰明睿知之理，凡人之所同然者也。但氣偏欲蔽，不能完其固有，大賢以下，脩以復之。然其爲聰明睿知全於學力者，理雖合一，而其神敏超異之妙，有非人力之所及者。故曰惟天下至聖爲能也。足以有臨，亦須從此意象中體發。泛贊德高過物，則下面皆至聖之德，何非足臨者？單以此爲足臨。正以此生知之質包下四段。故不得泛言也。

此言天亶神靈。首出庶物。與下知之德不同。下四德或偏從一德入。或從學得之。皆可。惟至聖有此德。則下四德皆備。亦皆高出一層。故此段包攝下四段。如孔子之集大成。惟其始條理不同。故終條理亦異也。足臨便是無所不包。故無不仰宥其下。不識此意。而欲疏聰明睿知。又為此章要主發見處說。便講到功用上。不知不覺混入知之德去。只為此義看得不分明耳。

此一段包下四段。此一段即始條理者知之事也。下四段即終條理者聖之事也。故聰明睿知只作生知二字看。則足臨意亦別見氣象。

足臨之理。在聰明睿知上見。聰明睿知。在天下至聖上見。只開口惟天下至聖五字。臨字義已盡到。不待臨字恢廓大體也。

足臨固不待臨而後見。然却不是空空自命。八荒皆在吾闥。於心性中攝取。爲無憑據之說也。生知流露處。人見之未有不詘服。此便是足臨。卽後世英雄帝王。可見其槩。以思至聖。更自不同。其所謂足。直是實事。非虛尊也。

生知之足以有臨。其光芒氣略。自有籠蓋宇宙之槩。此是實事。如漢高之天授非人力。光武之帝王自有眞。唐太宗之非常人足以濟世安民。便是證据。數君尚如此。况至聖乎。

容執敬別。卽臨之事也。

寬裕溫柔諸德。皆聰明睿知中所有。容執敬別四事。亦卽臨字中條目。故有臨句極實亦極虛。

**艾千子** 臨字比容執敬別不同。容執敬別講入內邊細密處去。臨字講向外邊極大腔廓處去。**評** 謂此一段總冒下四段則是。若謂臨字說向外邊大處。容執敬別說入內邊細處。卻是妄論。臨與容執敬別都在外邊說。其足以則內邊事也。五段總一般。並無內外之分。

溥博淵泉節

首節言其生質之備。此又就上足字言其充積之妙。人能說小德之充積發見。卻不能說出天道小德氣象來。此章言小德川流。然必說到溥博淵泉者。猶言恕便離不得忠之意也。

溥博如天節

**金聲文** 會同盡萬國。天下時入而見天子焉。省方因四時。天子時出而見天下焉。云云。**評** 此等鋪陳粗淺。不足發至聖見敬之蘊。而千子以爲顯然道理。人不能說。何其陋也。亦只是陳同甫漢唐、虞三代見識，看千子自作欲有謀焉文也，只到得後世英雄作爲可知矣。

是以聲名洋溢乎中國節

血氣二字，所該極廣，禽獸草木都在内，方是體信達順之效。

血氣二字，所該極廣，總攝于凡字中。

艾南英文云云。評：凡有血氣者五字，統結上八句，起莫不尊親耳。極言其德化所被之廣遠，非謂民之有血氣賴至聖治安之故尊親也。況至聖功業已盡在如天如淵見敬言信行悦節矣，到此處忽又補出治血氣德政來，豈非尾下安頭乎。

唯天下至誠爲能經綸天下之大經章

首節

天下至誠至聖，前章各有分義，此章言聖人天道之極致，則已兼二義。至聖即在至誠內。所謂非二物也。

**錢吉士**朱子既云三者皆至誠之功用。又云經綸是用。立本是體。李九我曰體用二字。只說用中之體用。自立本而出之。則爲經綸。自經綸而入之。則爲立本。此說得之。**評**此二章總極言聖人天道之盡致。朱子曰。至聖一章說發見處。至誠一章說存主處。又曰。此不是兩人事。上章言聖人德業著見於世。其盛大如此。下章是就實理上說。然則此章初無貼用上說之義。九我安得造爲用中之體用。而吉士從而附和之乎。用中有體用。體中又有體用。支離甚矣。總因誤看此皆至誠無妄自然之功用一語。見有箇用字。便要與體字支對耳。不知功用二字。爲爲能二字下注脚。非體用之用也。依九我言。自立本出之爲經綸。即是大用矣。自經綸入之爲立本。即是全體矣。又何用中體用之分乎。

抑所爲全體大用者更何等乎。凡講説多自己迷謬。到解不通處。必杜撰穿鑿。至於破碎經傳而不顧。皆此類也。

**劉昌言文**在天下爲經者。在至誠則爲道。在天下爲本者。在至誠則爲性。在天地爲化育者。在至誠則爲命。**評**配説道性命。大有語病。饒氏胡氏之言。不過分貼此三句卽首章三句之理耳。猶之下章潛雖伏矣二節。卽首章戒懼愼獨之理相似。正言其合一。今若文中云云。則反分而爲二矣。況首章道性命原是通論人物道理。此三句專指至誠之能事。今云在天下爲經。在至誠爲道云云。尤爲倒説。且似以此節貼首章。不似以首章貼此節也。故凡文法輕重轉側之間。稍不精細。每令賓主易位。不可不知。

天下常道皆名經。而民彝爲大。

天地化育。固具人心。爲甚只至誠知得。必到人欲淨盡。天理流行。此心與天理不二。方是黙契處。

**楊以任文**云云**評**不奈何滿肚皮誣妄悖謬之說。皆顔鈞李贄之涕唾也。以世間繁華熱鬧場爲育。而以寂滅消沉打散之爲化。從此悟出本來爲知。而以知其無可奈何而安之若命爲至誠知化育之妙用。看世間法與從上聖人道德事業。皆無可奈何中應化因緣公案。此豈孔氏宗傳之道乎。然論者皆不知其說所由來也。但驚爲渺茫曠論而已。秀才讀聖人書。潛化爲異物而不自知。不知凡幾。皆起於文章之務高逞妙而不講本理。相率而自誣聖人。眞可歎也。

肫肫其仁節

**陳子龍文**云云**評**此就上節極言至誠之蘊。是甚精微道理。如何

呂子評語卷四十二　中庸

只拱向九天閶闔去。無他。只是心粗見小耳。

註云非特如之而已。今說來止得如之義。皆因先立箇仁淵天在前。而以至誠轉合。憑他說得融渾。總成兩件耳。

仁淵天在經綸三句看出。其字在天下至誠看出。肫肫淵淵浩浩在無倚中看出。

大經之本於仁。盡人所有。但至誠之肫肫能經綸之耳。

此章就至誠存主處言。故句句要說向裏去。若只在經綸大經敷揚一番。不但仁字浮汎。肫肫字亦無處著貼。然欲於經綸上加深一層說。又不得。所以難也。

不是經綸上又須仁也。不是仁了又須肫肫。只想至誠經綸。合下便肫肫其仁。

金聲文 綱常名教。宇宙所賴以不朽也。而自後世之儒者主持之。

其浮薄不情之狀。亦甚無可觀【評】不知其何所指。大約祖二氏譏儒者之言【文】彼原有所倚而出耳。倚其身以正天下。稍不僭不忒焉。而其意已無餘也。倚天下以理天下。各相維相制焉。而其情亦易盡也。【評】至誠舍身與天下。亦無處見其仁意指自了與纏繳兩失。直是異說。諸家評其翻仁字精深。亦爲好高所誤而不能辨也【文】至誠視一世。無有遠近親疎也。一家焉耳。亦并無有物我內外也。一身焉耳。【評】經綸之仁。正在遠近親疎物我內外分明耳。此是釋氏平等普度慈悲。非至誠之仁也。看西銘便見其非。

但看三代以上聖人制產明倫。以及封建兵刑。許多布置。雖纖微久遠。無所不盡。都只爲天下後世人類區處箇妥當。不曾有一事一法從自已富貴及子孫世業上。起一點。永遠占定怕人奪取之心。這便是肫肫其仁。自秦漢以後。許多制度。其間亦未嘗無愛民澤物之良法。然其經綸之本心。却純是一箇自私自利。惟恐失却此家當。只此一點心。已將仁字根荄剗絕。安得更有經綸。此朱子謂自漢以來二千餘年。二帝三王之道未嘗一日行於天下者是也。後世儒者議禮。却只去迎合人主這一點心事。周周折折妝點成一箇自私自利道理。如所謂封建井田不可復。武王非聖人。堯舜不能殺舜禹。不得已以天下結識之。太王不翦商。種種謬論。皆從他不仁之心揣擬古聖肫肫之仁。正如不丕昭篡弑而悟舜禹之事亦如此耳。中庸於經綸大經却說箇肫肫其仁。看古聖人心體是何等。此處看得真。天德王道。一以貫之矣。

只就淵字上著想。不過曰靜曰深而已。惟從立天下之大本想出淵字來。方見得一篇太極圖說皆具此句。方不墮入老莊之虛無。今人見識。且不見及老莊地位。固宜其麻餬影響。只辨得形容擬議。唱喝淵淵乎數語了事而已。

其天從知字體出。不從化育生來。

**王庭文**今試以化育之所不至。爲其天之所至。則尤浩浩矣。何者此知不與化育俱盡也。**評**在儒者爲無極而太極。然此文見處却從華嚴唯識得來。莫被他瞞過。**文**論知能之咸與。一人各有一天。彼此無容借也。而必歸於體之所全。則隱衆人之天。而其天獨著。**評**人人有此天。時時有此天。只是浩浩歸於至誠。可知有多少品量在。在儒者爲聖之時。與各聖不同。然此却從釋氏諸天得來。

苟不固聰明聖知節

此節只是極言至誠之妙。不到得此地。不能眞知。便懸空揣合也。只是影響。不見裏面許多滋味。以下總都信不及矣。知字緊貼固達二字。其旨只在平實處。不在高玄處。

固字註止訓實字。意所不重。俗説横生别解。是至誠上更有聰明聖智一等人。而聰明聖智上又有能固一等人矣。不可從也。

此是下半部中庸結語。天人誠明之理。反覆詳盡。至是忽結以非其人莫知。却不是中庸自贊聖人之道。實有非言語所能窮者。雖日聞至論。到自得處。其意味微妙。又自不同。中庸開此一層境界。喫緊爲人。領會似乎極高。却又極實。只看固字達字。逼矆人到盡頭處。眞箇老婆心切。

至聖章説發見處。自表而觀。其知則易。故凡有血氣。莫不尊親。至誠章説存主處。自裏而觀。其知則難。故非聰明聖知達天德者弗能知也。只是反覆贊歎至誠。不是兩人事。學究家將德與道糾纏殊謬。

詩曰衣錦尚絅章

自來講說章旨之不通。莫如此章拈闇然二字爲甚。衣錦尚絅是爲己立心。闇然是讚尚絅。日章是讚衣錦。皆讚君子語。非君子做工夫處。工夫正在下二節。况闇然是形容外邊。日章是形容在中之美。若以爲章旨。則篤恭須貼日章。天下平貼闇然矣。可乎。不知何村師造此不通之説以誤後人。今日衡文選手無不守爲科律。此章中無題不拈。不拈者反以爲失旨矣。如云闇然之功之效。自闇然以來。則以然字當實字名目。又有闇脩至闇攝天下於闇。則又刪却然字爲名目。又不通之甚者。嗚呼。正學不明。異説肆出。借經傳以行私。造宗旨以惑世。如江門之主靜新建之致良知。甘泉之格物。見羅之知止。充類盡義。其害有淺深大小之不同。然皆村師之見也。

首節

爲己爲人。針鋒只爭向裏向外之别。然相去千里矣。謝上蔡所謂蔬食菜羹。便向房裏喫。如此意思。可鄙可賤。令彼清夜自覺。豈有不赧頰汗下者。惡字眞如棄荼堇。如避穢惡。方是自己實心。若云恐人測我中藏。則仍是小人掩著之意。

此君子指現成說。

闇然是形容君子之道。如尚絅之不外飾。非有闇然之道。亦不是主默守寂之謂。

【金聲文】道有所以章。【評】闇然不是所以。【文】天下莫不羣宗君子。而君子惡以其身立萬物之宗。【評】闇然亦不是逃名。【文】性命之事。

脩其在我，原不令斯世斯人得以共閲其淺深離合之端。【評】人自不能閲耳。若云不令君子，無暇多此作用。【文】非有德業功名之想云云。【評】然則君子何想？想德業功名便不是闇然耶？正希之所謂闇，有想便不是。

淡簡温，絅之襲於外也；不厭而文且理，錦之美在中也。可見君子自已所求之實在中之美錦，非求外之襲絅，所以尚絅，不過言其不表襮其美耳。若謂君子所求在淡，故能不厭，則是君子用力於絅而得錦也，倒且謬矣。況淡簡温與不厭文理，皆形容君子之詞，非君子以此爲功自居也。

【徐爲儀】已物分貼簡温，細按未確。【評】總之此是形容君子不求人知而自彰著，其大段如是耳，不曾説到入德功用，亦不是君子以此三件道理爲的，又何從分别人已哉？簡與温貼闇然，文與理貼日章。兩邊合勘。而字之義方得。或謂重上截三字。非也。其意不過欲重闇然。重闇然者。所以貼為已意。不知闇章總是為已。而日章尤是為已之實。淡簡温是絅之襲於外。貼闇然不厭文理是錦之美在中。貼日章。然則論為已正當重下截與日章耳。此皆萬曆間講章之誤。

衣錦尚絅美原在錦。不在絅也。惡其文著。惡只在著。非惡文也。簡温絅也。文理錦也。闇然絅也。日章錦也。由是言之。重上截乎。重下截乎。但尚絅正所以為錦。闇然正所以為章。不可分作兩層此而字合看之理也。

淡簡温外之絅也。人之所見也。不厭文理。内之錦也。人之所不見也。因人不見其錦而但見其絅。故以為淡簡温耳。君子立心為已。只向裏用功。越向裏則外面越闇然。惟其不厭文理。所以淡簡温。原只是一線事。若謂君子裏邊做不厭文理。外邊又做淡簡温。卽成兩截。其淡簡温卽是權術作用。與掩著的二者同爲小人之歸矣。要之君子不但不知有淡簡温。幷不自知有不厭文理。皆是外人看得如此。但淡簡温易看。而不厭文理難看耳。

淡而不厭。此是說君子立心爲己。其道如此。不是君子裏邊做造箇不厭道理。外面又做造箇淡來示人也。淡字只與濃艷相對。淺淺在外面看如此。若謂希夷玄漠。乃老氏之淡。與君子之淡無涉。況彼是說内。而此是說外。雜和其說不得。

上面說立心爲己。是得大頭腦。知遠之近三句。却又就其中曉得了下手樞機所在。故曰又知此三者。混在上文甲裏不得。混在入德工夫不得。

上文已知大段向裏。此又下手處見箇把柄耳。

上四句正說闇然日章，是爲己立心大段。此三句是下手處，又須識得機要所以然，方能實做工夫。下二節乃所謂入德也。

看註云有爲己之心，而又知此三者，則知字前頗有來路，而知字亦講不得太精深也。

此卽大學知先後之知，非知至之知也。

重在知字入所曉也，然將知字說得深微，便不是此知字。只是下學立心之始，見得箇爲己門庭不錯，從此好下工夫耳。故云可與入德矣，而下文乃言慎獨戒懼工夫也。

**秘丕篋文自記** 知遠之近三句，乃相疊漸漸說到裏面去，故朱子云三句一句緊一句。**評** 三句也原是平說，語氣急注末句不得停泊，但細分看其理，一句緊一句耳。

風字就一身而言，猶風度、風流、風采之風也。時文錯認做風俗風化之風則與遠近句複架矣。

此節只重入德不重君子。

首章從天順說下來此章從人倒說上去故入手處更說得分曉

詩云潛雖伏矣節

首章從天命順說下來故戒懼在慎獨前此章從下學轉說到天命故戒懼在慎獨後。

此章從下學逆說到盡頭故先慎獨而次戒懼者以慎獨是零碎工夫戒懼是統體工夫其實戒懼包得慎獨慎獨只在界頭更加謹耳非謂先做慎獨後做戒懼也

此節言慎獨之事人之所不見五字便是獨字註脚凡意念初動事爲未著時人所不見而自己獨見此時此處謂之獨耳大學註云人所不知而已所獨知之地地字最當玩人每忽却地字

誤認知字。遂將獨字硬派入心體上說。將兩節工夫混而爲一。而於工夫次第。亦先後倒亂。看中庸首章從天命說來。則戒懼在前而愼獨在後。此章從下學入德說起。則愼獨在前而戒懼在後。節次分明如此。如之何其可紊也。

金聲文君子一生。有耳而不敢外聽也。有目而不敢外視也。評收視返聽。墮黜聰明。不是君子之內省。文內省不疚。亦遂泰然而無惡矣。評無惡不是泰然。泰然便有惡矣。文功力有專用之地。方其不疚於內。未必周旋之盡無失也。評如此說。是硬把捉耳。文內足以奪乎其外。則雖有非有刺冒天下之惡而有不辭。評道出外邊又恁粗。要之禪學趕到內來是空無。放到外便是無忌憚。文內足以勝乎其外。則雖人宗人述。享一世之名而亦有所不動。評不動不動。豈卽無惡哉。文其省之深也。極之潛天潛地而一念不起【評】此是正希宗旨。到處摸著鼻孔。○禪學最怕分晰。只要打成一片。本體即功夫。不得分析。況工夫又可分節次耶。故存養省察界分。一切抹殺。首章戒懼慎獨與此兩節。必要做一串說。自白沙陽明以來。講學者皆主此。不獨正希爲然也。正希借題目白椎說法耳。原評謂俗氣與魔氣俱盡。眞正道學。吾謂俗氣與道學俱盡。所存但有魔也。

此言慎獨之事。慎獨從每事每念發端隱微處省察精明。不使有絲毫夾帶。所謂內省不疚也。到事事省察。念念省察。工夫精密。更無愧怍之端。乃所謂無惡於志。此兩句自微分。省察到純熟時動靜只成一片。於戒懼涵養著力。則下節不動而敬。不言而信。又與惡於志有分。

詩云相在爾室節

此節與首章戒慎恐懼節對。是主敬之全體。兼動靜而言。不言不動而敬信。則言動之敬信可知。舉盡頭處言也。專指靜邊。謂君子只在不言不動處做工夫。此是向來講說之誤。

詩曰奏假無言節

陳子龍文云云**評**自此節以下至末節。總以推極不動而敬不言而信之妙。非爲治道商量化民之術也。純從勸怒起見。覿面千里矣。

詩曰不顯惟德節

潛雖伏矣二節。是天德工夫。不言而信不動而敬。是工夫到極處。奏格無言二節。是王道功效。篤恭而天下平。是功效到極處。步步各有實際。淺人不能詳。乃好言渾一直捷以爲高。其實粗疏沒分曉耳。

楊維斗詩只引端。是故後義卽稍進。以上諸節類然。卽以維德貼篤恭。天下平貼百辟刑者謬。評百辟其刑之。註云德愈深而效愈遠。則此句自貼天下平。爲是蓋民勸民威。自是國治事。百辟其刑。乃天下平之事也。

看註其德愈深意。到此正是不鬆懈處。

此節須照上節進一步說。方見德愈深而效愈遠意。若止籠侗混說。不第兩節層次不見。只篤恭天下平五字氣象亦不眞也。

此與脩己以敬而安人安百姓相似。卽在上文更深一層耳。非壓倒一切也。

到此是極處。篤恭天下平。總是形容。

不是到此纔篤恭。也不是過此不消篤恭。也不是爲天下平而篤恭。也不是篤恭必然天下平。

歸有光文穆然者聖人之容而已而不知其由篤恭以致之也評謂由愼獨戒懼則可篤恭即穆然聖容也

錢禧文云云評篤恭工夫都在上面到此只是火候足一分效驗又潤一分耳不顯其敬功夫火候已到盡處故天下平效驗亦到極處別有篤恭玄妙者固非謂與上文全無分次者亦粗也此題久爲門面膚廓語蒙翳得此眞撥霧見天矣門人管天錫洙之淵問中比並承上兩節似於功效界分有混而謹獨一節又似脫離曰是誠有病病在起比下不一提淸耳朱子謂自尚絅至此五節言始學成德疎密淺深之序看第三節註云爲己之功益加密矣則潛雖節尚是始學界上事而自相在以下二節則皆成德事也奏假兩節雖說效而德在其中故曰德愈深而效愈遠此文雙承上兩節亦承成德說來要之愼獨與戒愼

恐懼。功夫有疎密淺深。原不是截然兩截事。愼獨在零星入手說。戒愼恐懼無時不然。則統體純熟火候。到統體純熟。則愼獨在其中矣。入德以愼獨爲主。一愼獨足以直達篤恭。成德却以無時不敬爲至。故戒愼恐懼足以括愼獨。當善會也。

此是中庸盡處。方見下節所云。

此章是全部盡頭。此句是此章盡頭。下節只引詩詠歎此句。故註謂形容不顯篤恭之妙。非別有三等也。

詩云予懷明德節

此節只形容不顯。不更推深。

毛猶有倫。他處有字極粗。此處有字極微。有只與無爭耳。

**章大力文**云云。**評**無字從聲臭轉出。極言不顯之微妙。今却加出無形無用虛無無爲許多無字。一絲掛搭不上。大力好談虛玄寂滅。到此却一場敗闕。何也。此無非彼無也。

至矣是贊德。非贊詩也。

呂子評語正編卷四十二終

# 呂子評語正編附刻

## 親炙錄

刻評語正編將竣，呂子門人寒邨先生出所記親炙錄一冊見示。余受讀終卷，隻語單詞，靡不體認親切而詳記之。實與評語相爲表裏，而其閒微言大義，又多有評語所未及。昔伊川稱明道語錄，惟李端伯得其意，斯殆庶幾矣。因急擇其尤切要者八十九條，約略以大學論孟中庸爲次，附刻正編之後，而其論文數條，亦于餘編末附焉。惜其平日講習議論，及其門者，大槩視爲舉業泛常，不加記錄，遂多不傳。嗚呼，嗜學如寒邨者幾人哉！聞姚江馬籛侯尚有錄本，而余故友震澤金君元台口授數條，余亦竊記而藏焉。訪購裒集，合爲語錄一編，以公同好，姑俟諸異日云。康熙丙申孟冬東鼎豐識。

自古及今。聖賢講論。只有一道。更無二說可以叅和。

朱子見地實高。直是聖人。已達一間之顏子也。

朱子之學。至方遜志沒而遂無傳。

學者先須篤信了。然後去學。啓禎間文士作文好背朱說。何嘗不讀集註。緣他不肯篤信朱子。所以見異便遷。若篤信時。即有與己意不合處。亦必詳加思辨之功。反反覆覆求明而後已。旣不篤信。只是師心自用。小有不合。便已畔去。更不去思辨。最上一層。終無由到矣。故我願學者且只守著朱子之說。奉之當如神明蓍蔡。即使其學果有不是處。我且只依他做去。看是如何。久之當自然有合于我心矣。咸之象曰君子以虛受人。咸感也。中虛。然後能感人而受人之益。若信之不篤。則已見鶻突于中。安能虛而受益乎。

世間只有兩種學。異學俗學而已。異學者。以六經爲筌蹄。其說猖狂恣肆。顯與傳註違背。俗學則又依違于文義訓詁之間。自以爲遵傳註。而于此理毫無所見。徒成一種學究氣象。庸陋卑鄙已耳。二說之外。更無學者矣。又曰。今人別有一種學術。却將老聃瞿曇蘇秦張儀王莽曹操和合爲一。自以爲集大成。獨闢去了孔孟程朱。眞可怪也。

今時講學之徒。開口高談性命。卒遇小事。便不能辦。偶然爲鄉里處分一件公事。便紛然終日不決。或以租債來還。卽自算帳不清。總由平日所講。不務窮理。常事訓詁。於聖賢分上毫沒交涉。若窮得理時。與鄉人催租。便自有箇催租的無過不及之則。到邑中納稅。便自有箇納稅的無過不及之則。方是明體達用。方是道學。

學者患不能立志。今世間儘有聰明之士。只是不肯堅立志向耳。

爲學最要先分主客。主客既分。則雖酬酢萬變。而常以文章義理爲主。外務不能累矣。

爲學須循序漸進。不可欲速。欲速則便生正與助長之病。但將文章義理時時涵泳於心。勿使間斷。久則自然義精仁熟。豁然有得矣。若讀書。且只從容讀去。時日既積。自然富有。不可限量。誇多鬬靡。徒致不熟。無益也。

讀書時。亦當養其心力。勿使驟竭。假若一日能讀五張。則且只讀三張。常使心力有餘。方能精熟。

一日語逵曰。精神薄弱。且勿强讀。只將聖賢書潛心玩味。自會養得完好。程子亦云。吾受氣甚薄。三十始完好。至四十而浸盛。只理義充足。精神自然完養也。

一日又語達曰。讀書弗憂其河漢。只要有源流。今人不尋其源。惟務涉獵。故不免有望洋之歎。若從六經一路讀來。元非浩博。蓋後人說話。大槩祖述前言。其一半多是前人文字中所有。假如先讀國策。後讀史記。便已有一半熟文字。便省却一半工夫。到得積久。愈讀愈簡。曩習醫書。先看六要。後看準繩。覺一半已是六要中說過。便不須著實去記。凡看何書。俱用此法。

學者必須心細。方看得書中罅縫出。譬如鍼鋒。從臬子上移去。一遇疏罅。蹶然而入。若擂石臼。雖徑尺之溝。只一滾過去。更不覺也。

問講說何書最好。曰。吾最惡講說。書理之不明。講說害之也。

一日池荷盛開。達侍立。先生曰。昔張潔古觀荷葉而悟其形之肖胃遂製枳术丸用荷葉蒸飯爲丸取其清陽之氣能直從水土之下上達也其徒李東垣因廣其意造補中益氣湯尤爲精妙乃知明於醫者觸處洞然無非此理蓋凡物之理原自如此一草一木無不與造化相通其理則皆具于我心陽明乃以格物爲騖外支離渠本不曉格物之法而妄以强詞奪理耳如言事父不成去父上求箇孝的理事君不成去君上求箇忠的理交友使民不成去友上民上求箇信與仁的理都只在此心心即理也諸如此類悉屬强詞大學本意謂有父母即有此孝之理故隨處感觸雖一草一木皆可悟到父母身上而反之于心原實有此理則我心之理即在一草一木可見一草一木之理即是我心之孝理所以貫于格物豈謂要孝只于父上去格要忠只于君上去格要交友治民只于友上民上去格方謂之格物

哉。如其言。則荷葉只是荷葉。如何可通到人身之胃。善格物者。只一荷葉。論胃則可通胃。論別臟腑。則可通別臟腑。不論醫而論別事。則又可通別事。總之此理一耳。理豈有不通乎。

問愼獨義。曰。註中實與不實意。要看得好。不是起初善了。中間忽然又著一點不善念頭。故謂之不實也。若審別善惡。仍是致知甲裏話矣。只爲此箇爲善去惡念頭。有時到中間。忽然不著緊了。或動于外誘。或阻于利害。初時甚是眞切。到此便漸漸鬆去。則雖猶在這裏爲善。而此意不求必得。猶在這裏去惡。而此意不務決去。此便是不實的關頭。此箇關頭。方其鬆動處。必有時刻可尋。故謂之幾。然却是人所不知而己獨知之。故謂之獨。

今人多謂某滅却心學。不是。不知聖賢原多只在心上用功。某亦未嘗滅却心學。只是才說心。便有箇天在。不似釋氏之以心爲學也。

程子曰。釋氏本心。吾儒本天。二語說得最精。釋氏將心置天上。只見得我心爲大。便自無忌憚。吾儒却不敢如此。見得惟天爲大。這上面更有天在。便自當敬畏。天者理而已矣。理便有一定不易之是非。不憑理而憑心。則彼亦一是非。此亦一是非。必至於顛倒錯謬。狂亂失心而後已。

釋氏中設佛象。旁列諸天。乃其寓意以爲象教。佛者心也。天者理也。明乎心尊而理卑也。釋氏只要打掉一箇理字。故雖有本領好的人。一墮其說。茫然無所憑據。臨事未有不鶻突莫知所措也。

二氏之學。只是全無敬畏。視天下何事不可爲。吾儒却要常存敬畏。非直是要敬畏乎天之謂。其敬畏處。我心便是天體。試看天行健。天何嘗一日不敬畏。天有一刻不敬畏。我與、若都無倚託矣。東坡譏程子何時打得這敬字破。他亦只是溺于彼說。不知這敬字却打破不得也。

人心有主宰。即夢寐中亦能把握。吾少習居卒伍中。往往喫烟。後遂不能禁。一日楚中杜退思前輩來訪某。相見極歡。方陪杜坐。某旋起入內喫烟。及出。杜已知之。詰某。某不敢不以實對。杜嘿然良久。忽歎曰。不謂公亦如是。某時聞言。若刀斧齊下。流汗沾背。無地自容。自此遂絕不復喫。然猶時時夢喫烟。喫時忽然猛省。輒震掉而寤。如是年餘。方不復夢。乃知古人晝觀妻子。夜卜夢寐。良有以也。

人家未有無盛衰者。無盛衰。是國無興亡。天無晝夜寒、暑矣。豈得有此理。但嘗見人家盛時。便有不可復衰之勢。一衰即倒。及其衰時。又無可以復盛之機。此不可不念也。要在當其盛時。必使其後可以衰。可以衰而復盛。當其衰時。必使其後可以盛。可以盛而不即至於衰。然則如之何而可。曰。父父子子兄兄弟弟夫夫婦婦而家道正。

葬用瀝清。朱子法也。某舊時竊以爲不然。張考夫何商隱皆以某爲非。及觀家禮附錄所載。朱子已自貶其說。葢瀝清爲物。遇寒則凝。遇熱則釋。夏月必從四旁滲去。況用時乘熱灌下。棺中必且受其炮炙。於心亦不自安。某於此等見處。多有與古人暗合者。又知書貴早看。某若早看及此。曩時即有以正張何二公之失矣。

問東漢君子賢於東晉。是否。曰。自是東漢人品正。然太矯激處。其弊必變而爲東晉之脱略矣。東晉人物。爲害最大。先王之道。一壞于秦至漢儒稍知講求晉人出而倡言曰禮豈爲我輩設耶於是縉紳之徒翻然改轍先王之教澌盡燈滅貽禍中國匪細其遺毒餘烈至今未息葢自老莊告子而晉人而象山陽明說雖屢更而其淵源則一也

達問不違如愚是知亦足以發是行否先生曰謂不違處是知則可若足發則動靜語默皆是不必定是行

問一貫義曰今只說曾子平日有見于用而無見于體此誤看註中語也體用二字本不相離但析之則隨事各有其體而合之則又只是一箇體曾子隨事精察緣他只在事上見得各有其體耳却不會得聖人之心渾然全體流行處故曰但未知其體之一會得來一體時便自無所不貫不然却未免有精察不到處葢聖人亦只是力量大故其體無不該猶天地之氣無不舉

也。

董子正其誼、不謀其利。明其道、不計其功。故先儒以爲大儒。孔明鞠躬盡瘁。死而後已。至于成敗利鈍、不求逆覩。故先儒以爲有儒者氣象。三代以後人物。庶幾只有孔明。問孔明才略似管仲。其學問殆過諸。曰。然。又問孔明于伊呂何如。曰。觀其事後主、亦何減伊尹之于太甲耶。又問鄴侯似孔明。曰。鄴侯固精細。然不及孔明氣象大。問昭烈德過漢高。曰。高祖氣局大。惜時無孔明耳。

門人有有過被遣。逵侍先生于觀稼樓。先生因謂逵曰。此處便當見不賢而內自省矣。爾輩皆賢者。決不至此。然要知此只是利心所致耳。學者最先要于此立腳得牢。孟子一書惟辨義利。凡義利源頭不清。則充類至義之盡。卽到此矣。

是夕又訓曰今日在此處不可只求作好文字而已須尋向上一層去始得凡人內有所得者卽黙然靜坐時自足動人昔張考夫所得亦甚淺然往常與人相對不發一語人已歎服乃知感人自有眞處也

人能明於義理見得是非爲重利害爲輕自然能處困而亨矣故曰君子坦蕩蕩小人長戚戚昔高旦中常患貧形于憂歎余語之曰公憂餓死耶餓死事古之人有行之者夷齊是也吾能追蹤夷齊則大愉快矣又奚憂第恐雖餓死却仍不是夷齊是則可憂也公亦求所以爲夷齊者而可矣遠因進問曰淵明其庶乎曰然然其所學近乎老莊不失晉人遺習耳

因說鬼神有人言無鬼先生曰公只是硬不信不濟事也若一日略見聲響便道是有矣須是親眼見鬼仍只是無有始是眞知

不然只如阮瞻纔作無鬼論徒爲鬼所揶揄耳

笑府載一人牘尾署云事忙不及寫大萬字故以方字少一點者代之今人處事大率皆然只是都不覺耳諺所謂餅口弗掩掩甕口者此也

問克伐怨欲不行未可以爲仁曰此只論盡量不盡量不爭自然與勉强也雖能制之使不行中有一毫未能淨盡後日便不可知如醫家散風邪不曾散盡忽然復發必更甚于前須要散得十分清楚然後徐投補劑使元氣日充自無復發之患矣故克己克到十分淨盡然後只去天理上用功更不患其走作也

爲温飽之高人易爲寒餓之高人難人要到貧賤患難至不堪處直至刀鋸在前鼎鑊在後毫髮不動方是學問昔嘗語黃晦木曰吾幸不至窮乏故不爲苟且怎便見得勝公等處正須俟某

飢寒迫身時看某何如耳。

吾輩今日須立向上一層，不可只在中等界上游移。立在上一層，便站定不下來。若只在中三等界上游移，到後來氣衰，必一跌下來矣。人品大約有九等，上一層有上中下，中一層亦有上中下。須居上之下，不可只爲中之上。

何先生輩商隱是人皆以爲不可接，此是以不肖待人，即此心便已非仁。吾非斯人之徒與而誰與，須知天下無不可教誨之人，只爲人性皆善故也。

今人最患無所用其心思，又多閒思慮，此是學者大病。論語君子有九思，又曰近思，曰思不出其位，此是何等樣用心思。奈何膠膠擾擾，終日只將閒思慮混過，有事時即思此事，若無事時此中果能湛然寧一，戒慎恐懼，固是上達工夫。然此須是功候熟時方能初時豈能把捉既難把捉須將一事做箇題目入思議勿使其心散誕無所收拾如諺所云放却爬兒拏掃帚者常常有一事在心方才不易走作蓋心如轆轤一般不收拾在正經思議上去則這一刻閒思慮便起故當以我御心不可聽心之自爲起滅心既收拾在此則周身血氣都聚用得熟時凡事之來可坐而照今人應事忙迫總由平時用得不熟也

因命達轅對刻文樣本曰對樣事亦不易須細心逐字對過去昔惟張佩璁能之凡書經其讐校者即便無錯落字樣餘未之或能矣只此便是視思明

一日晏集先生問在座曰早上有雷諸君聞否皆起對曰不聞先生曰可知是不能聽思聰

昨病中親友致書慰問者輒以用心太過爲規不知吾曹用心只

有不及。安有太過。聖賢一息尚存。此志不容少懈。無有因病廢心者。且用心亦不能致病。用之得其正。安有致疾之理。

志壹動氣。氣壹動志。二語只懸空說。不分好歹。推而言之。聖人體信達順而四靈爲畜。卽是志壹動氣。仰觀俯察而作八卦。卽是氣壹動志。

有俗人來求醫。使辭以疾。且告以不可之故。猶固請不已。先生不悅。嘔血遂發。適論志氣。因曰。人來求醫。吾便因怒致疾。亦是不能善養。氣壹動志也。

問以虛受人。虛明與謙虛二意俱有否。曰。虛明意似隔。此處只重謙卑。大意謂不自以爲善。方能受人之善。蓋主受人說。卽大舜善與人同。樂取於人以爲善之意。虛明是至誠無私。便不是虛。是實矣。蓋心有欲其虛者。有欲其實者。客氣欲虛。天理欲實。能虛則能實矣。

居喪用訃帖。古無此禮。但當立治喪一人出名可耳。如或未能復古。則當苐稱不孝子。不當用孤哀子。何也。假如繼母在而喪父者。稱哀則傷繼母。不稱哀則蔑嫡母矣。此所以有礙也。又曰。抑末也。親喪所宜自盡者。正自有在。復古者應不自此始。

井田自是良法。封建學校皆必本于此。萬世不可易。或謂今之田不可復井者。眞陋儒鄙俗之談。今齊魯宋衛之墟。不耕之土。不知其幾千里也。從而畫之。當時疆界依然也。若大江以南。山陵林麓之地。先王所以度地居民者。亦自有法。載在周禮。可考而知。今人自不曾讀書耳。何得妄言不可復。井田復。然後封建可復。陋儒又言封建不當復。正不知廢封建後。國祚日以促。禍亂日以慘。此又何說也。試觀周衰王室雖卑。諸侯雖强。然當時有玁狁犬戎之亂，而終不能以爲禍。秦廢封建，浸夷至于漢魏，而遂有六朝之變。唐之藩鎮跋扈不臣，然回紇吐蕃反爲中國用。宋廢藩鎮，而宋之天下遂與彝狄相終始。此其明效大驗也。是故嬴政、趙匡胤，萬世之罪人也。

籛侯于禪學煞曾用功來，故于儒禪分界處，辨晰甚清。諸公都不曾曉得禪，徒硬不信耳。欲明吾說之是，必先明彼說之非。有謂後生不可使觀二氏之書者，吾獨不謂然。邪說誣民，幾于不可致詰，正當使學者徧觀彼說，深窺其底裏所在，其破綻方不能瞞。朱子所謂惟其識得禪，子靜不能欺也。孟子知言，亦只是知得詖淫邪遁之說耳。深知其說，然後直攻其邪，無所逃匿。譬如辨假銀者，日中徒見眞銀，忽有以假銀來混，不能別也。惟于世間一切爐火之術，一一看過，纔遇假銀，自然被他當場捉破矣。

問禪家改頭換面之說。波蕩後生。惑溺賢智。其害甚深且大。若初時只勸人爲善。亦似較近。曰。只爲渠於利害上講。便多不是。纔講利害。卽是私心。聖賢之道。以公爲善。以私爲惡。且如行孝。以爲子事父母必當孝而孝。其孝則出于公心。若謂孝於父母。則子孫亦以孝報我。是不爲父母起見。而仍爲我身起見也。其孝卽私矣。惡矣。塗遇餓人。惻然哀而與之食。其與食則出於公心。若以爲明中捨去。暗中來。是與食之時。非哀其餓也。望其冥報相遺也。此心卽私矣。惡矣。故釋氏爲善只以利。吾儒爲善只以公。

近世士大夫喜言善惡報應。其害不小。先王教人以孝弟忠信。只是理所當爲。不論報應。故古者人人明于義理。降自春秋。天下雖已大亂。然其時往往以匹夫之賤。有害于義理。猶或觸槐而死或不食嗟來之食而死了然不爲死生禍福所移齊桓晉文心迹雖假然當時事勢欲爲秦孝公事何難而終已不爲非力不贍也知義理之不可也直至戰國蘇張之徒出而橫議興暴秦繼之以坑燒先王之道蕩然無存純以自私自利之心行權謀術數之事益其所知死生禍福而已佛氏因之以操其術而入中國愚者既惑于報應之說以爲眞有此事聰明之士亦知其說之誣也則又惑于脫離死生之說於是此土之人拱手歸降無一能出其圈套東晉人物尤尚虛玄遂使神州陸沉中原塗炭逮乎近世陽明之學徧天下其說尤猖狂狡獪僞種流傳薰人骨髓學士大夫所知所聞莫非此說遂羣以事理爲障視官府如傳舍當人國若兒戲爲害匪細良以先王道熄正學不明無有起而大聲疾呼申明其害者此孟子所以不得已于辨

楊墨也。聞者勿以吾言爲腐。得吾說而存之。後有作者。庶乎知陽明之害道若此其甚也。

問陽明事功何如。曰。陽明安得云事功。當時天下全盛。宸濠乳臭子。全不知兵。雖時無陽明。其立擒必矣。又且借援張永。犯祖制結交內侍之禁。故當時曾掛彈章。謂其學本異端。功由詭遇。二語足以槩其生平矣。且卽以功論。陽明之功而當封。則于忠肅眞有再造之功者。又當何如。當時也先之强。奚啻百倍宸濠。土木之變。何異靖康。當高宗時。李綱趙鼎爲之相。張韓劉岳爲之將。而不能有所爲者。而忠肅一人。不動聲色。徐挈故物而還之。使社稷危而復安。日月幽而復明。其視陽明之功爲何如者。然且不封。而徒震驚于陽明。何哉。

陽明。林濟也。白沙。曹洞也。故陽明又能兼白沙。

嘗有舉王陽明與劉念臺並言者。予應之曰。此便不以其倫。陽明豈可與劉先生同日而語哉。劉先生講學雖本陽明。是其見理不明處。然中心却誠實。陽明直是欺罔人。烏得與于君子之列。白沙甘泉與陽明同一詐僞。傳至許敬菴。敬菴傳蕺山。二公較誠實。惜學術不是耳。

有謂某不當闢陽明者。曰。學術即有不是。先賢未可輕議。余應之曰。楊朱墨翟亦是孟子前輩人。然則孟子亦輕議先賢耶。又謂譏彈太過。余曰。陽明以洪水猛獸比朱子。非譏彈太過耶。其人曰。豈得有此。余曰。請看傳習錄。其人默然而退。

或舉傳習錄中語云。言語無序。亦足以見其心之不存。此一語似與聖賢無別。曰。公正不知此語大有病。在言語無序。病在理不明也。凡人用心說話時。豈便能皆有序乎。若云言語無序。亦足

以見其理之不明則得之矣曰亦足以見其心之不明亦無弊

七政運行當以曆家右旋之說爲是儒家以爲左旋者非蓋一順一逆而後成文章亦是理當如此

問月中暗處或以爲地影何如曰若是地影則月行有東西南北之遷移地影亦當隨之而變矣何以不然大抵月陰精陰體必有虧欠其形當有凹凸暗處當是其凹處光有不滿耳此說亦從無人及吾自見得當如此

據西人之論凡日月星辰之變皆有常數非可挽回然王者政令自與天通要不可不修省不然天變不足畏又豈有是理

學者先須明于辭受取予然後義理可造今時拘謹無能一輩子此兢慎不苟者猶有之若恃才講作用者未有不自以爲雄才大略無所不可不屑屑于這上計較試觀古來作用之大何如

伊尹伐夏救民，眞是開闢天地以來未有之事。宜其雄才大略無所不可矣。何以必曰一介不與，一介不取耶？可知取予關頭煞是要緊。後來才略如漢高唐太，直可以造三代，而終不能者，只爲這一箇關頭不曾打透耳。

問平旦之氣與浩然之氣，二氣字同否？曰：不同。浩然之氣須是集義始有。平旦只是此一點清明之氣，如一潭水，日裏攪得渾了，到夜閒定有一番澄清。浩然之氣雖生平本有，到牿亡時此氣亦隨而亡了。平旦之氣直至牿之反覆方無，只緣此氣甚微，故不能生理義耳。

口與腹爲嗜欲之門，聖人所以賤之。

孟子說苦其心志五句，今人窮秀才幾人不然？何不聞有一人可曰天將降大任於是人也？只爲不能動心忍性增益其所不能耳。譬如禪家棒喝。挺然直下承當便應立地成佛。若承當不起。即死於棒下矣。

苦其心志。勞其筋骨。餓其體膚。空乏其身。行拂亂其所爲。今時窮秀才。何嘗一人一日不然。譬如將千觔擔子。壓在各人肩上。肩挑不起。即被壓倒。既已壓倒。天亦不復顧惜。所謂傾者覆之也。有人極力肩舉。不肯被他壓倒。天亦必幇扶他上肩。不使蹉跌也。

問八卦卦義俱好。惟坎獨無德可象。何歟。曰以陽陷陰中故也。然陷於險而能出險。即此是德。所以能出險者。以雖陷而能得中故耳。

赤叜問中庸首章。先生曰。學者先須識得心性二字。請問。曰。心是虛靈不昧之器。性是健順五常之理。惟其虛靈不昧。是以能包藏健順五常之理。若單說心。便差入良知家去矣。故曰。聖人定之以中正仁義而主靜。立人極焉。

大始問天命之謂性。此性字尚指善而言。但不論偏全否。曰。性兼人物而言。自當不分偏全。又曰。性道俱兼物而言。如馬能行遠牛能耕地。即是天命之性。惟馬有行遠之性故可乘。牛有耕地之性故可服。馬之就乘。牛之就服。即是率性之道。馬不能生而就乘。聖人爲之絡其首。然後馬可乘。牛不能生而就服。聖人爲之穿其鼻。然後牛可服。即是脩道之教。且在物亦各有偏全。馬不能背艮。牛不能背健。即是其性之偏處。服牛乘馬。即是聖人盡物性處。

赤雯又問誠無爲幾善惡。莫是慎獨之獨否。曰。幾訓意則得。訓獨則非。

中和二字兼心說。中是心與性合併處。和是心所發之情合於天則處。不可便將性字替中字。情字替和字。

延平未發之説。亦是有爲而發。大槩因馳逐之輩不肯靜養者言之。不是要人只于此處用功也。如程子每見人靜坐。輒歎其好學。亦是此意。不是謂靜坐便了。若陸子靜合眼端坐求悟之謂也。逵曰。延平之意。莫只是戒愼恐懼工夫否。曰。然。

問朱子論呂與叔喜怒哀樂未發之説曰。由空而後見乎中。其病根正在欲於未發之前求見所爲中者而執之。竊意延平先生常令學者思未發時氣象。恐亦是求見所謂中者而執之之意。曰。延平所爲中者有實理。正欲人于此時體認天理。非釋氏觀心之謂。某嘗夜半起視天體。見萬籟闃寂時。大氣運行不倦。于此可以見人之心體矣。

延平先生力量甚大。看來似只尋常，忽然撥轉一箇朱子。何等力量。朱子早年已浸淫於彼說，不是延平誰能救正得他。

籛侯曰：此理明時，自然天地位、萬物育。學者須要到此境界方住。先生曰：此亦無他，其要只在改過。若能于日用間動靜語默，隨時體察，有過即改，不怕不到此境界。

問費隱章，夫婦之知能何以必說到居室上。曰：不但是夫婦，全章都是說此事，正見其爲陰陽化育之妙。問如此看來，鳶飛魚躍正當指生生不已處說，何以大全無此說。曰：此是大全謬處。而今且看鳶始交，必高飛；魚生子，必上躍。引詩二語，正爲此也。故註中特下化育二字。今人先看得此事鄙褻不堪出口，不知此却純是自己私欲做主故然。聖人看來，正是天理微妙處。全部易經只說陰陽男女，詩首關雎，書先釐降嬀汭，誠以此乃天理人欲分別關頭。于此能純乎天理而無人欲。即是化育之妙。即是與天地合其德。故中庸此章。特指出此事。示人以求道之原。下章便說子臣弟友。譬如行遠章。復從夫婦說到父母。蓋夫婦兼統仁義。有夫婦然後有父子。是于其中分別出仁來。有父子然後有君臣。是于其中分別出義來。由父子而推之兄弟。爲仁之盡。由君臣而推之朋友。爲義之盡。夫婦是太極。子臣弟友是四象。子臣是二老。弟友是二少。

問舜其大孝章。曰。大全說來。都是以下五件做成一箇大孝。惟某看來。乃是以一箇大孝做成下五件也。若道以下五件做成大孝。則堯何嘗不爲聖人。何嘗不尊富饗保。何以獨稱舜爲大孝。自古聖人未有不孝。惟舜之聖人。則帝是一件孝做成。其他納揆賓門雖都是德。然總不若其孝之爲大。所以四岳舉舜。亦只說他克諧以孝。堯遂妻之以二女。直至于受終陟位。豈非尊富饗保皆從孝來。是其孝爲何等之孝。所以說箇大孝。中庸引此以明孝本庸德。必如舜之孝。直到如此地位。方是庸行之至。若如講說所云。則王莽曹操皆得謂之大孝矣。

凡驕盈猜忌二者。最是害事。漢高之得天下無他。只是善任人耳。以齊楚之地分王韓彭。令各自取。此爲善任韓彭也。若將韓彭置之麾下而後用之。則爲羽所擒矣。韓彭何能爲哉。任人一事。非但有國爲然。今朋友間託人代爲一事。亦須開誠以待。若猜忌中生。則鮮有不害者。第覺察不可不明耳。既以託之。須是開誠布公。始終信任方可。故學者度量不可不弘。心思不可不密。

師友之功。只在思辨。中庸學問思辨行五者。廢其一。即非學。即一邊條目。却居其四。可見誠身全要在明善。明善必須師友。師友之功。又只在講習箴規上可以效力。到得立誠。雖師友不能爲之助矣。故曰麗澤兌。君子以朋友講習。

今日於此講論。謂遂于程朱之理毫無遺憾。則吾不敢知。若其塗轍之正。與所以講論之心。一出于誠篤。此固吾黨所能自信者耳。

某六七歲時。精神甚弱。常有夢魘之患。至十三歲。即自知于書理上講求。十五而後。此理爽然。見得後遂不作邪夢矣。

某於醫道亦只從集註近思錄中得來。

凡事到精義入神地位。只是一箇切題而已。如度曲亦然。每唱出一字。自始至終不離某音。即是擅場。故精於醫者。必先審病因。一切變症。俱從此轉出。乃爲切題。

壬戌正月。見先生于驛司橋舟中。先生曰。去歲幾登鬼錄。今自分得必死症。不久於人世矣。修短有數。所耿耿者。胸中少有所知識。嘗欲得同志幾人相與討論。尚有幾件事可以發明。今遂無可傳授。虛負此知耳。

癸亥五月先生疾病。一日入問疾。先生曰。夜來覺更甚。以今日却交芒種節耳。因問交節何故病甚。曰。人在天地氣中。猶魚在水中。魚不見其爲水也。然無時不與水接。人不見其爲氣也。然無時不與氣接。人與氣有一息相接不來。便成疾矣。故值節氣將交。病每必甚者。緣日月一交會。則天地之氣一變。天地之氣變。而人身之氣變不及。便接天地之氣不來。所以甚也。又問節氣以何爲甚。曰。霜降立春二節前爲尤甚。一是收斂之始。一是生發之始耳。

是日晚。侍立耕釣居庭中。先生曰。適來靜坐默念。吾行年五十有五。然計來生於此世只可二十年耳。自甲辰以後所爲。方可謂之内省不疚無惡於志。從前三十五年行事愧怍。不可勝悔也又笑曰。吾行年雖短。然他日這篇行狀却自難做。平生更歷境界眞難殫述也。

先生常自言教人于小學工夫處少。故見學者言動有不檢束。輒痛懲之。以下遺事

先生每見人閑走。便不悦。曰此只是心思散誕耳。

先生教人。大槩以讀書窮理爲主。而輔以居敬涵養之功。謂近來一種良知之説。錮蔽人心。不致知而務力行。則必爲冥行。不致知而講主敬。則流爲虚寂。故吃緊處必以致知爲先。嘗與高明之士言。必戒以持敬。而與誠篤之士言。却只教窮理。

先生接引後學之心。惓惓不已。四方有來學者必喜。然遠方之士。

不輕引見。或因門人而後進者。亦必令於近地且居。久而觀其志趨專否。然後納拜。或嫌門牆太峻。先生曰。今日學者徇名者多。務實者少。不得不如此。況這裏門風淡薄。自然來遊者少耳。

先生與人講論。其人或不悟。必反覆開譬。俟其明曉乃已。雖終日言而不倦也。

外間不知先生者。輒議先生迂怪。先生嘗曰。吾亦自是常人。鴻逵後來見嘗見先生者。未有不歎爲和易可親。釋然于外間之謗議也。

朱聲始先生嘗曰。晚村十三歲時。跳擲花壇間。忽軒渠顧余曰。今人崇尚陽明之說。秖悟朱子。吾讀集註。但見其與聖言脗合耳。余驚曰。吾子乃爾聰明。但尚須沉潛。未便自是也。晚邨見時便闢陽明。今人乃謂其有爲而然。豈非說夢。

有謂先生闢陽明。是欲與近日姚江之説相左而然。聲始解之曰。甲與乙相爭于道傍。姑無問其孰是孰非。忽土阬中出一蟻。大聲詈甲云。汝與乙爭。是耑欲殘吾壘耳。聞者有不揶揄大笑乎。

呂子評語正編附刻終

康熙丙申孟冬新鐫

楚邵車雙亭編次

# 晚邨呂子評語餘編

晚聞軒藏板

金陵顧麟趾梓

# 呂子評語餘編略例

呂子之評文。非爲評文也。卽以評文論。亦自獨有千古。近代諸名選家不足論。六朝唐宋以來。論定詩文者夥矣。有一足與之頡頏者乎。有目者試取從來評語。細加對勘。當自得之。實非予阿好也。

呂子所評者時文。其實古今文字之變。無所不盡。正惟其不止于文者無所不盡。故古今文字。皆不能出其範圍也。讀者僅以評文求之。毋怪其與時選一例看承矣。

呂子論文最惡顢頇。故雖零星偏曲。辨析研窮。必無剩義。正如江河之水。曲港支流。罔不充溢。學者于此逐字反覆潛玩。卽可以得其原本之妙。蓋此理本無微不入。心思不到。遂使義理有遺。非細故也。

文字。及雜出他集者。皆附見末卷後。

文章之變。自當從原評本逐一講求。此編亦止節存其槩。其就文細論處。多不能詳錄。簡棄更爲不少。閲者諒之。

竊嘗聞之呂子門人寒邨叟云。先師之有事于評選也。非以爲時文也。閔人心之陷溺。而爲是納約自牖之方也。然必其爲文也。而後可與之論是非。藉非文也。而又奚論乎。譬諸人焉。五官具而後可與言五事。五官未具。則將不得謂人矣。而何恭從明聰之足云。故曰文所以載道也。自世之爲文者。一以詭隨捷取爲心。遂不惟理法之是議。而惟流俗之所尚是趨。正聲既微。淫哇迭起。末流波蕩。變怪百出。始爲輕浮佻達。繼以骫骳俚俗。而文章之法。滅亡盡矣。然理義人心所同然。使人人去其詭隨捷取之心。而從事于文章之正道。則必有以文字。及雜出他集者。皆附見末卷後。

文章之變。自當從原評本逐一講求。此編亦止節存其槩。其就文細論處。多不能詳錄。簡棄更爲不少。閱者諒之。

竊嘗聞之呂子門人寒邨叟云。先師之有事于評選也。非以爲時文也。閔人心之陷溺。而爲是納約自牖之方也。然必其爲文也。而後可與之論是非。藉非文也。而又奚論乎。譬諸人焉。五官具而後可與言五事。五官未具。則將不得謂人矣。而何恭從明聰之足云。故曰文所以載道也。自世之爲文者。一以詭隨捷取爲心。遂不惟理法之是議。而惟流俗之所尚是趨。正聲既微。淫哇迭起。末流波蕩。變怪百出。始爲輕浮佻達。繼以骫詖俚俗。而文章之法滅亡盡矣。然理義人心所同然。使人人去其詭隨捷取之心。而從事于文章之正道。則必有以釐然辨其是非好醜之歸。而自厭薄其目前之所爲者。又云先師謂文以理爲主。理精則文自高。蓋指夫徒事于法者而言也。若直謂之無法矣。皮之不存。毛將安傅乎。夫文之理與法。有合而助之功焉。而其事尤莫先于勿助長。準斯說也。則余是編或亦不戾于呂子之意。而卷首數篇。學者尤宜三致意焉。

康熙丙申仲秋晚聞軒主人車鼎豐謹識

# 呂子評語餘編目録

卷首



卷之一



卷之二



卷之三

呂子評語餘編目錄終

呂子評語餘編卷首

近世文字。自震川出。始能窺子固之藩籬。而千子表章震川之力。功更不小。然竊謂二公之論文。亦止論文之法耳。後來之說愈精。總不離文法。最上一關。却無道及者。不知古人用許工夫成此不尷尬者。將安用也。眼前紛紛。多不出朱子辭闢二途。江西頓悟。永嘉事功。而愚謂更當闢眉山之權術。去此三大患。必更有實得古人處。不知先生於狂言謂何也。來教云。大丈夫當此時。欲以筆墨見長。可鄙甚矣。此雖執謙之言。然語亦有病。世衰道微。不患亂之不歸於治。患只成漢晉唐宋。不能復三代。正在此時之君子。存此理於筆墨耳。孔孟不得志。亦須存其言。豈以筆墨鄙乎。如徒以文法也。然後謂之筆墨也可。則且有不止於鄙者。如所謂頓悟也。事功也。權術也。其言之不精。則禍中於生民。孟子所謂生心害政。立言者可不慎與。然則先生今日以著述自命。正當以宇內第一肩大擔子自任耳。何言之過輕也。

答臧楓仲

昨自山中歸。獨不見足下兩會文字。問之舍姪。云足下先數日過舍。至期不作文而去。強之不可。且與舍姪言。大約謂諸子皆游藝。已不欲游藝者。故不爲。其立說甚高。再則曰。即爲之。必不能勝諸子。故不爲。其說又益下。然高與下總不足論。即作文不作文。猶小節耳。獨以足下之病在心者深錮。其本指與某相背繆。故不得不一直告也。凡某之欲諸友爲文。非以希世獵名爭區區詞章之末也。人之樂有師友。蘄明此理而已。理之明不明何從辨。必於語言文字乎辨之。知其所明者若何。未明者若何。而後得効其講習討論之力。故曰君子以文會友。以友輔仁。既曰輔仁。第須於仁乎取之。何事於文哉。蓋言者心之聲也。字者心之畫也。心有蔽疾隱微。必形於語言文字。故語言文字皆心也。惟告子自信其心。不復求義理之是非。分內外爲二。故云不得於言。勿求於心。而孟子直斷之以爲不可。而自舉其所學曰我知言。今觀孟子之語言文字何如也。斯豈亦游藝所得耶。且吾所欲爲文。非藝也。論語之所謂藝。註曰禮樂之文。射御書數之法。文者。指其儀節言。法者。指其技術言。若禮樂之本。射御書數之理之所以然。則亦非藝之可名矣。故朱子特註文法二字。乃所謂末也。然且學者必須游習以博其趣。是則吾道無內外精粗之可分也益明矣。況以程朱之說。上求孔曾思孟之指。能體會其義而發明焉。則爲佳文。不則相與辨駁極盡以期有合。此亦格致之一道也。奈何以藝之一字抹撥之哉。足下謂諸子皆游藝蓋譏諸子之不志道據德依仁也。諸子於存心力行之功。誠有所未逮。然從此見理日明。其後亦未可量。前在山中觀足下所爲文。愛其筆力夭矯曲盤。固亦未嘗不能文也。特於義理有未然。故批摘其謬誤以相告。是足下工夫所少。正於志據依處有不的耳。其所以不的。正於文字義理不精察。則志非所志。據非所據。依非所依耳。病在是而不思治。虧欠在是而不求益。悍然以爲吾自有所得。焉用是。是病者日益病。而虧欠者日益虧欠。以至於消亡也。且足下自謂於存心力行根本有實得乎。則其語默作止之間。必人皆得而驗之。卽以今會業一事而言。若果不願爲。則當辭之於蚤。先期而來。及會而偷。可謂誠乎。晨訂而午變。言詞閃爍。不可謂信。以師命而赴。不致告而避。不可謂敬。衆友羣集。卽不作文。亦當終事而散。儵忽逃會。可謂無禮如藝必勝人而後游。則古今之能游者亦寡矣。不勝人即不游。謂好學者如是乎。已則不能。而微訕他人。務以立異求勝。是不謙讓也。辭氣悻悻。傲岸而不顧。是躁戾而失養也。凡此數者。未病乎。抑本病也。不力行之故乎。抑不求知之故也。然則足下之存心力行。與所謂志道據德依仁者果安在。而欲以之傲人勝人哉。諸友平昔亦以足下瑰異之才。果毅之質。流俗希有。嘗與某私相歎跂以爲追琢有成。必非凡近所及。故箴規過於切直者有之。足下槩不爲己虛受。一擊不中。輒思幡然颺棄。壹何自待之淺隘也。子路人告以有過則喜。故曰百世之師。今既不能喜矣。又加憤焉。其志氣相去幾千萬里。更何以造舜禹之域耶。抑學文之事。實出於某。非諸友私集也。某欲諸友材質高下者。皆講習討論於其中。以求義理之歸。蓋某與天下爭學術是非之界正在此。今足下自以本心力行爲得。而不欲從事於文義其本指正與某相反。然則足下之所非。不在諸友。而在某之立說誤人矣。而猶晏然自居爲足下之師。不亦大昧罔無恥之甚哉。自白沙陽明以來。以本心力行爲說。不求義理之學盈天下。目前竊其緒餘以鼓動賢豪者不少。足下既見某說之非。即當早自決擇。就其徒印証焉。或有以益吾子。使可朝悟而夕成也。奈何依違腐儒之門。坐縶千里之足哉與吳玉章下同

大始來得足下札。讀之不覺失笑。笑足下之强欲置辨。辨而益彰也。足下意止欲辨不赴會。不譏游藝耳。然既云不譏游藝。不敢非我教矣。又云羣聚會友。不可謂非角勝悅人耳目。專詞章而離道德仁。又云雖非世俗社比。然仍從事文義。可不謂譏之非之乎。且吾所責於足下者爲心體有病。而足下曰氣質之故。吾

責足下以理義不明。而足下曰機調生澁。吾責足下以本事之失。而足下曰平日偏蔽。僻其大而任其細、飾其近而咎其遠。若以爲此日此事此心毫無過失者。則諺所謂白强者也。夫足下云云。自以爲辨之而無過矣。然而讀者以矛刺盾。但見足下之過益彰者。何也。此即足下輕視文義之效驗也。文義不通。病在心有蔽錮。心有蔽錮。病在不求明理。欲明理。奈何。亦仍求之文義而已矣。夫文義之不通。豈止不善爲文哉。凡言語書札動止無一足以自達者。故文義非細事也。至謂窻下拈題抒寫。請教質正。每月所限文數。未嘗不遵。而獨不可以會課。此更非也。某豈區區期足下以作文者乎。王唐歸胡。何足爲百世師。足下不欲作時文即已。何必强爲。但文義不可不通。而理不可不明爾。若既可拈題抒寫。則牕下與會課何異。論語曰。君子以文會友。

易曰麗澤兑君子以朋友講習禮曰相觀而善謂之摩古之學者皆以聚友論文爲樂未有閉户私搆乃爲有得者也又謂會課即角勝起悦人耳目之心必至專詞章而離道德仁此更大謬不然昔朱子論試士比較之非謂其有黜陟進退以利誘人也程子譏爲文悦人耳目爲其以詞章求媚於世者也若師友相聚爲講習義理之文初無利誘亦非求媚即曰角勝角是非精粗耳即曰悦人悦師友耳又何患乎專詞章而離道德仁果其專詞章而離道德仁將角必不勝而師友之耳目亦必不悦矣孔子曰當仁不讓於師不讓於師角勝之大過則將仁可不任乎孟子曰令聞廣譽施於身不願人之文繡聞譽者悦人之所致則將德不可飽乎會課之角勝悦人亦如是而已足下何厭惡之甚乎推足下欲速好勝之意一作文即欲使友朋歎服

而莫之指摘。此正角勝求悦人之隱根。雖日處膍下拈篤，而此病益深。不必會課而後有也。至於變化氣質。涵養性情，此是適道以上事，足下頭路未清，見解未的。方在未可共學中。何言之倨也。凡某之爲此言者，非欲足下之强順吾説而從事時文也，止欲足下通文義以明理。明理以去本心之蔽而已。乃足下嘵嘵徒辯其未嘗非師譏友。而初不辭其非之譏之之實，皆坐不通文義。不明吾説之所指也。今亦不須復辨。足下但取聖賢之書，虚心玩味。先通其文義。而漸求其理之所歸。不必作時文，有所見。即作古文論説亦得。或作講義，或作書牘亦得。此豈復有角勝悦人。專詞章而離道德仁之患乎。若文義未通，而曰吾以性命自負。道德自企。此又諺所謂未學爬先學走者也。世間或有此法，而某實不知。足下自信甚堅，則亦求其能助足下者而問之可耳。某自揣非其人。誠不敢擔閣足下時日。他日足下遇其師。片言了悟。乃歎爲此腐儒枉費許時工夫。遲我早聞道。則某罪豈可逭哉。惟足下察之。

兩兄文各負奇偉。又何以相益無已。竊有所質。兩兄之爲此文也其心有篤好。爲文固當爾耶。抑外間風旨乍更爲決科之利耶。篤好以爲當爾。則志定而氣堅。必有進而無退。不至於古人不止。若猶未也。則決科之意急。而爲風氣所驅也。風氣有何定。一津要倡論於上。朝行矣。升沉局幻。暮復變焉。爲文而由此。則志惑而氣躁。庸流乍撼之。不動也。數鉅公沮之。稍動矣。數名宿引之。又動矣。或得或失。誘之挫之。則大動而不能自主矣。出門抱行卷。自以爲逢時。數十日抵郊衢。聞時尚又不爾。回惑失措。則今日所爲。安知非他日所悔乎。文由心生。心正則文正。心亂則文亂。此不可不辯也。某之論文。亦止如此。此未嘗期其書之必行世。世之從吾言也。適與時論相湊。謂其功足變風氣。爲近日選家之勝。此某之所深恥而痛恨者也。但使舉世噪駡。取以覆瓿黏壁。錮其流傳信從。如藨氏烏臺案。朱門僞學禁。莫不拒絶遠避。而有人焉獨以爲不可不業此。此則某之論文果有功。而其不止於文者亦駸駸盡出矣。答柯寓匏曹彛士

竊嘗謂三百年來詩文無作者。或曰是有故乎。曰有病坐制舉業。罪至此乎。曰舉業無罪焉。學舉業者爲之也。人之知識。如果核之有仁。而草木之有荄也。枝幹花葉形色臭味。天性具足。雖妍媸萬態。莫不各有其生趣在焉。澤之以水露。治之以器鐵。厚之以垢壤蒔壅。不拂其性。光華爛然。反是雖天性具在。而生趣萎瘁矣。朽枿敗腐。蒸出芝菌。非朽敗之能爲芝菌也。養之者厚也。

剪綵而綴之一枝之間而四時之花具然而人不加賞者其生
趣絕其性非也缺為舉業者皆有俗格以限之循是者曰中墨
稍異則否雖有異人之性必折之使就格而其為法則一之曰
套取貴人已售之文句鈔而篇襲焉無隻字之非套也以是而
往試輒售其為力省其見效速父以是傳師以是教則靡然從
矣夫人之知誠必有所緣而缺益熟熟乃成
性則不可復易也唐康崑崙琵琶為長安聲樂第一而屈于段
師善本德宗令段師授康段曰遣崑崙不近樂器十餘年使忘
其本領然後可教耳套也者三百年來文人之本領也以此掇
科目獵榮譽為仕宦捷徑蓋平生得力之處雖魂夢間不能自
忘也且身既貴顯職在清華或素有文字名諛客日進贄金帛
乞數言為光寵幸載名字彼方哆然談文章論得失義不可辭

曰未嘗學也。又不可下問。則悍然爲之。於是始作詩古文辭。則又不知古人爲學之法。即有告之曰。是當多讀書。深養氣。如柳子厚所謂取道之原。旁推交通以爲之者。彼將曰是老死具也。爲力省。見效速。吾故用吾法耳。試以爲古文。則儼然周秦兩漢六朝唐宋矣。以爲詩。則儼然漢魏晉宋齊梁全唐矣。凡此皆可以袭得之。則又就其中擇其名之最盛而易飾者袭焉。文則必周秦漢也。詩則必漢魏盛唐也。立說既高。附和尤捷。流至今日。其焰益張。雖高人名士。禪客女子。無不翕然論體格。擬聲調。作煙火臺閣塵土酒肉語。云是正宗。遂牢不可破。此無他。天下庸夫多而有志於學者寡。惟此可不讀書而能也。若曹固不足道。弘正嘉隆之間。名公迭起。得斯道之正者凡數大家。幾入韓歐之室矣。然以語神明變化有難言者。則猶本領之未忘舉業之

累于。斯乃見耳。古處齋集序

今日文字之壞。不在文字也。其壞在人心風俗。父以是傳。師以是授。子復爲父。弟復爲師。以傳授子弟者。無不以躁進躐取爲事。躁進躐取。則不得不求捷徑。求捷徑。則斷無出於庸惡陋劣之外者。聖人之言曰。性相近。習相遠。子弟之初爲文。未有無性者也。教之者曰。此轉苦不合。此語苦不熟。此一筆太遠。此一解太高。此一字一句未經諸貴人用。凡室中有光頭線裝書。一切戒勿觀。朝而鋤。夕而燒薙之。不至於庸惡陋劣爲不止。未幾而揣摩成。以取甲乙。如拾遺也。吾聞之先輩大家。研究聖賢之書。浸淫於古文字。不知墨幾凡。退筆幾簏。敗紙殘稿幾百束。而不敢幾一得。今之圈鹿欄牛。胎毛尚濕。調弄之無鈔仿套數。朝塗而夕就矣。羣謂某某已如法。將必售。則果如若言。其所謂轉不合。

語不熟。筆太遠。解太高。句字未經。用。及好閱光頭線裝書者。大約未必售。售亦離離如曉星。輒曰其人數偶耳。嗚呼。何其言若符券也。人之愛其子弟。則期之以聖賢。或爲名臣豪傑。最下亦不失爲文章之雄。何至突梯滑稽。驅之使與雞鶩鳧等。吾讀其文。知其父兄先生之所願望。不過爲拜塵黄門由竇尚書。吠籬侍郎而已。故其言曰。制舉業之於科目。猶叩門之有甎楔也。門啟斯擲之耳。且君之欲入斯門也何爲也哉。爲其美官也。爲其多得錢也。然則其視舉業也。猶之乎穿窬之有鍬鍤。盜俠之有斧匕耳。排其闥。發其秘藏。負匱揭篋。擔囊而趨。又何甎楔之有。程子曰。子弟患其輕俊。當教以經學念書。勿令其作文字。古之人以聖賢之學爲學。故其視文字也。猶糠粃糟魄。然慮其玩物而溺志也。今天下之視文字。殆不啻糠粃糟魄矣。豈皆學聖賢之學者與人未有不戀其妻若子者矣而游方之外者吸光景練精炁以離坎爲媾精以嬰胎爲孕育其視棄妻子直敝屣耳情生者無不以爲難然而文信侯亦能之故一妻子也或敝屣之以度世或敝屣之以釣奇其心之善不善豈直雲淵也哉今天下之輕視夫文字也亦若是而已矣惟其視文字也輕故明知其庸惡陋劣而不以爲恥曰吾以釣聲利弋身家之腴而已程子曰灑掃應對可以至聖人則知舉業亦可以爲伊傅周召然而聞此說也則羣啞啞而笑矣魏收引據漢書以斷宗廟事諸博士笑曰未聞漢書得証經術今天下豈特以制舉業爲糠粃糟魄也哉其視四書五經亦猶博士之於漢書焉爾謂其中有吾所當致知而力行者焉則又羣啞啞而笑耳以故學究之支離儇薄之荒僻佛老異端之說浸潤陷溺焉而不知其非比

年以來。亦復知有傳註矣。然非眞知傳註之有切於己。所當致知而力行者也。特以時尚焉耳。科條焉耳。則其視傳註果無異於異端佛老之說也。無異於異端佛老之說。則今日可以爲傳註者。明之日復可以爲異端佛老。何則。其心壞也。以旣壞之心而求明書理。不明書理而求文字之復古。是鏟根株而求華實塞江河之源而求波濤之奇險也。有是哉。天下明知爲庸惡陋劣而不顧者。謂挾其術無不應也。蒲伏新貴人之門。求其平生得力之處。以爲枕秘。僥倖苟竊之徒。鼓其空腹。妄爲大言。至汚極鄙。鄭重而授之。如長史右軍筆法。戒其子弟。雖千金弗傳矣。然三家之村。五都之市。比戶聽之。其枕秘如一也。雖有才人。困躓塲屋間。不能自振。亦復稍稍爲之。故一省餬名之士。幾及萬人。其不能揣摩如法者約二千餘人。其不願如法者數十人而已餘擾擾數千，皆所謂如法者也。而題名者不及百人耳。所謂不願如法者，榜必有數人焉雜立於其間。此數人者，殆天所以扶斯文於不墜乎。然世卒謂如法者獲多，故雖屢受鍛刖而不悔。不知夫如法者以數千人中而得數十人焉，不願如法者以數十人中而得數人焉，其於多寡之計，當必有辨矣。且庸惡陋劣一也，而數十人得舉，數千人得黜者，何也？曰數十人幸而數千人不幸也。夫所貴乎庸惡陋劣者，謂挾其術無不應耳，而亦有幸不幸焉，吾又何樂乎爲庸惡陋劣者乎？故曰文字有常賢，科目無常遇。其人當遇，雖轉不合，語不熟，筆太遠，解太高，句字未經用，及好閱光頭線裝書，而不能禁其爲遇。苟不當遇，雖庸惡陋劣，極揣摩如法，而不能强其爲遇。人知文字不與祿命爭得失，則其作文字與讀文字之心，皆不出於釣聲利弋身家之腴然後視文字也重重則禮義之悅根於心而廉恥之道迫於外雖日撻而求其庸惡陋劣也不可得矣雖然以予一腐儒之力與億萬庸父兄先生爭其勢必不勝又況其躁進躐取之法更有出於文字外也東皐今集附舊序

晚村語余天下藝事皆存而時文獨亡余竊疑其過反覆偶評而歎斯言之不我欺也凡藝事細瑣皆生人之嗜好足以留之故精多物弘雖戲幻無益若可與至道相終古未有舉天下蹴踏哇吒之物而猶有不亡者今天下惡時文也至矣理學家曰害道也志節家曰失足之資也經濟家曰於世無用也詩古文家曰不可以名當時傳後世也然此數家者雖甚惡之實皆不足以亡時文何者佛老陰陽醫卜書畫歌伎擊刺工賈之屬道不同無不相爲非笑然其術益精而傳益久者外人雖惡之而爲

之徒者深信而篤好之也。故天下惡時文。時文終不亡。爲時文之徒者惡之。斯眞亡矣。據濃油之檠。抱凍虀之甕。秋蚓寒螿。哀吟達曙。與昔之篤學好古者何異。然若有所迫脅驅使。大不得已而爲之。願斯須敝棄以爲快者何也。凡夫集註章句之所以尊。周程張朱之語之所以至。六經諸子左國莊騷史漢唐宋之所以合。前輩作者源流家數之所以分。體製法度創意造言之所以歸。古今典故記載成敗議論之所以辨。茫乎蕩然。無所關切。而別有一尷尬麻糊腐爛之具。羣目之曰時文。夫如是。奚而不亡。然又不止此也。今之理學志節經濟詩文。其初未有不起家時文者也。或終老不能爲。或爲之而不精。或精而不得其力。於是乎逡巡遁逃。取名品之最高者托焉。試使數家者拈題伸紙。吾知其於尷尬麻糊腐爛之外。無他發明也。故爲理學志節經濟詩文不成退而爲時文之徒猶有足觀者今皆爲時文之徒不成退而爲理學志節經濟詩文宜其蹴踏哇嘔又特甚而不可返也文字藝之一時文又文字之一耳世家遺澤凝結於斯嚴師良友四方倡和資助又略備自少至壯其志氣神明精力非此無所用如是以圖一時文而尚或未成忽焉即以此不能時文之人無祖宗之澤師友之資少壯攻苦之力轉而求聖賢豪傑所欲然不能自必之事朝爲而夕報成焉其亦難信也今天下幾於無不惡時文者然而道益害足愈失於世仍無用更不足以名今而傳後則時文之不足惡也明矣惡之甚匪獨時文亡其爲理學志節經濟詩文先亡也使皆頫首抑志而讀是書理學者於此得邪正之準志節者於此析義理之微經濟者於此審功利之非詩文者於此辨雅鄭之故則晚村之所

存。豈特一時文，而其所救正者，又豈特爲時文之徒而已哉。大題

代序 右纂録文集七條

呂子評語餘編卷首終

# 呂子評語餘編卷一

楚邵後學車鼎豐雙亭氏編次

## 歸震川稿内摘錄

震川全稿成。先生閱前後序文皆不愜。後於初學集見是文。附文後曰。是雖不言制義。而太僕文章公案略見於此。遂用之。門人問曰。太僕以古文爲時文。故近是耶。先生曰。否。文即文耳。何古與時之有。曰古曰時。是二之也。又以古爲時。則太僕强造爲太僕之文耳。於時文且失其宜矣。奚取焉。曰。時文自有格式。豈竟與古文同耶。先生慨然曰。此正後世論文之病也。今即與子言古文。夫騷賦有騷賦格式矣。奏疏有奏疏格式矣。碑誌有碑誌格式矣。其爲記序書啟論策傳贊哀誄銘頌辨難喻說。下至演連珠大小言之類。不各有格式乎。曰。然。然有謂某以古文爲騷賦某以古文爲奏疏碑誌記序之類，則公必笑之。何也？蓋略格式而專論文，則均之古文，不可褻斯名也。夫既略格式而專論文，即時文何異焉？然則時文皆可爲古文乎？是又不然。其不可爲古文者，雖騷賦奏疏碑誌記序之類，唐荆川所謂以大地爲架安頓不下者，皆煙消草腐，與今之時文同也。時文之足傳者，經緯終古，光景長新，與古之傳文同也。惟今人視時文，必以烟消草腐者爲正宗，見有異乎其狀者，若馬隊之驚豪馳也，而又不敢遂非之，以貽笑於識者，於是乎有以古文爲時文之說。故善爲文者，自騷賦奏疏碑誌記序以至演連珠大小言之類，皆一焉，而何有乎時文？其不能一者，時文則時文而已，必不可爲古文者也。非不可爲古文，不能爲時文而已矣。此可於先輩驗之。王守溪、瞿昆湖、鄧定宇、李九我、湯睡菴、許鍾斗諸公，非時文家所稱正宗者乎。然其文集具在。曾無足與太僕平衡者。何也。大都不能一者也。不能一者。非其古文不如。乃其時文故卑也。若太僕則不知有所謂時文者。故其文集亦不知有所謂古文焉。一而已。既已一乎。則以此序太僕時文也。又何爲而不宜。小子志之。而亦求夫太僕之所以一者而已矣。記言〇錢牧齋題歸集云熙甫生與王弇州同時弇州世家膴仕主盟文壇海內望走如玉帛職貢之會惟恐後時而熙甫老於場屋與一二門弟子端拜雒誦自相倡歎於荒江虛市之間嘗爲人序其文曰今之所謂文者未始爲古人之學苟得一二妄庸人爲之巨子以詆排前人弇州笑曰妄誠有之庸則未敢聞命熙甫曰惟庸故妄未有妄而不庸者也弇州晚年頗自悔其少作亟稱熙甫之文嘗讚其畫像曰風行水上渙爲文章風定波息與水相忘千載有公繼韓歐陽予豈異趨久而自傷其推服之如此而又曰熙甫誌墓文絕佳惜銘詞不古推公之意其必以聱牙詰曲不識字句者爲古耶不獨其蔑前仍在亦其學問種子埋藏八識田中所見一差終其身而不能改也如熙甫之李羅村行狀趙汝淵墓誌雖韓歐復生何以過此以熙甫追配唐宋八大家其於介甫子由殆有過之無不及也士生於斯世尚能知宋元大家之文可以與兩漢同流不爲俗學所澌滅熙甫之功豈不偉哉傳聞熙甫上公車賃騾車以行熙甫儼然中坐後生弟子執書夾侍嘉定徐宗伯年最少從容問李空同文云何因取集中于肅愍廟碑以進熙甫讀畢揮之曰文理那得通偶拈一帙得曾子固書魏鄭公傳後掀冊朗誦至五十餘過聽者皆欠申欲卧熙甫沉吟諷詠猶有餘味宗伯每歎先輩好學深思不可幾及如此今之君子有能好熙甫之文如熙甫之好子固者乎後山一瓣香吾不憂其無所托矣

循章演句討取虛神語氣近日村裏教書坊間選手三等秀才皆云云何足以論先生學者之文乎學者之文所見高卓此筆直達其所見意盡而止有所發明於經傳裨益於後學斯善矣又何必虛神語氣之有乎或曰時文自有當然之則公亦垂言法矣豈學者不當以法論乎曰非謂可以無法也法從理生即虛神語氣亦從理生理不足而單論法此時下之似法而非法也理既足而法有未盡此古人之所輕而非其所不知不能也太僕自謂作文已忽悟已能脫去數百年排比之習向來亦不自

覺何况欲他人知之爲之輾然然則古人用力之處非今人之所知也明矣。

**夫子至於章文**云云【評】震川先生云爲文須有出落從有出落至無出落方妙此文眞不愧斯言其胸中自有鑪鞴取題之精神烹鍊融結自成法界外間紛紛止向糟粕煨燼揣摹形象何足以論先生之文乎如中二比摶捖變化於語句之外得兩家之神乃人所夢想不到者而陳名夏張自烈之徒無知妄論以爲失知三與字以乎字代之非寫生于夫與乎皆疑詞以上面文勢用乎字宕下故即換乎字以接出惝怳之致有何差礙而狺狺不已此直自供其不通耳於先生何病乎

其當理處皆得力於經學非講說之所及亦非古文之所生也其不當理處則務欲於經傳註疏之上高出一步此則講說與古

文之通病。太僕習而不察耳。

長句用三十餘字。惟震川先生有此神力。他人便覺冗漫矣。古文中能用長句者亦不多數人。朱子用之集註。尤見精神。袁黃不通文章之道。妄肆譏彈。而改爲佻削。甚矣小人之無忌憚也。

**艾千子**凡秦漢之文。未有不粗枝大葉者。此震川先生獨得其神也。**評**秦漢之文。未嘗不粗枝大葉。然非以其粗枝大葉爲美也震川精於理。密於法。而出之以沛然之氣。渾浩流轉。斯爲獨立若粗枝大葉。不過言其不修飾耳。以不修飾槩震川。且幷槩秦漢。無論其淺陋。且使後世黃茅白葦。盡托之古人。則其言貽誤不小矣。故辨之。

文至不可方物蹤跡。惟神於鑒者能勘驗之。次亦須近其境。乃與咨歎。無知者且以爲率易。爲短縮。蝍蛆甘帶。鴟鼠嗜糞。如以清泉沃之。但見其煩惋不堪而死耳。

風水相遭於澤陂。則舒雲疊鱗。縈縠亂霧。至乎滄海。則橫流逆折。傾側潰旋。放空虛而棹無垠。天下之奇觀止矣。然皆自然之勢也。

凡天下爲文欲求深一步者。只爲不見本位耳。見本位則不敢求深矣。凡文多閑文做作者。亦爲不見正意。胡亂綳布。若知正意之所在。則做作便不是。他如何肎。

文章曲折。本乎題理之所有。則千變萬化。總能妙合自然。但於語氣求肖。於文調求轉。便走入斷港死路。

文字樸實頭說得出。即見思學交至之功。若求仿套於爛冊子。與撰新異於白肚皮。未有能工者也。

體認精密。則易落圓軟。惟先生文愈精密。則愈見剛大之氣。蓋其體認總不在口角詞語之中。故與圓軟家似相近而實相遠也。

**巧笑倩兮章文**云云。**評**文至皮毛落盡。精神獨存之處。直是絕迹而行。起滅由我而規矩神明無不並至。斯最上之品也。陳百史評此文云簡而未該。予讀之不知其妙義所存。令我不覺失笑。爾欲知此。自須再翻箇筋斗耳。

不起峰巒。不設鑪竈。而其逕岸幽深。則隨路皆仙區也。其烹煉古雅。則遇物皆法器也。

震川有言。近來頗好剪紙染采之花。不復知有樹上天生花。要之紙花只好插瓶掛壁。一到真樹上便去不得也。

震川自謂平生足迹不及天下。又不得當世奇功偉烈書之。以爲恨事。可想其未出之蘊。

質實之文多結濇閼滯。至先生則愈質實。愈見其瀠洄浩蕩。如江河之流，其中魚龍土石，品物萬變，總不覺其有，此不可與爭斗斛之量也。

絶不向語句下偷腔竊氣，老老實實，只講正面道理，此所謂札硬寨、打死仗，鬬力而智在其中，諸君卽精於兵法，不能敵也。

**人之過也節文**云云。**評** 如此文方可謂之圓緊，未嘗不是王濟之一家法，然非王濟之所能攀躋，以其從古文翻身也。後來如許子遜、李九我亦講圓緊，則又王濟之之罪人矣。

機法圓緊，而氣勢儘寬閒，不入圓緊家數，此從古文出身之不同處也。

極圓極緊，其圓緊者理，非機局語句之謂也。機局語句講圓緊，便成軟俗，正與此相反。

大江大河，終古崩騰東注，而其象只如新出，人以爲氣浩大也，不知單是氣便有盡恃氣之所以不盡須有箇本原在東坡自言如萬斛泉瀉地曲折無不如意他亦止解得氣上事耳震川之氣却有本。

王荆石作太僕誌銘有云河圖大訓陳於玉几和弓垂矢並列珪璋鄭衞之音蠻夷之舞自無所容可以語先生之文矣。不向肢股間藏鱗露甲渾淪磅礴取大意於語句之外眞僧繇點睛法也太僕嘗云中有實物混於數千卷烏言中有鼻孔者必能别之豈欺我哉。

言當於理則似乎平淺而深切至味乃所謂高也俗學之平淺則眞平淺矣此須講究有得者方於此信得及耳。

只是理眞故氣足不發明此義憑他論文高妙僅僅皮毛上事。

對仗圓稱必多紐捏那借之談體認曲折必多軟媚甜熟之調震

川何以不犯只看書的當氣從理達故也純用虛字轉側停頓近時頗講此法而軟俗之聲聒地看古人於此直恁神妙請學者卽將此做箇題目入思議來

**艾千子**一路空漾而時以實語確語補綴聯絡氣與題肖理亦與題肖**評**如千子言直不知震川之文矣震川之文純就理體直達而氣與之遊所謂一路空漾者皆理之確實爲之也若賴實語確語補綴聯絡而後與題肖則時文義襲之病震川所異乎流輩而可上追古人者正在是耳千子所見止在章句之間宜其言之陋也學者以此言求震川則惑誤不小矣

**陳百史**凡文用之際之間諸字皆四六體非古文法也古文如漢人疊用之字文勢錯綜無可復議若時文比比分合而疊用之字則篇句複冗不成段落矣**評**按先生用之字文法固有太複

疊處。亦其筆勢熟慣、不暇洗琢。然初無損於長江太嶽之觀。以此指摘先生。已屬夏蟲井蛙之見。至謂之閒之際皆四六體。非古文法。時文疊用之字便不成段落。眞不通之村談。直謂之胡說可矣。

歸公文繼韓歐。渾涵羣品。而其說理最爲樸實謹密。後人徒欲以寬衍夸曼儗之。不知無此種樸實本事。則其所謂以古文爲時文者皆贗物也。

增一分大樣閒話。則少一分眞實了義。故今人支蔓之詞。先民非不能。直是用不著。亦無許多閒工夫也。

小題說大道理。人都在外邊裝貼上去。故大而無當。震川在裏邊舉起便得。只是道理熟。自然大。此眞僞之辨也。

文無訓詁迹相。亦不落空混機鋒。總是見地著實。故下筆超然。但求超然。則不超然矣。以後儒註解入聖人口氣。此是先輩拙朴過火處。須善會之。至其精神透越。自有不可掩者。又正在老實拙朴中得力也。隨地曲折。得手應心。如萬斛舟乘風坐溜於大河長江之險。宛轉自在。一瞬千里。觀者驚歎其安流。不見舟中轉篷捩舵一片細心巨力也。

**張爾公** 行文高視濶步。展拓盡態。自是游泳古文得來。後人不善學太僕。僅得其似。則流而爲膚爲鬆。爲一氣順寫軟靡不振之病。須再取稿中簡勁深老之文讀之。得其堅凝之氣。然後可以效其博大。**評** 太僕之博大。皆從實學得來。正與膚鬆軟靡相反。吾未見有學太僕而爲膚鬆軟靡者也。救膚鬆軟靡。正當以實學。不當以簡勁深老求堅凝之氣也。有實學則氣自堅凝。不則簡勁深老亦僞妄。諸評但知講文氣。故讚與規皆皮相耳。是亦無實學之病也。

凡爲文不肎正面實講。只是道理不明。講不出耳。乃生旁敲借擊討便宜法。此不學者無聊之術也。後且反謂不宜正面實講。豈不斷絶讀書種子耶。讀先生文。當求先生何以能至是。

累墜題。後人多用淩駕破碎。或短比輕點。不能實做。正是力量薄。然時眼看慣。反喜變亂而憎實做爲板重。不道文字合如此。非板重也。板重之病。在詞調。不在意理。

意足則神思安閒。此氣度可學。而不可以套取貌爲也。

風神淡蕩。其力浮於筆墨之外。又無脱落不舉之處。深於古者乃知其用意耳。

大學之道節文云云。評精乎理。熟乎經。馳縱乎古今文字之變。而往復不已而其味愈出此非近人之所能領也。

**穆穆文王節文** 云云。**艾千子** 一氣奔瀉。瘦硬蒼嚴。**張爾公** 簡鍊精確而長江大河之勢自見。**評** 理至則氣達。達而不泛溢於支辭。則簡簡而曲折運意於不窮。則理益厚而氣益充。此瘦硬蒼嚴而長江大河之所由然也。千子爾公見其氣體矣。百史謂其率爾操筆。何微妙之存。其諸聾者無與乎鍾鼓與。

會全題之意。如家人之面目。雖夢寐能舉而後以法寫之。故著筆如生。震川嘗云。畫耳目口鼻大小肥瘠無不似者。而人見之以爲不似也。其必有得形而不得神者矣。人皆從耳目口鼻大小肥瘠求似。故累墜支離耳。

行文之或整或散。因其理勢所至。作者亦有不知其然之趨。郝伯常所云文成而法立也。淇奧節文末段若太僕當時用排體。亦必別有風致。而彼忽單行。又見錯綜疏宕之妙。乃千子以爲前整齊者後必單行。已成呆話。而百史又貶其散爲疏緩。則又粤雪蜀日之見矣。

疏疏浩浩。淡淡悠悠。若無意爲古者。乃所爲眞古也。

**艾千子**先生之文。以氣爲主。有以澎湃浩瀚爲氣者。史記之封禪平準書之類也。有以精悍圓緊爲氣者。史記之論贊類也。然皆得其氣而御之。時文以排偶爲體。而能本史遷之散爲整。體變而氣不傷者。其惟先生乎。**評**東鄉但知文字體氣。故說來說去只在整散處。要之震川文字之妙。在理蘊精到。高人數等。故出手便不同耳。論氣已落第二義。況整散粗迹耶。

說道理。疆界不分明。便不成道理。若不曾融貫通會。則疆界皆生隔礙。此訓詁之家終不可以入道也。惟先生於此理顛倒橫豎如一。故區畫疆界。能絲毫不混。

每題中有繚結盤錯。及關竅屈曲之處。經先生營搆。便無微不出。而渾成無迹更難。蓋他人專於此處講究。賣弄亦在此。不得不呌囂有迹。先生只看得理足。而妙法自在其中。原無意重此。故自然無迹。非別講無迹之法也。别講無迹。則又有無迹之迹矣。

**艾千子**前整者後必散。**評**此種醜論。似高而實卑。若以爲活變而反成死法。誤人不小。不可拘也。卽前整而後不散。或前後皆散。亦復何異。

文或偶。或單。或整齊。或零散。或大散行中藏小偶。或對偶中有參差長短。或流水直下。而其實對仗精工。令人不覺。或排比到底而起伏開合。只似一股。但看人作法如何。勢到局成。神行官止。豈有一定之法。況文之佳惡。初不在此。千子每以此論大家古訣多見其陋也。

勝理極密而體勢極寬渾侖看有渾侖之妙碎拆看有碎拆之妙。

古人服倒杜詩韓文正爭此耳。

忽於中間宕開一波是古文用閒之妙却正使題意精彩百倍若不當緊要是爲眞閒眞閒則謬矣。

精密遒勁如神禹鑄鼎細悉萬象之眞不特其型範之奇非人智所及亦由其採金煆鍊之精足使纖毫畢露而大物渾成學震川者須見此意。

文中引用成語雖多異流誕詞然自我引用又別自意義朱子講語亦時借二氏之言却未嘗於理有弊病只看道理如何此不足爲大家病也。

理眞則文愈輕而力愈厚愈淡而味愈永此可爲知者道耳。

隨題寫意。意到局成。若無難事。正使人經營竟日。越差排。越不停當。乃知作家之難也。

其見理眞而高。而細。而活。此數字缺一。便不能到先生田地。蚍蜉不知而妄撼。皆韓子之所謂羣兒愚也。

**周公成文六句文**云云。評是絕大絕奇文字。即稱之爲高文典冊。猶屬皮相。直看透聖人全體大用。得其制作所以然。從禮字原頭說下。精粗義數。天德王道。一以貫之。此其理之大也。把握大意。破空橫行。不屑屑依文演氣。而題句無所不盡。又未嘗有溢思閒筆。寥寥短幅。讀之如長江東注。衮衮不盡。此其文之奇也。千子稱其推體至情。尚落小樣。餘子譏訶。乃鴳雀笑鵬運。更不足怪矣。

文至簡當地。眞不爭多些子。後來只是閒套頭。儘力添揑。具眼者以爲未嘗道得一句半句也。

理解精熟。于筆高古。故變化在我。無復繩削準擬之勞。視世間講格式。講機勢者。皆蟲蟻自作穴中語。病者聽之。驚若牛鳴耳。

艾千子古筆單行。得韓歐之神。陳百史中段單行。非數句數節不可。若單句題忽於中段散落。則漫漶不緊嚴矣。評文之古不古。高不高。豈以單行偶對分耶。二評皆低。而陳論尤陋。數句數節。先輩多以短比對副到底。而開合轉折變化。出奇無窮。單句題。亦有波瀾議論。忽於中段用散落。別開生境者。豈可作此死板說法耶。

刻入深際。躍出象表。而後能傳言外之言。開境外之境。此種妙處却源於莊叟。而禪家竊之爲機鋒作用者也。

畫家寫面影及樓臺殿閣。必帶二三分側勢。不爾便動手不得。惟先生文處處是中鋒用筆，正面實寫，而縱横跌蕩，變化不窮，豈非化工神力。

春容大雅，詞義鴻懋，方是盛世臺閣文字。緣其骨法尊貴，望而歎爲天神，若肥頭團臉，苟取榮膴者，到處都是，是爲賤相，豈足以言冠冕哉。

驀直寫去，如大江東注，隨地爲曲折，却只是一脈赴海，其氣足也。東坡作昌黎廟碑，久不下筆，忽得二句云「匹夫而爲百世師，一言而爲天下法」，以下便順勢疾書而就。其作温公碑云「公之德至於感人心，動天地，巍巍如此，而蔽之以二言，曰誠，曰一」，後敘其略，一時遂以其文爲至。古人於此用力，不是鍊詞句，尋議論，正如晝像者，必將其人形貌精神熟視于心目間，所見旣的，忽然下筆，乃能神肖。今只於口鼻眉目較分寸，於衣褶著色求工巧，雖模樣依稀。畢竟非其人也。

空摹大話。便不精深。精深則氣局不大。此兼之難也。

**周介生** 渾古之極。先生短章常有勝於大篇者。**陳百史** 震川長篇渾浩不愧歐曾。至於短篇寥寥數語。言既短縮。而意無餘味。亦當日偶爲之耳。必以短勝於長。過矣。**評** 雖寥寥數語。而言簡意厚。自然含蓄有味。正使後人竭力婉發。無能出其圜中。此眞先生不媿歐曾處也。百史以其粗心求古文形似。其自爲文亦膚廓緩滯。無足觀者。宜其尋佳境不得也。若介生所云。則又東坡所謂小兒强作解事者。先生文長短各極其妙。以多寡較工拙。總屬菜傭之見。此等評本不足存。恐其說足誤後人。故錄辨之。

題苦平板無出色。只坐看得道理粗淺耳。於是講變局。求新論。支空架。出偏鋒。總於粗淺中尋方便法門。越裝扮奇巧。徒自呈其粗淺之至也。入先生手。極庸腐事。更見精新。此豈可求之體勢名句間乎。

**楊維斗**筆勢飄舉。力大則輕。**評**力大則輕四字。極善於論文矣。然使人望洋而怖。以爲不可學而至也。吾爲下註曰。力之大者。只爭見識高一層耳。問見識何以高。曰。只在看書仔細。看書仔細。豈不可學而至者乎。

字字還他正位實地。不弄一毫花手。此是絶頂力量品格。吾嘗笑陳同甫自謂不能研窮義理精微。辨析古今同異。而又自詡爲堂堂之陣。正正之旗。古未有不能研窮辨析而能堂堂正正者也。其所謂堂堂正正。只得一箇粗耳。如震川眞可稱堂堂正正。惟其精於義理精微。古今同異也。

朴實頭地寫去。不見甚神奇處。而精深雄渾。理至法高。勇者不能程其力。智者不敢衒其巧。乃知天下神奇。莫過此朴實頭地也。朱子集註。字字秤停而下。無毫髮之憾。故雖虛字語助。念去似不著緊要者。思之其妙無窮。憑人改換一二字。便弊病百出。乃知其已至聖處也。惟先生行文見得此意。其至平極淡處。都從道理千錘百鍊而出。不但人不能爲。亦不能知矣。

**舜明於庶節文**云云**陳百史**參用易語。爲後人借徑。作此題宜從虞書斟酌論議。**評**用易語何害。後人安能借徑易語於諸經。尤難用。正苦人不肎借耳。學者爲文。自當根本六經。融會貫通而雜用之。但問理合與否。熟於心而注之手。汩汩然來。足以發吾意。而不自知其爲何經。乃佳。若作此題。必据此書。便是笨伯死法。必無佳文矣。此種議論最淺鄙。皆不會讀書人秘訣。世間四書備考五經類語等俚鄙不通之書所由來也。○看此文者必以爲板實。不知此板實是太僕眞本領。諸君未到此地。且懸此境界以俟異日。莫便一笑置去。

吾論文最不喜說圓字。圓者軟熟之美稱。文至軟熟。其品極下。更無長進之日。亦無救拔之方。震川先生圓處。却純是顏筋柳骨。何嘗有一點軟熟氣。可知世間之所爲圓者非眞圓也。

凡作大文字。固須間架高闊。然間架實恢擴不開。須從識解求之。

凡文至無生發處。入作家手。即無生發是生發。得此訣也。變化宇宙。生心在手。總無窮途死地矣。

如題須運旋無迹。曲肖白文而止。近人講如題法。無大氣舉之。朱子所謂弄死蛇者也。

如水落槽。不欠不溢。如金入範。不躍不流。須知此妙若以法求之。便成死板。但要道理爛熟。則沛然無疑。人看以爲樸鈍。不識其縱橫自由處。直是生龍活虎。

文章裁製須有倒用大司農印手段始得。方其未下筆。意中境界。全不如是。及其局一成。覺天造地設。必須如是。此豈有一成死板法度哉。

**物交物句文**云云。**評**此等題極易作纖雋之言。纔著纖雋。即落晉人籓籬。入莊列香火。與孔孟風馬牛矣。看先生著語。字字深微精切。却自正大莊嚴。如大儒高座說經。彼捉麈尾者直無開口跕脚處也。

古人學古文。皆變化不令人易見。令人鈔套古文。惟恐人不知此真僞之辨也。如韓歐記序碑志文字。皆極意摹仿史記。然不能指其摹仿者何篇。此所謂變化也。韓之變化。節節生奇。固不易縱跡。歐精於法度。似猶可縱跡。然奇藏於拙。巧出於平。令人不知其法度之精，其變化又別。

文到淡極渾極，其身分高極，自不屑與時人爭毫釐尺寸，但一氣疾讀數過，再徐讀數過，看神理如何，不然，猝乍也難領其妙，只他一氣盤旋，回曲翕闢，非爛熟後其妙不出。

時手非無雋致靈機，然只是閑文架子多耳。如紈褲講究，罩靠輿服器用，一時失却，其胸次氣骨，固與塗乞無別矣。眞本色人，不事裝扮，其高貴不可言，先輩之體格如是。

文有國手爭先一著，要自不多，正復難到也。

唐荊川稿內摘錄

荊川之學，初時根柢於程朱，甚正，第所得淺耳，亦自知其淺也，而求上焉，遂爲王畿、李贄之徒所惑，而駸駸於良知之說，於是乎荊川之學終無成。然其制義，雖晚年遊戲宦稿，未嘗敢竄入異旨流露離叛之意此猶入門時從正之功也其文超詣剪剔寫無形之境於眼前道難盡之詞於句外言各如人人各生面得史漢不傳之妙惟震川先生熟於經故其文廣淵荆川先生熟於史故其文精卓足配震川者惟荆川耳自餘諸公則不過時文而已矣於古人實無深得也艾千子刻震川稿而以金正希合焉正希文雖佳然以當太僕夫何敢夫何敢陳名夏輒欲以茅鹿門駕震川而詆荆川爲未進於古法予嘗笑謂牧豎譏評今古雖顛倒淆訛而人莫之責以其無知耳與之辨論卽兩牧豎矣記言

荆川先生文寫人物則畢肖其生摹語句則新脫諸口敘事斷案則活現目前描畫情理則曲盡世俗皆得史漢之精思而其排場伏線章法段落機趣句字轉換之奇變亦熟得其妙然此猶

文人之所講也。其自言於陽羨山中悟詩文末技，如羊棗昌歜之嗜，不足飢飽人。於是取程朱之書讀之，半月，乃知其發明聖賢之蘊，凡天地間至精至妙之理，更無一閒句閒話。此類書，近世英敏博辨之士，以爲老生爛語，束閣不肎觀，雖敝精於文字，竟不免於老死而無聞。觀先生此言，足見其用工迥異於文人，固宜其爲文直自胸中流出，天然合度，而得意却在筆墨蹊徑之外也。

先輩作文定靠註，註所有者必不略，所無者必不增，此是古人敬謹朴實，有法度，有學識處。

**文獻不足二句文**云云 **胡思泉**守溪乃逐字發揮格，荊川拿捻大意成文，較王先一著。**評**亦未嘗不是逐字發揮格，但荊川熟於史漢，氣局大，轉捩變化無迹，一時捉摸不著，不似守溪門徑尋常易入耳。

德不孤德字。直擒仁義廣居大道說。是儒者老家當。然使艾千子必嫌其引孟子語。以下遐家必訶其落立正位句矣。論文不講實道理。而拘牽章句語言。豈復有儒者之文哉。

凡立局須先識道理題。中自有一段道理。便有一樣章法以達之。自無强撰之迹。吾故謂法生於理也。

古人文字造極。只是細心靠實。無一句游移活蛻。此後人以爲不必然者。古人以爲非此不成文字。而後人試擬之。則又力疲神喪而不能至者也。

只道理圓瑩簡淨。說來沒弊病。便是先輩極高本事。後人要講活脫不著迹。却便弊病百出矣。

時文增出若干閑議論。總於本義不足。本義既足。着筆不多。字字皆精金美玉，回顧閒議論，無非蚝凡蛆帶矣。

其排蕩一線貫串。今人如見其妙得之子長，其鋪張綜密，關照精細，無處不周匝，其妙得之孟堅。

或謂只以己意詮發，究是討便宜法。不知此非討便宜也。本可以順而故斷，此不能順也，故謂討便宜。若是題道理於口氣中斷乎發明不得，若但以含糊渾話還之，亦是討便宜。然一無所發明，有何意味？先輩於不可發明者必要發明，而生出夾敘夾斷之法，正是犯難出奇，與討便宜者相反。奈何反以此少之？看其來去變換，起沒真是憑空不測。茅鹿門以為文通造化，非浮譽也。

文字不特作者難，即知之論之亦良不易。

布設不遠不近，層層出奇，步步有法，忽起忽滅，忽颺忽收，却只一

氣流出任他平淡空虛題目到手便有不測變化非精深於古文未易領略其妙也

漫空起雲雨點却落在天外此無中生有之妙法也

先民不可及只在精細老實處似乎板近而其實高遠若後人弄虛頭作稀奇事乃先民之不屑污齒者也

通身起伏照應法律精嚴而得古文變化之妙一氣游行不留影跡所謂繡鴛憑看金針不傳者也然此亦爲凡眼言耳果具隻眼有繡鴛便瞞金針不過

**季氏將伐章文**云云 **千子** 雙關立柱又復序次遞下此荊川先生古文法也以 知歐曾文字不可不深味 **評** 此法不起歐曾歐曾學史漢來也荊川熟於史漢故能得歐曾之妙但知歐曾其法便死不能及歐曾矣○文定批是文其圈點勒截卽用荊

川看史漢大家法。荆川取之疊山、迂齋。今鹿門八家文鈔，乃荆川本也。鹿門綴評焉耳。讀古今文字俱當用此，則眉目分明。見作者命意及法律不苟處〇所圈勒止指其關目局段耳。其妙處須看其鍛鍊全題，有略、有詳、有提、有放、有縮，題内有補，言外忽起忽落，夾敘夾斷，無一句沾帶，無一句遺漏，筆法、句法、字法皆得史漢大家之精，乃能有此。不可以逗圈處粗心忽略念過。

此先輩所謂著不得許多圈點者也。

秋月直上，碧落如洗，太虛中稍著雲霞，便礙萬里清光。蓋欲虛實不雜耳。文至純以空行得神，其言自是高深。千子看做平常頭巾語者，眼低也。吾正謂高深語亦有用不著處。

有線索可尋，無蹤影可捫，方圓奇偶，隨手散結，皆成奇觀。文至此方許講古文法度，辨古文家數。時人漫無把柄，略曉得有立柱作骨。呼應穿插之樣。便哆然以爲無難。正如弋陽腔說九宮十三宮牌名板眼。老海鹽已掩口嘲之。况眞崑腔乎。

六經語惟易最難用。亦無人敢用。只震川荆川能縱横驅駕。點金丹。鑄寶器。自具神仙鼎竈。俗眼訶其卦名。甚謂易不可用。六經不可入文。乃反以村談市諢爲妙耶。又云開後來習套。吾未見後來更有何人能如是用經者。若以妄填易卦之不通而追論作者。是以暴秦燔書而罪及燧人。白圭壑鄰而議連神禹也。總是不知其理而單論字眼。則似兩先生與不通者同。其實自已不通耳。

通篇做題字。並不露題字面眼。今人定滿紙吆呼。要人知我做此字者。定不會做此字者也。

先輩法度之精。鍼線之巧。至荆川而備矣。而純乎大家古文氣骨。

局面甚宏遠。不僅以精巧自顯。此先輩中所不可及也。其線索之密。如老女治機。分綜布經。提拽皆有度數。錦文雜組。要只是法細也。

**萬物並育四句文**云云。**評**荊川答皇甫柏泉。自謂其文所謂宋頭巾氣習。求一秦字漢語了不可得。正如村俗匠人不欲呈技於輪扁。故不敢請正。其訶諷皇甫也至矣。此等文若不從太極通書正蒙會其旨趣。那得此高簡的實之妙。近世名士祇求秦字漢語。却不曾得秦漢家奴脚汗。便欲謿詆宋人。視荊川此等文又將何如也。

文境高古老潔。如深秋登玉女峰。羣山之顛。萬木之杪。皆在脚下。上面日月星辰。亦别無他異。然天下奇觀却無過於此矣。

先輩論文品以本色爲第一。荊川亦謂具千古隻眼人。信手寫出。

如寫家書便是宇宙間絕好文字無他只是人情入理自然曲折如法情不眞理不當即顢顢說好話講繩墨不可謂之有法也。

文之妙亦只是步步逼得緊變化從此而生。

摹寫語氣如新脫諸口其中鉤聯起滅轉摺倒互曲盡其妙而天趣橫流一筆揮就須知原不在語氣上摹寫也。

雋巧終不能勝老當故知凡文求雋巧動人正是本領不濟事處

文至冰清雪淡直是難得滋味出須不食烟火老仙可與晝地爐共語耳便是急流勇退人到此也去不得何論俗物

先輩文於謹嚴潔淨中別具一種風格非後人之所能爲亦幷不使後人知愛葢其源流甚高甚遠隆萬後從講章求之便相隔萬山矣。

開口自然流動。得其神理。乃能摇曳夷猶。

荆川之文。一題必有一樣法度。至什伯千萬之不齊。其法豈可求乎。可求也。但舉一切講章與時師指授之陋法。一洗空之。至於盡亡。然後取白文諷詠。得其自然神理節奏。如庖丁之解牛。依乎天理。批卻導窾。因其固然。每至於族。見其難爲。視止行遲。動刀甚微。謋然已解。恢恢乎游刄有餘地。只此數語。足以盡荆川之法。所謂一題一樣。什伯千萬不齊者。止此一樣而已。

**昔者趙簡節文**云云。**評**洪濤汎流。渾灝漩洑。魚龍沙石。神物百變。皆挾之而東奔。斯海内之奇觀也。請問講先輩法家。此爲如題挨做否乎。陵駕才情否乎。敘事著議論否乎。爲案爲斷。眉目有不分否乎。股法段落合繩尺否乎。吾知必瞪目直視。欲發聲而不知口處矣。

昔人稱梅聖俞詩，能寫難狀之景，如在目前。梅集只是清眞刻削，不著脂粉耳。不著脂粉，而精彩穠麗，神氣生動，自左傳莊子史記而外，其妙不傳矣。

問有餘二句文云云。評：就曾晳一問，便寫出他春風沂水胸懷；就曾子一答，便寫出他誠身守約一本孝經體段，即語言之下，得見其人。此是文章第一等妙處。司馬遷爲史家之冠，也只得此妙。吾謂荆川文從史漢得力，正爲此也。若他人學史漢，止在段落筆意詞句間摹擬形似，從何處夢見古人哉。

荆川截搭題文，人但見其流走圓融，一氣順成耳。須翫其中鉤絡提串，顛倒翻跌之妙。如李營丘畫樹，必無一寸直枝直幹，而干霄拔地之勢益奇。慶曆以後講截搭題法，皆從此得宗，然不能尋其自然流轉一氣無迹之妙矣。

**鄭人使子節文**云云**評**有排場有事實有言語此題中之堆垛也有眞情有駁辨有比例有判斷此題外之堆垛也先案後斷則敘處呆板夾案夾斷則忙亂支離此却將題中題外堆垛以一鑪鎔鑄而出之或插入敘記中或提出語句外或增補閒情或簡省文法可長可短忽整忽斜看左傳國語公羊穀梁及史記漢書同敘一事各見妙筆此詳彼略東漲西坍情事不殊境界頓易此所謂化工手也惟荆川得其奥耳

組織記事問答忽在語外忽入語中有形無迹用筆入神此精於史記者非時文挨講之所有

**五羊之皮句文**云云**評**杜子美詩最多拙朴俚碎之句然其牢籠物態雕鏤人情正於拙朴俚碎中得古來不傳之妙故昔人稱曰子美詩之聖堯夫又別傳荆川先生自言其詩率意信口不

調不格。以寒山擊壤爲宗。而其譏當時名家。消磨剝裂於月露蟲魚。以景差唐勒曹植蕭統爲聖人。而冀爲其後。又自謂聞人詩文。如羅刹國人驟聞華音。不省爲何說。其嗤罵如此。正有得於少陵宗旨耳。此文刻畫皆在俗情細事。而天眞爛熳。無中生有。空際散花。遂成奇絶。乃知後人之以修飾浮麗爲雅者。正古人之所謂俗也。

斯可受禦兩半節文云云。評大開大合。一筆鋪排。彌望千里。蒼蒼莽莽。不知所歸。乍覽之。似拙鈍。似疎漫。其間經營細巧。神針暗線。錯綜洄伏。皆藏於拙鈍疎漫之中。評者遂以爲文勢不聯貫。幾乎笑殺荆川也。

孔子之仕至末文云云。評隨手布置。縱横由我。妙合自然。令人其中者。如武侯江邊亂石。迷離不辨所之。此等力量。荆川實自心班馬密室內得其寶鏡三昧來只看他中間六段渾藏隊伍首尾此班馬章法鋪演之妙也一結開波獨見情蘊含畜掩映此論贊寄託之妙也寫孔子行道句句發明孟子受餽却不曾夾揷此傳志用意之妙也後人不解古人作法不但不能爲并且不能讀輒敢評爲順衍成文不得其筋節所在豈非村頭陀妄訶法王曠刼當墮阿鼻者耶

雙峰矗天中間石梁懸渡清秋望嶽無纖毫雲霧虧蔽居人以爲本體如常觀者得見眞形遂成奇絶要知此等文不是古人不會調弄花手夾揷辨才正以還他本色不言而喻爲高耳

不持寸鐵借刀殺人趁空打刼不煩言而意徹此白描活遞之法即禪家縱奪機鋒正在迴互得之

雜揉澼續自具錦機烹鎔煅鍊自開丹竈還題位之自然造吾文

之奇特。乃知呆講挨演者入死窟，凌駕跋扈者落魔軍也。

開合轉側，起沒斷續，逐步變換，意境屈曲，無一節馳騁寬衍，而其氣直達，其勢雄勁。蓋必變換屈曲而後成其直達雄勁之奇，此古人之秘密藏也。歐、曾以後，於荊川見之。學者熟玩，自得其妙。

馬君常謂直還本題，略加翻跌，便極變化。今人無此識力，不可下此手。然不可不知先輩有此法門。其說已極庸陋，或又改之云不可藉口先輩有此法門，則直禁人作本色妙文矣。不知此正是先輩正宗，初非别傳異體，何不可下手之有？吾正苦人不肎藉口此法門耳。要之，此曹看來，原是馬腫背也。

荊川詩有云：「文入妙來無過熟，書從疑處更須參。」不參必不能熟，學者正宜參之。

道理眞則不消賣弄，道理熟則不待安排。

一氣旁薄直達而屈拗蟠旋無一筆直下節節相生相顧或偶或單若有股法若不論股法其中紀律精嚴又復游行自在神通至此直不可方物矣

時下謂經無可用處聞之不禁啞然公自不會用耳如詩經誰不讀來乃竟廢爲無用眞枉此一讀也然今人讀詩者又有穿鑿翻案之患則其罪又重於不能用季本極無知妄作或謂荊川受其說此誣也荊川與季書云願益深所養使此心虛壹而靜自所獨然不必盡是也衆所共然不必盡非也其教正之至矣

呂子評語餘編卷一終

# 呂子評語餘編卷二

黄葵陽稿内摘録

按先生文凡三變。初爲渾灝踔厲驚世之文。嘉靖辛酉甲子間。風氣冗弱。茅萉彌望。先生與同里趙玉虹獨勉爲古學。救之以精鍊典則。會隆慶改元。釐正文體。遂以第一人舉於鄉。辛未後文體復振。皆先生力也。庚寅歸里。與門生子弟論學不少倦。而文益簡淡高遠。今集中所載。多後兩變作。

先生之文。上裁嘉靖以前之迂蕪。下截萬曆以後之俚怪。酌乎古不入乎時。三百年文運之正中極盛也。編修時疏正文體。謂必先端士風。士風倒瀾。欲正無由。因陳六事曰。去浮靡。止奔競。明是非。禁佞諛。禁黨錮。禁清談。啓禎間事無不灼見。嗚呼。誠得行其言。豈止文字無末流之禍哉。以上目後跋識上下照應之法，至先生乃精，成弘之所未有也。然皆於實理發揮，自然照應，是爲天巧。慶曆以後，乃求之詞句閒，至反屈本義以就之，則悖亂矣。

凡扼要語，爭道理精實，不爭語句濶大。

**生財有大節文**云云 **評** 自論文者以圓渾爲宗，則優鄧宜矣。然此是自將時文放低，不入古今文體論耳。若以正法眼觀之，道理真，氣象大，法律高手，筆古，豈有出黄上者乎？試再讀鄧作，自覺容悅之意多，大人之風衰矣。真讀書者自辨之，此非時文小事也。

小講古人直入上脈，不爲全題已攬，其法極高。今人定要說盡，似有法而實非法也。

上下縈迴一氣，其中綫索絲毫不棼，金鍼在理，不在法也。然法斯精密矣。

文貴潔靜精微。然精微不眞，則潔靜亦假。故行文鍼線，只在看書時見得道理瑩貫處便是。若謂繡鴛外別有不度與人法，直是瞞天誑語。

作者之文，其精神與題意相副而止。莊子所謂不疾不徐，有數存焉於其閒。斯幾于化矣。陶鍊既精，其精神跌宕皆古文之自然，不可以工拙長短相形似于天馬也。

**士不可以節文**云云 **宋羽皇** 二句語勢呼應甚緊。上下俱著實不得。**評** 因謂上下俱著實不得。故近文多用空調架過其所謂著實不得，以有下節也。然下節只礙重遠，不礙弘毅，則第一句未始不可著實也。即第二句，不宜說如何重遠，然重遠之所賴乎弘毅，仍未始不可著實也。竊謂書中總無著實不得題目。都被粗心人輕易立論所誤。讀此應悟凡題目自有箇著實而不礙處。大家正於此見神通耳。

文字論法度機神。猶是古人皮毛耳。古人難及處却在命脈。識得命脈。講來方有歸宿。

**艾千子**朴直不費力。先輩好處。皆今人所不屑爲也。而今人不及先輩亦在是矣。**評**須知朴直二字。亦對今人言耳。此正古人之巧妙也。今之巧妙。乃古人所不屑耳。

後來講提縮鉤渡。費無數小巧伎倆。非穉即鑿。不則節外生枝。看古大家作截搭題。只消順文直行。而未嘗無照應攔絕之法。此文字以自然大雅爲第一流也。

每比各有義。無一義複合。而節次相生。極開合反側之法。亦無一法板湊。古人于一句題。變化精密。不可叵測。若是只是意思多。

道理實也。

凡爲吉祥冠冕之説者。其文必膚鄙。其人必佞柔。正君子之所謂不吉祥冠冕者也。

逐節過脈。用意都在上截。落下如錦機一片。不見梭扣之迹。此法先民所未講。自先生始精。

脱然心口之閒。了無難處。此是道理到熟時也。

後人攀躋不上處。止是道理説到極平實滴滴落窠槽耳。

**王荆石**雅淡中帶沉著。情也才情俱盡。探之易窮。**評**此陶柴桑詩。似槁而實腴。李營丘畫。似簡而實厚。鍊丹成黍粒。鑄劍作香丸候也。荆石之云。徒見其本領不濟。

有理有事。有情有景。有敘有論。有聲有色。有照有用。數者一滾流出。摘之無所不備。按之不見其迹。官欲止而神行。作者亦不自知其所以然。文至此化矣。

頓挫詠歎。淫泆深長。此西漢文字之妙。歐曾得之。加澶漫耳。

看得此理無纖芥之疑。如自己胸襟流出。詳略轉折。悉當其分。其閒忽用一二筆襯簟點掇。更覺分明有神。此大程子說詩之妙也。

**民事不可節文**云云**楊維斗**句字多照全章。意有餘於題外。**錢吉士**先輩作長題不用提掇照應。然或失之太直。萬曆中季以提掇照應爲工。失之太曲。近日失之太亂。調停古今。此可爲法**評**楊錢二評善矣。又須知其照全章。若不覺其照全章。提掇照應若不覺其提掇照應。但順題發義而已。細按之。知其用意深處近日沾沾于照下提掇呼應。誇得法。標題吆喝。惟恐人不知其所爲者。及按本文。却全無意味。此非先輩之所謂法也。

末流論法，只在分股立柱挨次陵駕爭高下。此猶是牝牡驪黃之相也。古作者之法，却在精神貫注，一片空行，於無可蹤跡處自立綱宗，如高祖入淮陰軍中，更置部署，雖多多益善者，失却兵符在手。此自在兵法，非諸君之所知矣。

小題布置生發之巧固矣，而尤難其典雅醞藉。今文即有其心思，不得其學問運用，開口便俗，徒增醜耳。

金正希稿內摘録

崇禎初一變爲古文之學，多以馳騁浩衍雄深蒼勁爲勝。先生獨於簡嚴淡靜中自出奇詭，令人一望不易入，久而心爲之移。又迷離而不能出。此先生之超越一時者也。

艾千子正希舊文，稍遜近作者，少渾灝之氣耳。乃知古文以氣爲主。評文氣隨理變，先生文俱從刻削而得。初時所見之理，依傍儒門。故繩尺謹嚴。而于儒之精微未盡。故氣亦澀縮。從通宗門旨趣。文亦縱逸。不可控制。然其弊病亦不小矣。千子止解文氣故其言然耳。吾謂古文之氣。必以理爲主。

**艾千子** 湘洲以縱横家見長。微雜禪鋒。視正希殊異。吾終不以彼易此。**評** 但涉禪鋒。必以縱横見長。本是一家眷屬。正希先生最精于此。湘洲不及耳。千子之云。適爲正希笑其被瞞也。

小講下每用散行數筆。卽徑點全題。正希好用此法。然有出奇處亦有突盡處。須相體用之。

**夫子溫良句文** 云云。**評** 題有正面認眞乎衍不得者。若從夫子呆寫五者。轉落以得之。未免犯權用。又須于語外洗出不關權用一層。雖有刻畫。轉見支離。竟向邦君心目中看出夫子。向旁觀心目中看出邦君心目中夫子。五者之妙。都在得字中映出。四面貌取全神。盡是畫相邊事。儘著神通。於聖人本位端然不動。此卽蓮華色比丘止見色身。不若須菩提巖中晏坐卻見法身也。

其描寫空虛。撰狀不可名言意象。是第一種妙手。

維斗云。正希之文俱是以題還題。而隨筆曲折。則議論波趣亦因之以生。如夏雲奇峯。頃刻數變。春水縐縠。波紋愈遠。最善形容其文境。

雄剛之氣。卻能出之澹遠。故奇。一著浮囂粗莽。便不成氣質。

艾千子謂用子書有迹便誕而腐。用史書有迹。不妨爲拙老。史根秦漢。子雜六朝。其質異也。余以爲未嘗史失之粗。然尚實。子失之悖。多虛妄不經。以理異故耳。

**艾千子** 古不足羨。羨其所謂古。非今人抄經撰子以爲古也。古而奥不足羨羨其所謂奥非今人浮誕險澀以爲奥也一種淡處曲折處吾所服膺**評**古而奥也淡與曲折也俱不足爲正希贊卽有勝人亦止是皮毛上等第相去只有限須得其至意直流處不肯爲擺設體面之言所謂心不負人面無慙色者也正希自云無有高妙處但俗氛得片時不來眼前吾以爲俗氛亦隨人意見正希所指只是時文混帳套頭其爲俗氛也醜而易見若和尚講語之俗氛旣腐且俚開口便腥穢正希又自不覺也

**艾千子**正希文痕迹盡化整齊之中時出不整語學者當觀其氣勢旁薄渾雄處不必以解題銖兩處繩之**評**文必理爲主而文氣足以達之乃爲至耳今但以其文氣佳而反不必繩其解題之謬抑何悖且陋也卽論文氣所謂磅礴渾雄自在神骨神骨

誠磅礴渾雄如震川文，板板作排偶體，未嘗不古文。今但以其單行不齊整處指爲古文老手，即離理論文，亦陋之陋者矣。此最易疑誤後生，不得不辨。

宛曲題文須宛曲以肖之，固也。然多學婆子舌頭，以折腰裊頸之態，吐麻糊綿軟之聲，無論聖賢氣象，即古今文人才士亦必無此沒骨頭猥狀。正希文曲折回斡，如絲絃蜿蜒蘆葉間出沒風雷，都是神龍變化。

凡一語徑了者，白語不放之了，而其上下中邊乃無所不了。極刻折中自具清微，疎雨梧桐，微雲河漢，于此境領取其微。

葉滿空山，難尋行迹，松際微月，清光爲君，不必更作奇特，留連詠歎中令人不能自已，此文情之妙也。

理淺而意致極高，從莊子得來。

惝然不盡是莊子妙境

漢魏齊梁追琢光華極其古豔然纔著此相即減却品地故文字以本色爲至也

他人精彩標騁眉目開惟恐人之不盡挹也獨正希先生不肯令人淺測巉之削之閟之固之幽濬之中其光鬱然不可弃斯亦文章之一奇也

開端邈然有意不盡最高之境

題之搭合本無義理做作便成穿鑿所謂生薑樹上生只得由他說耳然義理精熟人說來定合自然其餘各就所見發洩

文最不易得賓主關照四平八穩今人乃以粗疏爲大家武斷蠻做爲古文不怕深山窮谷大有人笑倒耶

**德行節文**云云 **評** 敘記體須有此排列時手怕平板輒用總筆帶

過。自以爲高。不知正是沒本事也。先輩用史漢法力。正在平板處出色。後人不能爲矣。

風號雨溢。海嘯山崩。皆助其輪囷鬱勃之氣。不作悲涼處。是十分悲涼。千長千古擅場。只是會得此情致耳。

正波後又起一遠波作結。是古文深致。亦自史記來。

**子張問士章文**云云。**評**全副精神都用在前四節。此處精神迸透。以下堆垛盡如落葉微雲。隨風消散。是多少灑脫。灑脫便灑脫。却只得走空伎倆。到先輩樸實頭地。不覺磕著粉碎。此正希平生得力處。正是他不濟處。又不可不知也。

思致斲露。不隔絲塵之翳。而筆頭靈變。步步勾留掩映。故極露處越包函有不盡之味。

正希之文。每以轉爲曲。以曲爲圓。他人之圓也熟。斯其圓也生。熟則俗。生則古。一從古文出。一從講章時文出也。然他人學爲生則野。斯其生也醇。一從古文自然得之。一則仍以講章時文之枵腹而貌爲古文也。

尺幅謹嚴。其中丘壑頗耐登臨。只是法密意精。法密則意有根據而生發不竭。意精則法有附麗而變化從容矣。

以古大家手段。行先輩挨講如題之法。妥帖中皆有不可控勒之勢。不可方物之思。此妙惟震川獨步耳。正希乃與之爭席。後生不知法度。或粗知死格而不知有眞趣妙境者。不可不讀此種文字。

自全局以至段落股法句字。無一不堅鍊老辣。如名將結寨處。雖溝柵樵汲之細。皆有精意。然只此四字中亦帶得巴攬俗氣。此是萬曆後名家流毒。深於文者自知之。

俗調常從老鍊太過來。

正希文必有開闢之區。令人目瞤魄動。終不奈許多禪何。正說處又忽然敗露馬脚耳。

其至性懇摯。必破膽出血。不肯爲皮毛冠冕之詞。顧太求激越處亦多過頭語習氣。

今人亦好講婉曲。然心思不靈巧。手筆不奇矯高脫。秖成婆子舌頭。一味軟俗而已。正希文婉曲。直是龍變絲弦。劍飛白練。

蕭蕭散散。自具清微之趣。如與江左諸賢麈尾相對。雖名理不入聖域。然不得下世路商量。

輕置正面。從對面旁面別出新意。令觀者於尋常巷陌中忽開靈境。其弄奇討好處在此。然其本事不及先輩亦在此。後來才人得此方便。儘有生發。然手筆之高古。思路之幽邃。又不可得矣。

氣骨蒼峻。手法變活。文格至此。已不勝其高。惜乎原頭不是。動輒走作耳。

他人爲古文。皆貌爲粗硬而已。能以雄悍之骨。蜿蟺妥帖于行間。無不如其意之所欲爲。而未嘗有不屬之筍。不密之縫。則正希其至乎。

題苦于闒濇蒙曼。入正希手。不覺眼前空曠。行處自在。亦是瀟灑有得之樂。故凡有題能窘我者。皆當於見識上求出路。

道得明暢圓利。此熟極能脫時妙境。不可以揣摩到也。

洞民生之細微。得國計之弘達。方是名儒經世有本有用之文。秀才時不具此等器識。下梢只成鄙夫耳。

其心精所注。能使無堅不瑕。眞文中之虎也。惜其自瑕處。却在好爲異說。若肯依正說。豈不更勝耶。蓋一時習尚如此。雖賢者不免也。

禪者指道學爲腐，不知腐正禪之病，禪必去語言文字，然又不得不用，雖極力造奇，然畢竟無知言之功，視語言文字皆極粗，故隨手拈用，無非淺鄙，淺鄙斯腐矣，勿枉誣道學也。

文至正希，眞可謂直抒所見，自由自在，不可捉搦矣，惜理不精耳。其不精者，乃其所自以爲極精，而不屑爲此間之精者也。然不精正在此。

其精爲江西者，其粗必爲永嘉，此一家眷屬也。

艾千子場中能矜重典實，盡洗鉛華，非老手不能，然主司大半漸染時趨，安能識淸古高質之文，不足責也。評被千子駡殺天下主司矣，然則文不可淸古高質耶，如正希又何嘗不遇，世間畢竟淸古高質者少，艮主司正苦未覯耳。

**艾千子**文章之道求深乃淺求奇乃平若夫淺而愈深平而愈奇吾于正希見之歐公所云漢人之文能以文言道世事嗟夫既謂之世事矣世人安能以文言道之如漢人哉**評**求深奇乃真平淺此精于論文矣顧所謂以文言道世事也須知世事之有王有霸有古有今有聖有庸豈可見叔孫之綿蕝即稱三代王會魏晉五代之受禪儀注即頌舜禹天命哉戊辰以後文日高古論者乃謂文字不足關世事不知此等處不辨直與聖學相悖謬而不知雖高古適成亂亡之音耳

莽莽蒼蒼提筆直走其中奥區幻境無非妙用若不知有界畫而界畫極森嚴千子且爲所欺可知其變化狡獪矣

善用蹴踘之法便使題中節節見精神結末寛閒有餘地然講蹴踘便自有俗法求古秀靈變爲難耳

以縱爲攻。以鬆爲刻。寬下網。逐步步收攏來。此是孌佞行讒祕傳。文人卽得之爲逼題妙法。

殺人只寸鐵。解牛只芒刃。作家得手無多子。直是運用不窮。彼弄刀鎗靠椎斧者。越多越不濟事。

**當堯之時二節文**云云**評**看文字當得其大處。如斯文看其結搆極奇潤而鍼線又密。對仗極精工而變化無痕。淩駕極超脫而鋪敘不苟。氣勢極浩直而曲折無窮。眞文章之雄也。若其滑稽擊刺處。雖極雋快。故是游戲小道耳。賞識落此。必轉入譃浪尖酸一路。是亦作家之滲漏。不可不塞其流也。

凡得力於古文。則變通有法。必無束手坐困之事。

名手作諧談。亦尚有雅趣。不似近人俚鄙。竟是街頭乞錢語。

**有進而與三句文**云云。**評**入今人手。未嘗不淋漓花簇。盡情痛快。

然終是熱鬧處見長。無此冷峭意味。要之能熱鬧而不能冷峭。便是那一邊人物種子。文品即是人品。看此文可想見其氣象矣。

凡虛位能實發。又不攘奪。只是理多而心細耳。人謂其落想如萬弩齊發。予謂當翫其挽强引滿。不肯輕動弩牙時。當之者自須山摧城陷。

意著而語不著。神理悠然無窮。此是法外法。小可未易語此。

空靈窅渺。曲屈盤旋。只如家常白話。此最是文章上乘。然不從漆園老子得來。亦徒爲村嫗之白話矣。

于子云。釋氏如宗鏡錄、華嚴論。皆六朝文字。一義須數十句乃可了。堆叠蹭蹬。婆子舌頭。安得以吾輩歐蘇之筆言其理。而出之簡易直截。讀之明快。觀正希作。吾所望者有屬矣。又云。微言妙理當求之如來諸大部中。千子頗詆以禪學爲文者。而斯言又如是。眞可怪也。要之渠只曉得禪不可入文耳。原不曾曉得他道理不是此。一派識見最多。也不止千子。

比與體最忌著想刻煞。故極意生發處。俱要包裹于吞吐宛轉閒。得掩映逗漏之妙。

**鄉爲身死三段文**云云**評**雖多粗滓浮硬之病。然沙礦中正有眞金在。廼先生節義命根也。同時許多修飾秀美者。眞同糞土耳。驟而即之。若平平淺淺耳。經人百思而其味愈厚。其用力都在人思路三四層後。故從皮毛尋之不遇也。遇及時。他裏面游歷不盡

正希眞得禪肆。其文刻鷙英雋。如毒龍餓鶻。又當於格外賞之。如看莊子。不得以理廢也。

不無砂礦剝蝕。要其精光難掩。望氣者夜中自能識之。斯爲眞金耳。

黄陶菴稿内摘錄

學而時習節文云云。評文境殊清蒼。思力亦果銳。不向人家笆籬邊拾取狼藉之物。眞作家氣魄也。也惜被本心之說所誤。與聖學不相比附。程子所謂本領不是。一齊差却。後有作者。不可不愼也。

文無經學。則議論無本。雖鋪設夸辭。不過奄寺之頌美。吏胥之謀猷而已。本之經矣。而不熟于史。則于成敗得失之故。人情物理機勢之變。不能發攄明快。惟先生兼攬其勝。

明於事理者。語不必多。自能深中要害。所謂曉人當如是也。攀古今。臚件繫。說來說去。祇是頭巾膚殼話頭。聽之多少瞌睡。

研山小景耳。自有危峰邃岩。曲池陡壑。則觀者駭矣。然猶形具也。至睛際生烟。雨前出潤。若有雲氣爲變。斯爲神物不可測耳。此之謂筆妙。

比喻亦古文作用。今人都駭聽矣。

大開大闔。直放直收。衝突重圍。蹂躪百萬師。如出入無人之地。大家氣力如是。

熟於史傳。見古來之情形。熟於世故。見今人之變態。要之聖人作易作詩之妙。亦只是此心此理透明耳。摹寫到至處。便是不朽文字。

**臣事君以句文**云云**評**當時儘多明作。慷慨淋漓。痛快激烈。以先生文視之。較平平無高奇過人處。然彼皆蒙面易心。苟取富貴矣。先生獨不負其言。乃信浮華之不如眞實也。

孟之反不章文云云　評　凡熟于史學者，必重論事而輕說理，好牽引而略本位，務新奇而翻舊案，如此作亦自雄騁可喜。然看得不伐之美有限，而鏤搜功罪之意勝，引人心趨穿鑿刻深之途，而不求聖意之所在，最是害事。崇禎閒極尊此派，雲閒尤盛。陶菴先生閎博淵靖，而綜核史家，故亦不免此習。然其文較有體骨，不同浮華捷給者，但學者須辨此弊，正不必舍先生之長而效其臏也。

先輩大家止發明本文，必不肯龐雜一義，其有別解旁枝，則見之大結，足以盡人之才辨，而又不失本文，此大結之法妙也。

古文老境，不嫌觸俗眼，但取義的。

在人情物理極淺近中，發出至工絕巧人不能道之文，可知不能文者，只是目前家常日用事，不曾理會明白，更無處別尋奇妙耳。

**原批**今人襲用時文莫不恥笑襲用古文恬不知恥何也吾謂盜古文與盜時文等盜耳**評**看此批以盜襲古文爲可恥今則對題抄時文不惟不恥且以爲妙矣相去止三十餘年而廉恥道喪習俗日汚下至此可歎也

老法家鍼線精細但每于正面却只淺淺地演過可知意有專精則力無兼到也古作者不肯弄小巧狡獪亦正爲此耳

**原批**先秦文有一字句者有數字句者有對減于前者有忽然而出者忽然而落者忽然而止者有遙應者有斷而不接者有離而不必合乃恰合者此等奇處古文之絶妙古文之絶無也然先生文却又一字一句不似秦文每接入目必爲抃舞不能置者何也明眼人須于此際覷見**評**如其語可知學古在神氣不

在皮毛矣其所稱先秦奇處却不離皮毛上著眼也果能覷見此際當不復云云耳

屈曲達心是蘇氏筆妙

論斷題有硬駁處有出脫處如老吏引例斷案雖屠伯不能加雖慈父不能釋非關名法高也只是的當移易不得耳此便是子長千古傳神手段也

論斷與步驟曲折相生層層開放路路擒拏圓轉中見其巉峭史論家辣手也

矩則之密皆運于巧思靈緒故天然映帶聯絡有絮飛樓畔燕度簾開之妙然須知靈巧之源生於博雅不博不雅而徒講靈巧則但有俗想徒講矩則則但成俗法曠劫入驢腹無出頭日矣故欲作小品佳文亦須從讀書大本領處用功夫但于時文尋

活套捷法，必不可得。

作君子矜而不爭等題，便可想見其人之胸懷體段。韓子謂仁義之言藹如。有一分仁義，見一分英華。二者有偏勝，則其言有剛柔，不能借，不可掩也。俗人于此，大都亦作和平酌劑之論，然所流露者，祇得其浮僞圓融軟美而已。畸行者則又多傲岸過高之思。惟端人正士，其光明俊偉洋溢楮墨閒，雖圭角有未化，精微有未盡，所言不無粗處，則視所見之淺深，所養之厚薄，要之非流俗所能有矣。讀陶菴文，自見斯意。



一氣渾浩，流轉而出，不設欲俳欲散之意，天然雄深峻厲。題面安頓，他人費盡老力，却變化于起滅轉摺之中。立泰華之巔，俯視人間雲雨雷電，皆在脚下，斯亦壯觀也。

雖詳於史鑑，而不深達治理，則不能爲體要之論。達治理矣，而不透人情。則雖淹核明暢。而不能使人刺心動魄。此陶菴史學之精也。

**原批**理致題。非幽微深妙。即當明白顯快。然微妙者畢竟不如明快爲上。**評**要知明快原從幽微深妙翻得出耳。若無幽微深妙。便不成明快。

文至情理眞切處。雖房老可曉。雖聖人不易。自是不朽。

**節彼南山二節文**云云。**評**如是文。安得謂非古文。不足繼歐曾大蘇之後耶。故凡爲時文不傳之説者。必于此事不通不能而謬自託于古文。要先不解古文也。

**秦誓曰四節文**云云。**評**當先生之時。門戸之鬬正烈。妨賢害國者以詐忠要主眷。其攻之者又多以傾軋爲事。先生蓋借題以抒其憂憤。故異常剴激雄快。其結構拗捩。又自變滅不測。此氣生丁情者也。

先生文開合甚大。不斤斤于一二句上討人喝采。故知其用意者希。

起收轉側。出沒回翔。皆有大氣運旋其中。使天下好論頭。大套子。吉祥富麗詞句。皆屏置不敢疥其行間。自熙甫以後。久不見此體段矣。

評家謂陶菴每於貞邪消長治亂倚伏之閒。搜隱捕微。不遺餘力。足以知其志之所存矣。凡爲文能具此心此手。又何時文古文之分耶。

陶菴自謂其文如說書。此有讚有罵。何謂讚。先輩之文。如題起訖。言簡理足。不增不減者是也。此言理如說書。原無說書聲口者也。何謂罵。講章一派。起於元儒。盛于正嘉之閒。如世俗所稱蒙存淺達之類。拘牽破碎。影響皮毛。於聖道毫無所見。而自附傳註之宗。其去漢唐訓詁已不啻萬里。至若時下坊刻所行說約等書。直是末等魔障矣。何以文爲陶菴文。如讚者則尚未敢相許。如罵者則文氣高雅。亦萬不至是。看來自許不切。其所謂說書者。要只在貫穿過遞結搆上講耳。此是行文機巧。非說書法也。說書高下。只在理眞不眞處分取。

陶菴於典制文。好補題外事例以示博辨。固多昔人未發之蘊。然於旁義生枝者。於本論必不盡。先輩所以不貴是也。

文章貴體。體視氣。氣視理。惟多讀書講究自得之。不可于詞調間求速化之術也。纔求速化。卽落卑賤惡俗之派。無體可言矣。

陶菴文議論駿偉。經生從何摹仿。曰不難。多讀書自會。

長章題緣路結營。隨方布陣。勢到則變幻自生。不復有鳥蛇龍虎之迹。看其鎔鍊之妙。每令題目化於行間。何處更覓渣滓。他人以假古文湊題目。生吞硬嚼。中氣空虛。不能蒸腐運用。徒見其完穀不化耳。

開中公案指出妙義。是古文逸處。

戰國之刻峭尖隽。無秦人之雄厲。則不大。無漢人之寬閒渾浩流轉。則氣脈不高深。

讀書識大體。故典麗中風骨凝然。此大臣氣象也。其起伏頊結。法律精明。而從容閒暇。丰采煒煌。眞有天神之度。

時文手學古文。只苦猥近軟便。無可脫變處。古文手爲時文。又苦硬盤直放。佷伉不相入。道是龍。又無角。道是蛇。又有足耳。力量如陶菴。乃不覺其爲古與時矣。

陶菴於此理儘粗。故外腴而中枯。望之蒼然若可珍。咀之却錩鐰無人心之味。

寫騃子語。不難詼諧點綴。祇恐太涉鄙俗。雖有尖巧之思。熱鬧哄堂。是村場笑府。非文人筆也。看大家運用。亦只得通行機趣。然迥不可及者。難其大雅耳。

閒閒散散。順筆勢爲欹側。而題自赴之。若無意於結搆者。每至斷崖絶壑。便旋閒輕身瞥過。不覺其險。過後迴思。輒令人怛戰也。以題之情事。發我之憤論悲刺。以我之章法。化題之節次說詞。此是古人自立一家之妙。却是古人脱化於前人規矩之妙。

**滕文公問章文**云云**評**簡括全文。極有法力。是古文筋節。却又出以俳偶而自見高老。余每笑論文者。必以單行散體爲古。眞不知文者也。

達心而傳。以沛然之氣。故循勢出險。皆有江河之觀。非支架補綴之所敢近也。

長章文看他開發迴絕處。議論與章法綜引處。敘事簡鍊不覺處。過接奄忽便利處。轉拗游行自在處。件件得子長之筋節。魚龍沙石流轉洪濤。銅鐵汞鉛。雜投丹竈。隨手變幻。自成一則古論。使題目融液其中。無復見糟粕煨燼之迹。及細按題目之腠理無不密。體度無不稱。點綴無不完。又未嘗蕩溢域外。此眞奇觀也。

長題以剪裁高簡而映帶不漏。稱妙手矣。然免不得一箇忙字。如飛騎趲驛。未嘗不經歷州縣。然無一州縣入其眼中。看陶菴長題文。何其閒暇。所以能閒暇者。得題中理要。而以奇偉思議行之。不沾沾以牽聯點綴爲長。而自然牽聯點綴入妙。此用意與調文之不同也。至其筆法之高古雄勁。又當別論。

起手換頭處轉拓得開，則超遠不測；轉關押尾處停蓄得住，則悠閒有餘味。不熟古文開架出落，無從得此筋節。入以

段落平側題，回斡周旋，良工心苦。讀之仍自然正大冠冕，此老手善於變法出奇也。要得其正詮處精實端凝，此却不因法變。

昔友高旦中嘗戲謂乞兒弄蛇歌，若真讀書人唱來，須各樣。吾云：正苦近日讀書人都作弄蛇聲耳。一時噴案大噱。讀陶菴而未嘗有顯者句，文天然大雅，信讀書人真是無所不可。

其博雅皆從經術自得，非若近人古典，但本之時文者也。故雖有疎處，亦高於依樣葫蘆數等。

**周室班爵章文**云云　**評**　所貴乎閎博君子，熟于典故，知古今制作之本與治亂之由，能發先儒未詳之說，則雖旁引遠據，正見其通達大義。腐豎每守死格，嫌其增添議論，余最不然其語。然使

增添不著理要。議論違謬聖道，却不可爲訓也。此文于疏敘開頗多補義。孫若士云：層極議論，文氣多漫，與勁手不類。若其盱衡時勢，籌算古今，固與封建五等論並驅角力。余則謂層極而中理，益見其勁，安得漫？正爲盱衡籌算只在子厚土龍籬下，其病蓋不止氣漫也。

增補典制義例，是賣弄博核處，然多不著緊要。先輩大家非不能，蓋無暇及，亦非所貴也。

文章要看閒淡枝節處，正是肯綮。必有此，方見大家數。不爲新奇驚坐之談，但按事入情，昌明剴切，令讀者如家人婦子商量甘苦，而生民原始，與聖人法制本來，無不通達。漢唐以來臻此者，吾獨服陸敬輿、陶菴先生，殆其流亞歟。

呂子評語餘編卷二終

# 呂子評語餘編卷三

## 江西五家稾內摘錄

評稾獨詳於江右何也呂子曰吾於是乎有感也三百年制義之作壞於萬曆極於天啟而特興於崇禎亦即壞於崇禎崇禎之興也由江右而其壞也由金沙當其壞也不在壞時每伏於極盛之際於其興也亦然由成弘至於嘉隆非無小盛衰也然理必本於孔孟程朱而文必摹乎周秦漢唐宋故雖小衰皆盛也及萬曆之變則不然初變爲村師之講章繼變而爲佛經語錄是二種者似乎異趣而其實一家蓋以俗學始者必以邪學終未有講章而不歸於佛經語錄者也然其文實俚鄙不足以塞學士大夫之意天啟間乃又變而爲子書子書猶古也如莊之奇列之逸管韓之雄峭荀揚之勁深彼又不能爲也第剽掇其

纖詭險仄之語以傳其俚鄙之思甚至篇中無賊殺寇盜卽不稱名搆嗚呼文章至此可爲大亂之極矣然究其淵源實濫觴於弘正中陳王之學故曰壞伏於極盛之際也江右艾南英千子出萬曆之季與其同鄉羅萬藻文止陳際泰大士章世純大力者倡正説於天啟之間論題則復稟傳註體法則準諸先民而又盡破帖括之習直取周秦漢唐宋之文以行之卽士唐歸胡之格調亦鎔釋蛻解而自露精華天下翕然信之於是崇禎初年始知以古文爲時文峰起瀾湧名不一家則千子之力也方是時金沙有周鍾者復社之盟主也其選文行世亦與千子埒然人品心術固迴然沆瀣井泥之不同卽其選文也亦一誠而一罔千子篤於論文周則借以爲聲氣籠絡之用故艾選持論斷斷雖同席者不相假而周則包羅遷就無所不可於門戶

豪盛之家。尤逢迎媕妸。故艾當時即爲世所欲殺。而周雖身敗名辱。至今猶有護惜稱道之者。其所操術然也。千子嘗從講於東林。爲復社者。亦傍東林之後。以故千子篤於同學。又篤於論文。不惜與之力爭。其譏訶切直。固有人所難堪者。一時聲氣之宗。皆大惡之。不以爲愛朋友與文章之道也。而直疾其異已。然以千子故東林。不可斥爲邪黨。乃嗾四方之附和聲氣者。環而攻焉。力反其說。以浮靡爲宗。以理學爲戒。蓋自是而崇禎季年之文。復大亂而不可救矣。自戊辰而辛未。而甲戌。文氣日上。此千子之說行也。至丁丑而靡。而庚辰。而癸未。遂蕪穢不治。則金沙之說行矣。故曰興於江右。而壞於金沙。夫以天啟之極弊。而艾與諸子奮其間。及其與南中爭而亂也。則在戊辰已已。正當崇雅黜鄭之時。而已音移律變。然則盛衰倚伏之故。不洵可鑒哉。千子之言曰。文章之道。自史記後。東漢人敗之。六朝又大敗之。至韓柳而振。至歐曾王蘇而大振。故文至宋而體備。至宋而法嚴。至宋而本末源流。遂能與聖賢合。斯言也。千古之特識。即起左莊馬班韓柳歐蘇諸公於今日。無以易其說也。然而千子亦有未盡其道者。知以周秦漢唐宋爲文矣。而其爲講章佛經語錄。僞子之病猶在也。知以傳註爲理矣。而其爲陳王陽儒陰釋之根猶未盡也。所謂楊墨之言不息。孔子之道不著。故一時之文亦止乎此。而不能駕軼乎古人。此則千子之所少也。天下之求上乎千子者。固當因其道而加精焉。即欲攻千子之失者。亦必於此鍼其痏而琢其瑕。躋當時之文於成弘嘉隆之右。則其足以壓倒千子不難耳。奈何不爭千子之所少。反取其鄙棄不屑事者以攻千子。是猶結羣羊而角猛虎。適自喪其生而已。

於虎何傷乎黨力既消公論益出千子之說固可以傳信古今而當時浮競之文久已同腐草死灰矣豈不悲哉宋元祐之政足稱盛治惟能去熙豐之弊也其不能上擬三代者司馬韓富諸公之所少也繼元祐者不紹述三代而紹述熙豐則不惟失元祐而必至於宣和靖康矣崇禎文字之壞何以異此夫一江右制義之盛衰無足深惜吾獨感崇禎之初直足越成弘嘉隆闢宋制以來之所未有而爲諸浮薄黨爭所敗不特不能興且覆滅焉豈古今聖賢之源流有不可復振者與抑氣運使然所謂廢不可支者於文字亦然與然其爲升降得失之故亦概可睹矣此吾於江右之文獨有感也其附以楊澹餘何也曰以文品相近且生同時産同地故并及之無他義也記

羅文止

四家之中獨大士名極噪至今羣稱企之固未必盡知大士之美
也震其氣魄議論又多且快耳次則大力猶有推之者亦驚其
鱗角異衆疑其爲靈者也至羅先生則知者益鮮矣然而其文
實踞三公之上以其無色聲香味之可悅也故民無能名焉爾
嘗序其品曰羅爲最陳次之章又次之艾終焉問楊維節之品
何居曰在章艾之間已而曰前評殊誤羅爲最艾次之陳又次
之章終爾楊較鬆薄艾之識力高出前輩非諸子所及也或曰
昔者艾千子吳次尾諸家亦嘗推羅爲第一矣然其後譽漸衰
得毋日久之論爲是與曰不然昌黎之文李習之皇甫持正已
極推尊然至宋初猶無信之者待歐陽永叔出而後千載無異
詞故近則以親信者而傳遠必以明辨者而定

竊聞四公之爲人也陳曠朗而傲疎章豪宕而鍥刻艾則剛正簡

直而不能容物惟羅沉靜澹易獨無矜競之風此四公之人品卽四公之文品也四公生平挈窞然陳章皆爲南中聲氣所搆致隙末於東鄉而羅獨凝然始終無少間此又以文品驗人品信曠朗豪宕者易搖而沉靜澹易者難動也故擇友者但觀其文而其人之性術可得矣或疑有文者行多不逮曰無行之人文雖佳定有病在人自不察耳以上記評

四家之文外間皆震大士而奇大力文止之譽頗黯淡然其文潔靜幽微典雅不露聲色多含醞不盡之妙不屑與人爭朝夕之榮其本領甚高三家不能上也當時千子次尾爾公諸評亦多以第一許之絶非阿好耳

**臨之以莊三句文**云云評其氣體則端凝和厚其風采則典雅高華眞盛世之音然此爲人所共見而易知學之每成膚膩蓋徒

從其氣體風采求之而不得其本也須見其義理精醇處皆經術之深是王者儒者之道更無一後世功利駁雜之意攙和其間尤豫章諸公所難耳

艾千子每於拗處借處鑽穴囚鎖引入正解但恐後生效之無中尋有强生事耳評粗中有細拙處生靈披沙得金往往足寶只恐後生讀之悶塞無味反致厭棄耳若肯無中尋有强生事來便有一分生機可救矣此文止一服奪命散也

思必入人之所不思寫必出人之所難寫刻苦之至乃得明快

文止文於一切塵翳幷世間浮華皆吐棄今盡自闢清微一路不容熱鬧人尋味可謂峻絶

清微瑩徹絶不爲邪說所障惟其明也理明則如說話淺淺淡淡脫口輕便而意味深長是爲最上

文止刻畫中理處。眞有敲骨打髓之能。皆不走人心熟路。故驟覺生澀。久之味出矣。

上老老三句文云云艾子子平實但不耐咀嚼。評果平實。未有不耐咀嚼者。此非平實。乃膚隔耳。

凡語欲放活。只當於意思言句內用縱脱。則道理圓瑩。乃眞活也。若以文法説破要會悟。要得指點之妙。卽非眞活。反著不著相之相矣。

先輩只老實正講。而意思深厚。不覺其敷衍。是最上本事。虛含下意便是。隆萬後巧法。以隱約不著迹爲佳。若今人寶此訣。便滿紙占奪。反成容易法門。敗壞古法矣。

艾子子題緒甚煩。當以簡淨畢之。評且不論煩簡。先須明白此理分合貫通處。講得淸切爲得。支衍便是冬烘耳。

高著眼孔境象甚寥邈廣博自非恆見所云讀朱子齋居感興詩
寄思物外而不託仙佛之間學者得此意爲難也
語語似有餘閒却都是題中筋節無一語落閒去閒正是其筆妙
耳
宛宛摹寫一轉一折皆有幽微幻渺之思以引之使人不測却味
之百過而不窮文境之仙也
筆意超然不爲理題所困縛是文止勝處但能切理而超然不受
困縛乃爲至耳讀者須於此得箇進步

**考諸三王句文**云云**艾千子**高華典重與題相配**張爾公**文情微
削正少典重**評**艾所取在氣骨張所求在神韻故典重二字亦
移步換形要皆未爲至論理鴻深則氣骨神韻自然典重但於
氣骨神韻求取不可得也然視世間以濃俗詞句爲典重者二

家之論迥絕矣。

老樸醇古氣脈深厚此種文極難看時髦反覆數番終如嚼木札耳於此有箇見處身分已長進矣。

著眼在題目之外盤旋激盪不使一筆粘著亦不使一筆疎離亦不使一筆游衍亦不使一筆徑盡若颺在千萬里不可思處落頭滴滴都入眼裏此種非細心靜會不能急切領略其妙。

文止文總無一點浮埃無一絲烟火氣息滓其行墨清齋微哦生人遠意閒有理不精穩處誤其經營之苦然其思致已迥絕矣

**天下有道四節文**云云**評**相題之節腠自立行陣出奇渡險寂然不覺乃神勇也其勇在智略不在戰鬬故舉艱鉅如輕纖令人翫其營壘處足生千載之思其意有餘也。

清空遠引機致飛流他家滑薄一過意盡矣文止却耐人躭翫其

味厚。其便利中有澀蓄也。

其言必令人微會乃得。足知其烹鎚之苦。

陳大士

大士爲文以夸多鬬捷驚人。故多濩成少精構。多段幅之奇。少全體之美。今集凡有一篇半首數比之佳。固無不錄。其有大謬於理者。恐後學别見。反以爲奇而效之。則誤世不小。故亦抹存以見瑕瑜之不掩。

近日坊選好竄改删割人文字。然以施於時下之人猶可。今且汚及先輩不可也。時下之人學問淺薄。雖有稱爲古者。其底裏不過講章時文而已。正如方言土俗爾汝共諳。然猶有高出選家者。不足以服其心也。况乎先輩之文。源遠流長。雖極粗率之調。觸戾之詞。必有來歷。一篇之間。自成片叚。與今之聲音笑貌渺

不相及。古人謂身坐堂上。乃足判堂下之是非。今豈特堂下哉
直坐之門外者耳。乃欲更反門內堂上之言。不亦異乎。大士之
文。粗服亂頭。不無敗闕。亦西施之病。捧心成妍。奈何以講章時
文之鄙穢闒廁其間。續狗於貂。點金爲鐵。不畏天下後世或有
通人笑罵耶。以上記言

大士先生文。人但驚其奇縱。不知其法脉細淨處。是爲老作家。凡
一字入其手。必有兩義。文卽有八比。或多排小比。亦必每比各
有義。不犯合掌架屋之病。義雖多。局雖碎。而章法首尾有體。股
法次第相生。定一氣呵成。轉轉見妙。此皆古文正法。非抄套時
文之所有也。又有一種略去畦町。標舉指歸。而已得要妙者。有
淡點冷逗。疎疎若不經意。而迥不可及者。有直破中堅。樹立奇
偉。而餘地輕置不顧者。此皆古文之變別。又法之最高者矣。特

其理求超而每失之邪異論求新而每失之駁雜入情過快多俚俗之談發抒急盡傷神藴之妙艾千子譏其心粗手滑此則先生之所不得而辭者耳

一線到底而翻騰跌宕不見其針脚穿度之迹此法極精熟於史漢韓歐乃得其妙耳

不沾沾比櫛排組但曉暢立言大意於肢節關紐處提揭得了了自足領略其妙然須手筆高古變化乃佳今人徒講虛法而無大士手筆但見猥陋耳

因不失其一句文云云戚价人機法絡繹之妙所不必言所難者中講史事而無一事及史蓋吾設言於此而百世事無不該以是徵奇博耳今之作者則胸中先擬史中何人其人何事而後發而爲文宜其所指彌偏所舉彌漏也評所謂今人擬史中何

人何事。猶是崇禎間文人語。近亦幷無此擬作矣。要之講史學作四書文義。已落下乘。故朱子力辨東萊同甫之失。如大士所言。亦不過較他人多擬幾人幾事耳。所謂吾設言於此而百世事無不該。除是聖經始得。如易卦象爻。足盡宇宙之蕃變。惟其理至也。史學只就事上商量。每反以古今成敗利鈍掩却自然道理。雖或有億中之辨。亦只在人欲功利上分明。安能令百世事無不該乎。

圓悟之言易工。切實之言難到。

山無峰巒起伏。卽爲頑山。水無波瀾蕩洄。卽成死水。文之佳。正在起伏蕩洄處得意耳。

每從人生有初大源頭說來。道理極大。通體爲之劃然。文字不具此識力。必不能到古大家門下。

文章須得大頭腦。則下面意理細曲處。皆包貫得到。從瑣碎枝節尋湊合之法。雖綳布成局。不能達也。

先輩極奇橫文。於法律定不走作。

維斗稱大士文皆自傳註大全及先輩中來。而特故高巍其貌。奔放其勢。幽渺其思。以示不苟同於先輩。使人不敢以傳註大全及先輩之迹求之。余謂不然。大士之高巍奔放幽渺。自有佳有不佳。其佳者。正可以傳註大全迹求。而深得先輩變化之法者也。其不佳者。則故爲其貌其勢其思。而實無當於傳註大全同於先輩耳。

大士文中有雅有俗。須別出之。其俗非世間甜熟之俗。乃老辣過也。出講義語錄之俗。此最難辨。文人須留意也。

大士文粗處儘多。其著意似不著意。閒中筋節。却別有光彩。如柳州於鈷鉧潭西小丘剷草斫榛而後嘉樹立美竹露奇石顯正賴善遊者耳。

立於題外推論取意刻斵易耳得窅渺洄洑烟波微遠最難然畢竟是討便宜法門先輩定入虎穴取虎子其神韵又别此非大士諸公所能也。

大士文全在題之空際著思議看其出落轉捩結束處見作家大用讀者當細玩之此卽古文手法也然題之實際却多輕瞥過是他做虚神不暇及却正是他本領不濟處若先輩定發揮得實際精足而於出落轉捩結束處又得古文出色機趣此其所以爲至也。

長題雜碎題看其搏捖有法點逗有手筆串照有巧思已足以豪若總攬大意更有宏論奥議則作家之體備矣。

文章太求雋快。未免落纖。纖亦何害。但纖則必傷義理。

筆筆放。敎活。放敎鬆。愈活則眞相愈圓。愈鬆則結束愈緊。精悍中仍寬宕有餘。淡折有味。此又非粗疎貌古者所曉。

古氣盤結而成。有勁矯之力。有悲壯之音。又非哀颯淒凉所從出。乃所謂鈞天之奏也。

鎔鑄全題。自造鑪範。隨手匠心。皆歸妙法。此種文。若不精熟於古。從何夢見來。

利弊所以然處。能鑿鑿言之。于人共曉。看世間再說不明白人。眞是氣悶也。

三疊文法。人所厭。大士用來却可喜。只是意思多。不是文法湊合也。

沿山鶩澗。杖策遊間。不過領雲烟丘壑之勝而已。忽有奇禽怪物。

髯翁毛女隱現其前然後驚爲神仙之境。
大士文每不必其有甚精之義但隨文勢轉捩爽然如人人欲出諸口而不能遂而此能出之又無不以如此出亦無難而試爲之又不遂也。
凡能精於跌法則題之虚神無所不出屈曲無所不盡矣但其爲弊也則未免有剜肉成瘡之病是在善學者耳。
大士亦復摹儗口角却不似近人軟猥惡俗正如弋陽與崑腔不必較曲白做作只排場鑼鼓間雅俗迥别矣。
**直哉史魚章文**云云**評**原是上下兩截出後作合論其法甚井然只爲筆法纓帶花簇局陣自生奇幻令人眩惑不能界畫耳然串插之法有巧有弊不足爲作家驚歎只一種情致低昂頓挫淋漓不窮隨筆起伏曲摺皆成神趣此真子長之遺而韓歐得

之以千古者也。

圖繪抑揚，自有纏綿斐娓之妙，自蔚宗以還，只杜牧之、李義山能拾其遺韻。

大士文語多奇創，崙涌而出，其粗疏有不暇擇也。學者慎取之，得其雄駿足以破凡猥陰蒙之痼。

每以淺俚之論立說，而使人忘其淺俚，筆高故也。然學者不可不知其淺俚。

用意必名雋，舉止營構迥絕凡近，如入深山遇異人，冠劍服食無一不起上古之思。

實講處多苦無精義，此所謂本領，雖奇才博識，不能襲取者也。就大士所見發洩，自有精力，若深切著進，其光芒不知更復如何。故學者貴乎見道分明，即爲文字言，亦非此不可也。

熟於人情事故。發揮明切處。至理亦出其中。

淋漓痛切。遒宕鬱沉。得歐曾之神。方有此種景致。此不可以文法套借者也。

筆力高古脫變。故出没穿插。皆有奇趣。

朗朗如聽鄉談。了了如開家信。此大士先生不著意而自成一奇也。惟其自恃此奇。即亦是不精密的當之所由來。

**欲齊其家二句文**云云**評**聖賢之道。不外人情物理。於此道得明快。即成至文。固也。第情理透矣。而其所以克治宰制之要。不本之聖學。則情理愈透愈流雜百氏之術。未爲得也。茲則醇乎儒矣。

其結撰純是古文。雖有粗疎處。今庸目不敢指摘。亦文中之魯連太白也。

凡文字要過火求新。毋於理上別生病痛。看先輩文便無此蹺蹊。一味作詭誕之思。不復管題意是何理會。令讀者眩其奇而喜其妄。不妨以天地聖言佐我戲詭。此弊病豈淺小者。然皆自漆園葱嶺得來。文人毋溺之而不知返也。

題義全、無體認。其病正坐題外運題。題外運題。只爲不曉題中。道爲無聊之策。

短幅文字。看其寬閒曲宕。縱橫突兀。有多少境地。

論極情事。必有根据。根据經術者。精當典雅。根据後世史集者。多不合於理。而情事亦謬。

典制茂實。非所難也。運以大氣。緯以宏議。錯以峭辭。而鉅麗之觀備矣。

近日一種議論。謂文字忌入衰亂夌夷之言。而務爲諂阿吉祥。自稱冠冕有體。是秦始皇之碑銘。勝於三代之謨誥也。

極繁重堆垜之題。入大士手。如孤帆破浪。線索在我。風水由他。下峽橫江。千里瞬息。旁觀爲之驚喜。舟中人甚平平無奇也。

六朝琢句。效之毋落纖靡。三唐長調。學者亦嫌俳悶。文家遂戒不可爲。而并薄古人。不知其自少本事耳。金丹入手。雖鐵石皆能開點。如陸宣公偏以俳調見奇。永叔子瞻時爲工句。而氣體自高。何嘗貶損其光芒哉。大士賢聖之君作。多用六朝唐句。而渾浩流轉。不見其組鍊之迹。亦其流亞也。

文之奇橫者。以其變化於法度之中。不可捉搦而自合。乃爲眞奇橫耳。非蔑棄繩尺之謂。文之有體。猶人之有頭目手足也。頭未訖而手已生。目下降而足上出。豈復成形貌哉。

其心尖。其手快。故能層折批剝。無所留剩。心不尖。不能入手不快。

不能出天下名區奧迹。爲鈍根封錮者多矣。

機法高。議識警。大士此種。得古人意深。人偏賞其放誕。不善取大士者也。

風神摇曳。如江風送烟柳。感人正在無定處。

以粗淺形精勝。令人意朗。此是大士長技。

毋從俗說凡情。刻出痛苦深激之言。如名優演淺俚劇本。自能令觀者墜淚切齒。非劇之妙。優之摹擬神也。

子謂大士文句字多俗。俗字最確。但其俗在識見議論。不在句字也。以其句字爲俗。則彼有詞矣。古人粗枝大葉。毋不揀擇句字。然識見定正大。議論定精醇。

大士文有初閱甚莽蒼。細玩數過。亦復多幽勝之致者。如入篔篠中。忽拾香樹。如歷蕪穢處。時遇芳蘭。要是異珍。不肯近迹。正耐人斸採耳。

清辨洮洮。言短旨永。此摹晉人醞藉也。一雜俗詁。失其妙矣。

大士文每善於轉曲處。別出慧解。妙趣相生不窮。

凡文與題義及上下文不相比附。即有奇情偉論。總屬粗疎。看先輩不肯如此。不是不能施設。施設來徒成疵痏。故不爲也。

大士文轉折處極靈警。但好爲尖新創闢之言。反成小家子輕薄兒套頭耳。

章大力

讀章文。當落其皮毛而掐其骨髓。但知章爲子派。此爲皮毛所掩也。其回斡雄勁。間架簡潔。自得古大家之遺。而思力刻深。每於奧窔族腠之間。別開幽徑。窅渺冷峭。其味無窮。第不耐粗心人領會耳。記言章公文以刻削堅果爲宗，意之所極，無微不入，境仄力盡，亦無留餘，得之子家爲多，故當時以爲子氣，然亦自成一子，非抄套子書爲之也。其自信過銳，多不顧其安處，頗好逞杜造之見，是則其短也。

振筆直書，如寫家信，如與鄉里人話，故津津不已，曲折飽滿，皆眞意所自生，更不須脩飾一句，大家最上品也。

看題字不甚親切，故時見腐談，凡腐談皆理不眞也。

仁遠乎哉章文云云　艾千子　平常耳，然間有醒語。評　極平常中有醒語，先輩之妙盡之矣。江西社中正多了求勝出奇一轉耳，要亦平常中無眞滋味故然。

大力文大開大闔，大轉大摺，勁力强詞，瀾翻霆碎，眞得老泉之悍、東坡之雄矣。若與論題目道理，卽索然氣盡，且縱與逞一奇快耳。

艾千子 文至東漢。愈排愈疎。愈整愈稚。愈新愈俚。大力於時文。恨未窺西京以上耳。然據其詞氣。亦當在王充論衡徐幹中論之列。嗟夫。天下不知古文。此腐儒之罪也。天下知有古文。而不知辨西京之古。東漢之古。則亦近日名人不讀書之罪也。評 文之古在神理。不在辭句。並不在俳整散行間也。自秦漢魏晉六朝唐宋來。皆有其美。有其病。豈得舉一廢百哉。千子之言。似高實過。善學古者多讀書自會耳。

文有短短數筆。而結搆段落。一氣盤迴。其中丘壑甚邃。局勢甚寬閒。此大家小篇中藏巨法也。

學公穀須得其用意深細刻銳。與筆法峭冷變逸處。不徒摹肖口角也。文字中自有此種妙境。千子以爲蝸徑蚓穴。終傷大雅。則不足以極古今之能事矣。

至深極微者出其手下。不覺鬆脆新鮮見者以爲我意亦爾而百計不能達非其口吃指攣也心粗則渾耳。

行夏之時句文云云芟千子此等題蘊。人人所知。人人能用何必大力。且能不用星官曆家言方佳。評亦不必盡去人人所知所用。但就其中取正大之理的確之說而發明聖賢實用之至道乃爲學者之文若但臚塞星官曆家子書稗說以逞奇博而無當於道是爲浮薄之文人云亦云膚雜無意理則村教書之文而已此則意欲爲學者而不能亦未免出入於後二家固有之矣。

文人好搬演舊話大約有二故。一則正當道理不充足借以支架躲閃。一則要聾聵天下庸陋耳目然庸陋雖震而不敢宗徙爲老學所訶摘。故不足爲也。

**艾千子** 古人爲文。必曰文章爾雅。訓詞深厚。所謂爾雅者。無俗喭。無鄙字也。三字經。四字句。强學公穀。而詞句皆鄙俚不成文。看大家文字從無此 **評** 謂文須爾雅誠然。然古文自有似樸拙近俗而實高古者。又不可以一格熟眼觀也。即是作語句。亦自古文來。第下字有欠透當者耳。直曰鄙俚。則大力不服矣。世間惟假爾雅而實惡俗一種爲最不堪耳。

**大學之道節文** 云云 **艾千子** 意境粗淺。何不澄氣凝神以出之。**評** 亦非氣不澄。神不凝。且請先明理耳。理不明。澄氣凝神何益。越澄凝。越差遠去。

**大畏民志二句文** 云云 **艾千子** 上句講太多。下句講太少。**評** 且不論講得多少。先須講得是。若是時。多亦可。少亦可。不是時。多少總沒帳。其病只坐好巧言。纔弄巧。便亂道矣。

不肯體認註理。欲自撰新奇。未有不成鄙繆者。

文章有禪家殺活縱奪之法。如大力不得於心兩段文。先說破都不可是殺法。前半放可字是活法。趂他可處儘箇盡是縱法。即從可字殺出不可來。是奪法。

文字到理透處。眞能推排豪傑。展拓萬古。其機陣之靈變。骨力之蒼雄。又因之而益奇。

逐步刻劃。每成粘著之病。求巧得拙矣。行文得大意所在。屈曲間自然靈變。

大力文實好。逞其博雜。千子砭之最中其病。然博雜不足病。病於此理無定盤針。便爲博雜用。不能用博雜矣。

萬物皆備章文云云。艾千子此等文在淺學者讀之。必以爲古。以爲削。吾正病其不古不削也。從古未有以斵削爲古者。亦未有以減字爲削者。古者莽蒼樸拙之謂。削者巉然千仞壁立。無可攀緣而上之謂。以減字琢句爲古削。但見其稚耳。鄙耳。無節奏頓挫。無波瀾耳。【評】千子所貶者。以語句言耳。抑末矣。題之理解全不是。又何論語句哉。若以文論。亦不可不謂之古削。第其古削出佛經語錄。及後世子書講說。非先秦以上之古削。故不貴耳。看周秦文字。乃知古削之眞妙也。

能使題中虛字顛倒飛舞。如蝶弄遊絲。燕翻花片。驚疑無定可玩而不可捉搦。是爲筆妙。

艾千子

先生文初亦以纂組古博爲奇。已而漸趨平淡。後於平淡中復發憤刊落。爲樸鈍硬瘦之業。其品益高矣。論者不知。則以爲江郎才盡也。先生極恨歎，每形之書尺。蓋文品愈高，則人愈難曉，固無足怪。然在先生亦有一間之未達者，但於氣體景象之間講究極精，而指歸所以然之處，多所疎略，故微見其外强而中乾，質淸而味薄。使於此更上一層，豈諸子敢望其項背哉。即至今無一人歎賞其足以陵轢古今者，可自信也。記言

自有制義以來，論文者甚多，然吾以爲知文者，先生一人而已。於古今體格之變，無所不知，故其見處極高，非餘子所及。所少者理境不精耳。其自作也亦然。文品老而益尊，得古人皮毛落盡之妙。自謂一意掃除，覺古人深處頗有所窺，漸有潦水盡而寒潭淸之意。且有詩云：昔友陳與羅，巨刃摩天揚。蛟龍盤大幽，鬼語爭割强。夌獵經與史，嘈雜奏笙簧。近者思簡淡，淨洗十年藏。先民有典型，震澤方垂裳。古貨今難售，刲羊亦無衁。誠確論也。

但理境不精。則簡淡高老。無有至味出其中。未免外強中乾。時流因謂江淹才盡。先生甚不平斯語。蓋所爭祇在外面一著。斯先生之高於俗眼者。雖有古今雅鄭之不同。亦尚落皮毛上事耳。

先生有云。目之所見。有物封之。不能盡環堵。至江天萬里。目盡孤鴻。青山一髮。杳然天際。爲平生於遠耶。抑平而後遠也。當時雲間諸公極詆其說。要是雲間諸公未到此境耳。文章到平樸簡淡最難。艾先生於此直入古人之室。故其衡論前輩。皆超越凡近。其自作未能竟造至處。爲是理解未徹。本領欠精實。要其於文字品類。非後生所能拍其肩背也。

文無論虛實。虛中有厚味。不落空疎枯寂。實中有眞氣。自然官止神行。兩種境界都到。方見作家本事。

雲觸峰而迴盤。水遇石而激蕩。皆有必赴之勢。故中間變態環生也。

千子文亦雜語錄機鋒。要之萬曆間腐爛。天啟間鬼怪。其源流病痛都從此得來。

老樸之氣。千里在望。但未免茆葦亦樂生曠衍耳。故文章必須丘壑。長江峻嶽。亦丘壑之極致也。

只是實做題意。則語脈自得。摹演口角。則題意無著。而語脈亦假作家得法在此。

文章道著筋脈處。不在多言。犁然有當於心。

千子文實講處不無粗。粗處却見老境。令人不能粗。正復近他不得。

平正老淡處。正有滋味。所謂朱絃疏越。大音希聲者也。

安頓段落。穿插極有法。其轉折收放。筆力又極夭矯。憑他顛倒拈弄。串縮作巧。而無一言之傷於理。此爲作家耳。

老樹槎枒。不必有虬枝密葉。而氣色自鬱然雄異。其根柢有力也。

楊維節

先生文刻峭清寒。固年數不永。亦勢不能多也。

先生之文。善於用遠。含毫落墨。渺然殊不著題。而曲摺起滅。則皆題之腠理骨脉也。惜其本領出於禪。故不能唐突先民耳。要此一種文境。雖先民歎未歷矣。問同時如楊機部伯祥。亦江右之爲古文者。何爲不與。曰。機部得蘇門風力。然其勢太直。氣近浮。要其精蘊固少矣。微按之。律亦不細。澹餘文雖極變逸。然藏針線於繡文之中。於成弘規矩固森然也。江右諸家。止以其得先正法耳。先正之法。古文之真法也。以上記言

學而時習章文云云評於下兩節見得地位甚峻消息甚微斷崖凍瀑間聞幽香如縷若遠若近踏冰破雪曲討微尋乃出疎梅數點如是如是所惜者首節未得眞地位眞消息連下面止到得孤巖邃洞之奇與三島十洲間所有正不同耳然已離塵世恆觀矣

我讀其文如遇其人在散仙古衲之間所餐者松橡耶雲霞耶所行遊者荒山深海耶所爲伴者玉女六丁毒龍馴虎耶俱莫之知雖然其位下見孫必墮鬼趣

意鍊而得深氣鍊而得高局鍊而得脫灑語鍊而得精微鍊之一字文章之妙訣也然以語楞腹捷口之人教他鍊箇甚麽

維節文淸微淡雅於熱鬧中別結一世界

總無浮俗之情滓其腕下然頗多粗淺見識攔踞胸中在維節固

自以爲從刻鍊危苦中自得之極致。與他家紙上研窮者不同。然這上面更有在也。

立勢力之局。而無實力量以駕馭之。徒見綳布之苦。此能驚愚俗而不能驚老僧者也。

飛仙去來人間。人以爲變詭狙嚇人。不知他只自由自在耳。爲甚諸人不肯自由自在。只爲公等滿身都是塵土俗氣。自己纏縛難解也。○只可惜於本領欠親切。故道來境象。不失之過高。即失之粗。若此處理會仔細。世間更有何等文品能出其上。

眼前空濶。指上蕭疎。是維節勝人處。

但有不中把子處。若其中的時。不第能穿七札。直洞穴輪王九重鐵鼓。

文氣極高曠靈幻。而見識粗在。故少古人大境界。而自闢一塗。

其思致幽微。而筆情杳渺。詩常路陌。自出新奇。則所謂自是君身有仙骨。世人那得知其故。

玩其用筆超脱。忽去忽來。有意無意。有迹無迹。如神君之至。靈風肅然。舟泊中流。旗飄墜雨。可思不可期。俱在雲霞山海之外。天下依口學舌之徒。從何處乞生活哉。

渾浩流轉中。復具孤情曲致。淡韻幽姿。此大家之所未有也。

凡文章輕重。看用意手法所在。不論分股及字句多寡也。作者原未嘗有重何句意。但做來却已如是。此亦太討好。喜小巧。不精於古法而自抒心得之弊。

筆勢天裊。機局迴盤。以漢人之遒峭。行宋人之澗疏。故峻而不寒。雄而不湯。

文章意致貴極高。凝潔淨。如清秋登嶽。顧視莽蒼。咫尺萬里。皆成沆瀣之氣。然於嶽麓之郡邑。亦不必了了也。

惟天下至一句文云云孫若士文字大處在養豚。細處在淨詞。此文小起内將題旨說盡。是不養豚之過也。篇中家人父子君民親友種種雜見。此不淨詞之過也。評小起爲首五字作勢。不爲說盡。中後拉雜引倫類來講。不無粗礦。然亦多所發明。吾止悵其發明未盡。爲未甚眞耳。亦不爲不淨。古人說道理樸實頭處儘亂頭粗服。葉大枝疎。不似後人含糊活蜕。然其理既眞。愈盡愈渾厚。糟粕煨燼。隨手拈來。無非至寶。後人講究淨詞。其所吐露。不堪噦嘔。故文之精粗。以理爲斷。不關詞也。孫評故爲庸流說法耳。

於本理無所知。亦更不求知。只就自己意見。造爲夸誕之言。則但有粗妄而已。

全理盡在隱躍間。而烟遮雲護。止顯當面峰巒。此文章掩映含蘊之妙也。

章法離奇。似整實散。一氣蹁躚。機勢相生。曲旋直下。莫不有自然不可捉搦之妙。此非變法。乃精於古人之法者也。

渺然落筆。定從入思路幾層外破碎穿穴而出。故極熱鬧潤綽之題。入其手。定別有深微之致。

維節文清微靈湛。極盡幽思。惜解題不的。雖有名理。亦多玊卮無當。故行文以看書爲主也。

呂子評語餘編卷三終

# 呂子評語餘編卷四

## 陳大樽稿內摘錄

復社之支其文字行世風氣爲之一變者莫如雲間之幾社爲最盛一時菁華爛熳儁材輩出其崢嶸足傳者如夏允彝彝仲周立勳勒卣徐孚遠闇公王光承玠右及大樽陳子龍當時即爲四方所推重數公者亦皆激昂自負思以其手足之烈支維傾折爭名號於人間慨然有東漢江左之風焉而數公之中其才情足以揮斥氣魄足以憑陵光華足以炫燿辨駁足以鼓動者又皆服大樽先生爲之首及其終也有以不得志病早死有間關播越不克有成而死有赤脚雜田父終不見人自湮其跡以死皆風標挺特而先生與夏公致命危流大節爲尤烈嗚呼其平生相期許可謂皎然不欺而先生之領袖諸賢又豈苟然乎

哉然而氣運傾移有非人力所挽者雖志義有才略之士亦且爲氣運所使而不自覺則吾於雲間當時之文蓋三歎而痛惜之不能已也當崇禎之初其文驟進乎古理雖未醇漸知有先正傳註矣而忽焉潰決者誰與其人有主名其事有緣起然而君子以爲此皆天也天欲亡人國不欲斯文之興於此時則必生其人其事以敗之即志義有才略之士亦靡然而崇其說人品以晉爲高詩以王李爲極文字則以東漢魏晉齊梁爲宗而詆黜唐宋於宋之理學爲尤惡如猛獸毒藥焉至於波蕩陸沈而不可復理則豈非爲氣運所使而不覺者與然吾以爲諸君子之陷入其中也亦有故彼見夫國勢瘀潰內外交乘兵罷而不足用財匱而不足支士大夫習於文貌相欺而不足恃其弊略同於宋奮然思有以振起之而誤信良知後人之說以爲宋

之弱不可爲。由於講理學。不講事功。於是其體取之眞率脱落。其實取之功利作用。其爲鼓舞標格。不妨取之俊詭豪華。而所謂傳註先民。及唐宋大家之學。皆近於宋弱而不可爲。嗚呼是何所見之謬哉。夫北宋有二程而不能用。其所用者爲王呂章蔡。南宋有朱子。不惟不能用。且斥其身禁其學。而所用者爲秦湯韓賈。由是以至於亡。然則宋之弱。正弱於不用講理學之人與信用講事功之人耳。然而諸君子者。方且謂吾茲以人力挽氣運也。而不知其所爲挽者。即氣運之使至於亡而不自覺也。夫天下庸劣萬輩。流俗頽壞。無足爲怪。惟志義有才略之士。亦不免於氣運之使。此則眞所謂天矣。莫可挽矣。今觀其一時所作。雖師承文選。然其本質超然。皆不爲體調所汨没。彼其才情足以揮斥。氣魄足以憑陵。光華足以眩耀。辨駁足以鼓動者。猶英英然自出於豐詞縟句之表使其講求理學而得周秦漢之眞源以極夫唐宋大家之派別則其所成就何如者然天下將亡矣而文章氣運反如此之極盛則古今以來未之有也故曰天也崇禎已巳大樽與艾東鄉爭辨文體陳主文選艾主唐宋大家反覆不相下時東鄉負海内宿望以前輩自居而大樽一少年與之抗至詆訶攘臂吳中後生相傳爲快談然不二十年而國旋破兩公皆殉難而大樽晚年文字亦刊洗鉛華獨存淡質卒同東鄉之旨焉此亦猶弇州之於震川有余豈異趨久而自傷之悔歟夫文章指歸千古一塗浮氣消則至理自顯安有絕世之聰明而終不悔悟者哉然則是稿之文固先生之所晚悔者耳而又何存乎蓋先生之生平不必以是稿傳是稿之美而未善亦不足爲先生諱顧崇禎季年之文莫著于雲間雲間

之文。又莫著于先生。其光芒四發。固自不可磨滅。而所爲氣運之變。與人力之奇。後世可以觀感者。並在焉。則先生此稿。固有不可以不存者也。記言

先生文磊落多高曠之致。其視漢唐間人物品節。固足盱衡簡點無辭矣。第聖賢分上說不著耳。

好言史事。好談功利作用。好二氏無忌憚之說。好聘奇才而又疾聞理學。其議論必極於亂。以大樽先生之名節。而猶不免。亦平日之習誤之也。不可不以爲戒。

評家謂臥子文自庚午後漸卽矩矱。看來畢竟庸庸無精詣。所謂漸卽矩矱。亦祇是氣局漸老成耳。義理須實得。當時不曾用得工夫。雖皓首不離舊見也。

六朝聲調。人多以爲卑靡。大樽爲之。更見遒逸。此杜少陵自許齊

梁後塵，所謂轉益多師是汝師也。今人貌爲漢魏盛唐，乃眞卑靡矣。

有大開拓處，有細筋節處，闕其一，妙不成作家。

雲間仿古，大率在詞調風韻上著力。

**視思明二句文**　云云。**艾千子**　昭明有融，高朗令終，此雅句也。節而爲融朗，則不雅矣。明四目，達四聰，此典句也。節而爲明達，則不典矣。近日名手往往犯此。此風始於六朝，其意以組織句字爲主，若簡老質勁，自無此弊。**評**　千子論用詞之謬，最是文人大病。蓋簡鍊，古法也，而鍊而傷理，則大害文義，即此文所指一句，明達雖欠自然，明爽然猶帖耳目，若融朗則尤不典切矣。

大樽文亦多掇美詞，但氣體高貴，其音自旨，正如雅儒作吏，案牘皆見風流也。

能體會章句。則其法自精而品自貴。若於書義模糊。雖格式合拍。猶無法耳。

體格合法。而機神宕逸。有高朗秀發之氣。有寬閒和豫之音。文品之雅貴者也。

滂沛騰踔中。多短節峭勢。得子瞻行文之妙。他人以疎放爲蘇。不知蘇者也。

凡起結不同。大小不等。配合爲題。大費營搆。在古法以自然還之。竟用搭題線索。葢慶曆後法也。而能以古文氣脉運之。浩浩莽莽。自不傷大雅之體。

凡文段落參錯。紀律森嚴。此易爲也。其間運設屈曲。起伏變換。而迴環一氣。直達無復界畫刻絶。非熟於古者不到。

題理精微廣遠。非弘深之論。不足以發之。然無當義理。而貌取大言。只如無有耳。

文有英姿。雖極端重。皆見高偉不羣之槩。不諧流俗塵滓肥膩。此乃謂之華貴。然不熟兩漢唐宋諸家。雖欲爲之安可得。

當時雲間宗效選體。流爲板滯膚漫。惟大樽先生有逸才。足以駕馭陵暴。故雖用浮重之體。而自見風流。

**日省月試段文**云云**王玠右**賈陸二子。其所著書。何故皆謂之新。葢以其裁折正史。滓于深要。一變秦人之舊詁耳。此文獨抒英論。不襲考工一語。良亦不愧斯號也。**評**議論有大小高低。總之切而通達則大。非以夸張也。切而透闢曰高。非以奇詭也。此只是精核。而自然濶大。自然高昌。即玠右號之爲新。亦惟切理而不襲套話故新耳。

先生文收縱折旋。大起大落。皆有局段。有手法。但所見不醇耳。醇事之妙。至公羊穀梁敘來又別。國策妙處。到史記漢書略換筆法。又自成一妙。自古文章變化。正於此出奇無窮。然却是遞相師法。非掀翻前人也。此文用史記筆法。變換孟子敘事。其顛側詳略。開著眼目。聯鎖波瀾。皆子長遺則。大樽先生規摹得其法。便能變化出奇耳。若士謂不是規摹史公却太過。所謂掇拾墨痕不化者。故是鈍賊。原不算規模古人也。試舉似荆川先生之規摹史漢則大樽又祇覺其墨痕不化矣。然而荆川先生亦止是規摹得妙耳。無他奇也。

**五命曰一段文**云云**評**用秦漢詐策奥峭錯落。其纂組可謂工矣。然正古之所謂吞剝。非真能摹古者也。李于鱗王元美以此法爲詩古文。雲間因襲之。未嘗不驚動凡俗。而不免於識者之訶。故元美初薄震川。而終乃悔服。大樽極詆東鄉。而晚年詩古文亦棄別少作。以此知文字自有正宗。不可以形似求。兩公好學不已。故卒能轉悟。彼終身自强者。徒見其不通而已。

錢吉士稿内摘録

吉士論文。極嚴於古法。人疑其太拘。讀其稿。變化生動。逸興遠神。横情快議。無所不有。始知其所講古法。非近人死板粗見也。

人爲圓。斯軟熟矣。而吉士圓中有方潤生勁之氣。人爲密。斯恬滯矣。而吉士密中有蕭疎宕逸之風。此方是大家圓密文字。世間講圓密者。皆畫狗而自題曰虎耳。

外面寥闊無窮。屈宇皆鞭辟向源頭處來。故其跌宕波瀾。皆有星雲海岳之氣。

字不多設。而義藴深弘。局不開張。而氣象閒遠。如此乃足當簡鍊二字。

精卓深微。而出之曠然。如泉下峽。如金流冶。皆自然道妙。所見者眞。便非經生揣合影響之談。

理解淸眞。脫手自然瀟灑無礙。正以刻意取之而不可得者也。

割截題目爲起止。此古法也。慶曆後用挐縮鉤鎖。其講究益細巧。然但見其穿鑿纖瑣。而古法漸澌矣。看吉士所作。何嘗首尾不恰好。

於書理剖析晶融。無絲毫疑隔。故能暢達其所以然。凡人不能正面老實講者。只是書不明。所謂書不明。不止是訓本句於道理各處貫通不來。則本句似明原不明耳。

多於外邊遠處得來思議。於對面閒情得來風神。然刻琢正在箇中。乃知枯椿覓兔。故是無靈性獵犬耳。

有謂吉士墨守繩尺。絕少波瀾枝葉。其實不然。但其爲波瀾也較有源流。其枝葉必有根本。非俗士之波瀾枝葉。故不識其妙耳。凡文鋪張潤綽。推演高空。變詭百千。總不若平實數語。久味之而益永。舊人所謂樸拙之中至巧存焉者也。

游神在語句之外。故境象無多。而洞壑深幽。令人裹糧束炬。捫歷只在此中。惝怳如出塵世。

**志於道章文**云云**評**吉士自以不作四段。欲廢此文。看來何必定作四段。此是吉士持法太拘處。吉士因時文淆亂。思以易天下。故其嚴正先自治始。學者不可不師其意。要之體生於理。理眞則體自得。徒論體則雖板作四段。仍無當也。此文佳處。正與四段無異耳。

**可以託六章文**云云**評**粗服亂頭。硬盤疏節之中。自有精密之法。眞樸之意。行乎其間。此遜志集中文字。潛溪所稱青天白日水涌山出者也。吉士爲東林復社後起之秀。其感歎憤激如此時事之鞫凶。與諸君子之邇言是爭。不潰於成。亦可見其概矣。

創闢之解。原只是傳註之精思。知此可以閉門造車。

挨遞中天然一片。委婉中骨力嶄巖。與時下婆子舌頭迥隔。知此乃可與言風神矣

委宛曲酌之文。易流滑慄。吉士却筆筆峭利超逸。非俗腕之所能摹也。

逐比有精義。便不見其排垛之多。但覺轉說轉通暢耳。故文格高下隨氣使氣之盛衰大小明晦隨理使。僅於股法局法講是非者。眞偷破鉼鑵鈍賊也。

人於冠冕題。一味鋪張。吉士只簡鍊結實。到結實之至。其冠冕也不賴鋪張矣。

凡下文在別章，不傷語氣，犯亦何害？先輩於本章且不避，況別章乎？學者當論理，何可泥俗法。或曰：制義自有體格，恐亦當詳謹。曰：當理卽是體格。彼所謂體格者，不出於先儒，不見於國典，而妄以爲當然，相傳世守，直諺所謂周婆制禮耳。

典制文字須有體，有義，有實，有用，有光彩氣象，古士備矣。

湛深經義，故其議論高潤而有本，其聲色沉實而有光，其格律正大而有骨，非朝榮夕萎之華也。

格局節奏之妙，能于要可以蹤跡也。若其下語精當，皆源本經史，熏裁義理，鎔煆變化而出之，字字秤停，不可增減動易，斯見學者本領耳。

甚急之氣，却正以逗留激其勢。順溜焉，則散緩矣。一滚下，則促盡矣。此精於取急氣者也。

肅括高凝之中。自饒博茂寛紆之氣。斯得漢人之力多也。

學有本領。論有根据。體有氣象。語有斤兩。辭有光華。此爲制作之才。

長題看他斷處。接處。轉處。揉碎處。倒插處。回環互紐處。忽生忽滅皆出人意計之外。徐而按之。天然不易。乃見其作用之妙。——

善於用曲。善於用轉。善於用頓。用跌。便波瀾不竭。奇趣横生。

淋漓鬱律。磅礴蒼凉。惻惻動古人之心。靡靡隕吾心之涕。所謂文生於情者。古今可接。天地欲迴。非可得之行墨繩削間也。

千迴百折。皆循其自然之勢。其法只在拆斷處。其妙却在蜿蜒貫注處。筆筆討好在前一層。乃知直喝題面爲得古法者。眞笨伯也。

開章首句題。不難於括攝全章。而難其函蓋得渾然。兜裹得不露。

固由氣大能籠罩。亦由法意深密。故筆有餘閒而無虞蕩溢也。

昔黃麗農語余匡廬之勝。與天下名山不同者。匡廬中一樹一石一泉。皆出奇秀。人方驚玩不定。遂忘其高大。不識真面目矣。文章奇變生動。應接不暇。令人忘其裁製之密。亦猶是也。

質亡集內摘錄

**吳爾堯文**云云**評**看作一片文字。疑有高山大川以閒之。看作逐段文字。又疑有烟雲風雨以繞合之。古今之間。當獨置一位。

處處將兩面意思。陪襯出正位。以截語言滲漏。中間止用幾箇虛字作轉紐。反覆發明。此法得之昌黎上宰相第二書。似乎輕快無難處。却不見他用意極精。氣力極大。

嘗於大雨中觀龍。忽露肢於破雲。忽垂尾於烟際。東沒西出。終不測其去來盤舞之所。文到絕迹凌虛。不可方物。約略近之。

情深則詞益激越。氣壯則音益蒼涼。

清空一氣如話之文。毋失之淺薄。失之直盡。失之俚。失之枯硬。失之放。能以歐曾之頓宕醇愉。行蘇氏之明快曲暢。又一奇也。

文中曲曲灣灣。如沿山驀澗。毋至暗石危磯。必有奇響以出之。令尋幽者深歷而忘其奧遠。疑其爲仙區靈境矣。

道理見得高濶圓足。則落手處不嫌輕。落墨處不嫌淡。自有含咀雋永之妙。但不許白撰家依傍口舌作生活耳。

渾斥若出八極之外。而按之只在家常目下。是爲眞奇。

搭截題組織映帶。亦體勢所必然。老手異人處。只一氣迴旋。如順筆直寫。略不經意。使讀者亦相忘其針線之巧。是爲神品。

用力全在幾箇轉折處摶成一氣。其訣只是隨起隨滅。卽渡卽走。若在各正位掛搭一絲。卽成敗闕。後生於此處討得箇消息。直是變化不窮。動筆便有多少快活處。

風力藏於體勢之中。議論顯於描摹之下。一縱一掣。皆有作用。却渾然不見鉤鎖針線之迹。此大家史論之文也。近世惟黃陶菴陳大樽有之耳。

陸雯若每言讀書不貴善取而貴善棄。故其爲文也。與靈氣往來。字裏行間。別有阡陌。

文不患無穎思。先苦無妙筆。意理布設。不必異人。但筆妙便處處異乎人矣。筆之不妙。亦坐不讀古。古不獨經史子集之大者。如檀弓公穀說苑大戴禮韓詩外傳之類。若不曾讀。亦不能盡用筆之變。

騫翔縱掣。欲近故迂。如皁鵰盤旋赤霄之上。以雲霞爲出沒。其用意止在平蕪。但令仰觀者目亂耳。

胸無識趣，則所揚詡皆卑庸；有識趣而無淹洽之資與烹錬之法，亦淺鄙而無可觀。

字字挨講得古法，而不見挨講痕迹，總在逐字意義上著力，原不曾有講格法意也。單講格法，去古轉遠。

題面錯雜不倫，入作家手中，各按隊歸伍，部署整齊，中天懸明月，令嚴夜寂寥，觀其軍容，可以思其一心運用之妙。

峰巒起伏，奇嶮幻生，造意破空，窺攝通體，極營搆之新巧，然皆循自然之勢，無搥鑿之痕，蓋得之子長多也。

吾嘗登雲岫，東望大荒，思虞淵若木，金銀宮闕，在有無之間，心與之遠。於文境空靈縹渺，恍惚遇之。

禪家薦機，只在轉語，轉不出便墮鬼國。文字妙處，也多在轉語，轉不出便入死地。然禪之轉，要轉却理字；今盡文之轉，要轉得理字令不盡。此不盡之轉也。

筆頭愈轉愈靈。靈却不在轉處。

只熟於抑揚襯拓之法。便博換不窮。

凡文章爭新出奇。只一箇切題入情。便是變化不窮之法。

備極水陸之珍。而據案夷然。猶云無下箸處。此眞晉人名士風流也。今人講究食品者。左殽右胾。百羞羅列。雖有瑶柱駝峯。而未能免俗。不過大官供具耳。

近人講究理體。則不免於白俗。若馳騁材辨。則易靡浮演。而不知所歸。皆不足與語大雅之業也。讀麗農兄文。如與秦漢間人酬對。無一魏晉下氣質。而其旨趣法律。又未嘗稍溢於雒閩之言。斯可以稱大雅矣。

可笑近時做虛字。不論意理神味。只將浮調襯還他原字。以爲如題得法看能手做來極其淋漓痛快又何曾演唱原字故文字妙處只在情思內尋取若徒求之格式聲調間吾斷其必無長進之理。

比喻題一說破正義不但失行文之體卽十分奇暢亦索索無味矣讀韓文中應科目與人書雜說獲麟解毛穎傳古人正於此得文章之妙。

古今文章難盡止是靈氣往來日新不息耳道理只是這道理不曾有甚詫異也看甚人拈起一番又覺雲山改色。

凡文之曲轉者其腕力必柔緩其徑路必幽細曲轉而但見其腕力之遒雄徑路之昌達先輩中惟熙甫近時唯正希可與語此耳。

文章重體體在意義不以文貌正如朝廷處置得宜則藩鎮讋服

使臣應對有禮則敵國敬從初不在命大官說大話也知此者
可以定臺閣制誥手矣

處處用點染絕不嫌襞積堆垛者何也人必曰以其處處照顧本
旨從此生法也然時人亦知照顧本旨矣而頻呼空喝祇覺其
淺鄙者又何也以此知空腹人無可與論巧法

凡以俚鄙爲眞樸者不讀書人之言也眞讀書人越眞樸越古雅

文之於天性但有增益無損傷也

熟於史學便多無中生有之法東坡殺之三宥之三開想當然一
例是其家傳史論習氣然蘇氏文章奇橫亦出於此

有天然排偶有天然參差篇法對法奇巧變幻止得一如題法可
知如題之不易言矣然尚在格局上論耳頗有善於布置而文
不足傳者無淡雅之氣老潔之筆自在之風神只是弋陽子弟

排場耳。到此却少不得古學。
自有所得之言。則淡而味醲。輕而力重。與時文巴[illegible]形似語直有
野狐獅子之别。
意在筆先。神遊句外。讀訖毎若有所未盡。斯含蘊之妙也。
如身坐堂上。勘驗堂下之甲乙。又如重提公案。回互入門之賓主
一絲不掛。自露全身。寒水長空。隨過隨掃。此種道是於禪學得
力。不由文字中來。其實。不然。畢竟奈何不下一部莊子。
勢以多變爲奇。意以善蓄爲美。
慶曆以後。講提挽串插愈巧。而古法亡矣。舊人作極無理搭截題
目。也只隨路布置。而奇巧自存。不賴提挽串插也。然以語時人。
反以爲無法矣。
天下至文。只在人情世故中。一經拈破。覺滿前里談巷辞。無非錦

囊收貯之物。粗心者自棄地不顧耳。

蓬索在手。隨風轉脚。使順使逆。倒左倒右。橫江出峽。操縱自由。眞遨頭樂事。此等境象。那得不向古文探取。

說理最難得明爽精切。胸中纔有纖毫蒙翳。則舌根生瘰。指甲出疽矣。

但用本文白戰。愈轉愈奇幻。舊人往往爲之。入近人手。便覺油纏可厭。蓋舊文以理爲層叠。以意思爲變滅。不僅於聲調求多。故可貴也。

縈憂隱痛。不必無過頭語。要有至情纏綿。筆墨間自是眞氣流行。此出師陳情祭姪之所以傳也。

尋常見解。到才人指下。便另闢一乾坤。不問人形物態。從日星河嶽。事事不同。始笑釋氏恒河沙世界。老氏異地水火風。故爲大言奇事。越見其庸陋耳。

昌黎作文。怪怪奇奇。人莫測其際。獨有議禮文字特醇古。有三代以上雅頌氣象。

典制題。摭實者無當大義。弄虛者不知典章。兩者各失。然其病同歸於不學。即觀所謂摭實者。亦不過從時文中抄掠膚詞而已。於禮制源流至論。初未嘗習。則固與弄虛之不知典章一也。有力量氣魄。則卷舒之際。自生奇偉。凡假借外間好議論藻采以爲勝。皆非自得者也。

左國以上之文。自是左國以上之理。絶無後世狙詐婾薄之意。所以可貴。七雄而後。人心術變。而文氣亦削薄矣。後世經濟家言。非過於縱横捭闔。即失之簡刻嚴峻。此皆流禍於國策者也。

崇禎庚辰癸未間。一時趨尚以周秦子書之古峭。魏晉文選之雕組。而無理以爲之主。無氣以爲之運。故浮綴促數而日流於怪穢。吾兄念恭卽因其法。而主之以經術。故追琢精工。而辨說不離於道。運之以大家。故機勢浩瀚。而開合自通乎古。以今觀之。安得謂周秦魏晉之不可入於制藝也。特人不能用耳。

談理入微。而出之明顯平實。方是學者之文。

只爲看得題目艱隱。舉筆輒成結轖。胸中多少石塊泥團。眼前多少迷陽郤曲。必無曠放之作。以其膽怯也。眞作家亦復何奇。但心際了了。手底了了。原不曾見有甚棘礙處。故理明則膽自大。膽大則文自逍遥縱恣耳。

秀才說道理。做得極高妙。然試令反之胸中。決自以爲未必然者也。此便不是道理。故不落油花。卽歸支離悶澀。若說得出底。卽是胸中信得及底。此外更有何奇。先輩所爭者。只是此箇境界耳。

章雲李文。人驚其詞訣。染戌亥間習氣。其實不同。戌亥時文。競趨險怪。稗乘佛子。雜成蕪穢。雲李皆出入經史。眞酌理義。第其錘錬聲光近之耳。今人開口俚鄙。正須學錘錬大雅之法。

文無典雅爲本。秀逸爲骨。强爲大言竑議。徒增鄙俗耳。

文之典雅者。必須有流動之致。矜莊過甚。而無風神行乎其間。如讀初唐箋啟。使人悶塞。

忠信重祿等題。不怕不婉曲入情。正怕太入情處流露諂媚肺肝。不見古賢士眞性氣骨耳。伊川先生曰。而今士大夫道得箇乞字慣。動不動又是乞也。近世以諂媚爲仕宦第一流。大家不覺其醜。公然見之文字。是亦士之恥也。

出言有章。裔裔皇皇。此彼都之遺也。近文以諂訣吉祥之鄙詞。自以爲得臺閣冠冕之體。不知其爲諂臣媚子之言耳。何體之有。

題如堅城。善戰者望而却畏。重圍久攻而不得破也。獨能談笑而下之。無他。只是善用間。得城中眞虛實耳。

意義刻畫。易涉險鑿。獨能自然當理。固緣辨勝。亦由情深也。自風人一變而爲騷詞。自騷詞又變而爲漢魏六朝唐宋詩人。其不可磨滅之妙。正在情之深淺分高下耳。杜少陵爲唐以後詩宗。亦只得此。

黃河西來。長江東注。奔迅數千里。而爲崖峽所束。則洪瀑飛懸。爲平衍所放。則汪洋旋洑。其中迴瀾激浪。緣洲嶼磯砂而生者。又有無窮之觀。此大家行文之樂也。

老於用兵者。必善設伏。多遊騎。張疑陣。以互爲奇。至禽鳥草木塵土皆可以亂敵。斯稱名將矣。然不熟於古。雖戰勝不足爲大將。

淮陰謂此自在兵法。諸君自不讀耳。

渾身筋脉。盤結鈎貫。自首迄尾。夭矯回旋。如常山率然。此先輩而熟於歐曾者能之。但當行時文先輩便無此境界。

筆不靈活卽粘。語不典雅卽窘。意不雋穎卽呆。做小題須具此三樣。缺其一。便不成手段。

奇情譎辨。如優孟旁倩。抵掌笑談。令人一驚一快。雖極荒怪。終軌至理。雖極横溢。終安密法。此爲入水不濡入火不焦之技。

勢險。故觸之則應。節短。故能以寡擊多。怯制勇。此孫武不傳之訣也。若徒驚歎其旌旗火鼓。抑亦兵家之下乘矣。

不屑屑於字句規摹。元氣空行。神遊法到。此吾之所謂正宗。而人之笑爲不中式者也。

文章有跌打借用之妙。其靈機峭勢。從南華國策得來。

全局有全局之古。段落有段落之古。轉側曲直有轉側曲直之古。音節句字有音節句字之古。一者不備。即犯刻鵠畫虎之譏矣。有本領者。雖小小經營。淺淺點綴。定别開靈境。自見身分。如漢宮粉黛。與倡樓妖冶。其顏色妝束。雖相似。而貴賤迥殊。可一望而判也。

逐字拆散做文之生發已無數。於拆散中顛倒回互。生發又無數。於拆散倒互。又分虛實賓主正反。則生發更無數。後生得此訣。題目無窘地矣。然須是排場出色。則件件皆佳。太史公妙絶古今。只精於排場耳。

見解是莊子。運用亦是莊子。如拈馬蹄爲端。忽然及乎犧樽珪璋禮樂仁義。有甚不得處。

自古及今。文字到極妙必傳。只在人情物理真切處。自家體貼發揮出來底便是更無他法。

張嘉玲文云云評鶯鶯盤互畫金針組繡之巧。然皆出以正大醇雅。絶無童稚佻纇惡習。吾嘗謂精於理學人。必無所不通。或有所不爲耳。不然。只成腐鄙。不名理學。

行文貴見大意。節而伸。葉而綴。必非能畫竹者也。然但知胸有成見。舊侍癸書。而於分枝疊葉處欠工夫。亦不成其爲竹。

憑空游戲。似出意想之外。然皆箇中道理議論也。古氣磅礴。而謹嚴細密之法。自不走一綫。方可與言游戲之文。

明理之文。若絶不費力。而力之所舉。能變重爲輕。視天下之物。舉無足礙吾揮斥者。此神勇也。

鴻文無範。正以其精於範也。

一種慷慨感歎之情。淋漓欲絶。此風騷遺妙也。東漢六朝間頗知蹤跡。又爲詞句所移。降入彔靡。後來一變而此妙失傳矣。

周室班爵祿等題。作者每好爲大言。而實無見識。衲被巾箱。餖飣抄撮而已。其最善者。譬之如富家奴。稍知其田宅囷庾錢帛樹畜之數。究之非其所有。當與主人公自别耳。

清徹瀅蕩。未嘗有意絕塵而居。而塵氛自盡。此氣體之貴也。

程朱之理。若無莊列之思致也。發越不靈。

讀封禪書。極鋪張刻畫處。令人自見其譏彈。此豈可於言句求之。

孟子題依聲順勢。逐節襯帖。頗易成篇。以孟子文法曲折。早已平鋪一局段也。故掉弄時腔。與貌似如題古格。總不足與言文。文之佳否。止在平實地辨力量耳。

中有所實得。則極刻深而出之也平。極透快而味之也厚。極騫翥而按之也靜。此非見道明而又涵養得好。不易到也。

歸熙甫自謂得司馬子長之神。惜無知之者。今看震川全集。且道他何處是子長之神。

呂子評語餘編卷四終

# 呂子評語餘編卷五

## 大題觀略內摘錄

吾論文之訣。止有一切字。切則奇平樸秀。清華老嫩皆佳。不則寬帽頭。胡叫喚。醉漢哰喃。婆子絮聒。醜梨園排塲科諢。枉費精神。總於題目無當。朱子所云不曾抓著痒處。何望掐著痛處。此時下作者之所以不堪也。

看書先辨眞僞。行文先辨雅俗。不雅則不可以爲文。不眞則文何以爲得失乎。近之論文者。皆以僞作眞。以俗作雅。須以眞雅之文藥之。

小講最難。先輩最初不甚有小講。有亦只二三語虛冒發端。後來演成長段。正反皆碍。所以爲難也。今更可笑。則一小講已說盡全理。下又有總挈。總挈盡矣。又有提比。說了又說。重三疊四。不成文字。豈止於屋上屋頭上頭乎。此則昔之村教書初開筆童子皆知之。而今之作家名宿不知。蓋求昔日村師蒙童而不可得矣。

大凡說道理。愛張大。決不如愛平實。平實之張大乃真也。胡子知言本欲說高無形影。其勢反低向下去。

陸龍其文云云評此等文方可謂之平淡醇正。蓋其深永之旨。味之而愈出者也。外間卑鄙非平也。淺陋非淡也。膚套非醇也。謬假非正也。

文字到奇妙處。只是言人之所不能言。却是言人之所必欲言耳。不是別尋蹺蹊家當也。

行文至漸老漸熟處。只是要言不煩。令人愈讀愈有味而已。

說得極淺近入情處。正極其精深。天馬神龍。游戲自在。此種文最開人筆徑。

眞體貼人。下語自然親切。有譚虎色變之意。使人三復不能自已。較他人許多格言讜論。總不著痛癢。只好隔壁聽耳。故作好看文字易。作眞色文字難也。

近文醜狀莫甚於吆呼。如遇君子仁者之類。則唱歎不已。回賜由求之類。則聲喚不已。然此猶說他人也。至題有吾字我字。亦必吽喊不已。如諺所謂開門十八儂者。眞惡聲也。豈耐聽乎。

歷節循聲。氣和義足。先輩之眞度眞韻也。

有轉必束。隨束即轉。散行中界限斬然。而首尾回旋照顧。是曾子固間架法度。

韓葵文云云評學者看書時沒處尋綻縫。到作文時那得有生發。如此君文刻意瑚鏤。如從天外拾來。却是目前道理。人自當面眯過耳。閲其全稿。多在題之上下前後罅隙閒。獨開生徑。而於正面樸實頭。便不肯犯手。是其出奇制勝處。亦卽英雄欺人處。讀者又當知之。

凡難立局題。細看註義。必有天然生路。若不體註而妄鑿。便是黑風吹墮羅刹鬼國。

零亂題不可在鋪衍處尋出色。在提處收處用力鍾煉之。於此得手。到中幅隨意布置。總不費力。此却是慶曆提收法。

郝伯常云。古之爲文。法在文成之後。今則法在文成之前。以理從辭。以辭從文。以文從法。資於人而無我。愈有法而愈無法。文到信筆疾書。屈蟠起伏。排笮夷猶。若可迹。若不可迹。一氣自爲洄旋。眞精於法矣。然俗士以爲無我法在。吾於是益信伯常之言。以淳穩抒寫實義。以縱蕩蹙起文情。令讀者忽而疏曠。忽而震驚。

忽而恬適。不測其變幻所至。是深於奇正相生之法者。

熊伯龍文云云評高足濶步。不屑挨層剔弄。其腠理又未嘗不精密。覷今日梟頭側頸。翻來覆去。作幾句閑套子。唐荊川所謂婆子舌頭話。是多少衰氣。○道園稱雪樓變時文險怪爲舒徐浩蕩。此君庶幾近之。今又醜穢刺目。出金華三變之下矣。誰爲潛溪遜志者。一起而滌盪之耶。

曉人之言不在重。達人之言不在深。雅人之言不在盡。

胸次不灑然。指下决無超然之趣。

祇是尋常結構。公家道理耳。獨覺其幽微深奧者。能不用頭一皮思路論頭也。凡卒乍見得頭一皮便落筆。其文定庸熟膚淺。

前半只停埋攤布。至後幅將全理發越。如雲堆霞幕。正在日欲落時光燄萬狀。老手每於此處見奇。

所見甚高。而出之以簡老。便有古敦彝劍履之氣。

文以氣爲主。有氣方能曲。曲而晦澀軟滑。是無氣也。非曲之過也。一往粗直。亦是無氣。朱子謂死蛇弄教活。而今只弄得一條死蛇。不濟事。

落筆怕不得。率不得。率則浮淺。怕則縮朒躲閃。不成文矣。不怕不率。便有李習之皇甫持正氣概。

無一句不轉。愈轉愈爽。無一句不鬆。愈鬆愈緊。無一句不冷。愈冷愈花簇。無一句不峭。愈峭愈縱橫。此沉酣於左國公穀而得其眞神者也。

頓挫古峭。柳子厚從左國得力。故其雄健處。皆含蓄。別有氣韻。

凡題有詳略輕重。而無可脫落。如君子無所爭章。正在下四句頓挫得有神味。從此推之。

先輩論文必高華。高華如庾鮑。老杜稱其清新俊逸。故知所爭在氣骨議論。不在詞句。但詞句高華尚不是。况今日之詞句。那得有高華哉。直謂之卑汚而已。

但取精意。以幽微淡折寫之。一派門面好看話頭。滌盪淨盡。粗人視之以爲輕淺。而不知刻深之至。乃有此輕淺也。

立論文字。不在一味巒斷。須先放他出路。如追窮寇。必寬圍使逸其出路。乃其垜截死路也。蘇氏父子作論刻毒。正在鬆處。

得停頓鍊養之法。故其筋節處皆氣度從容。無努張之迹。令讀者如飲醇醴而坐春風。

善於題前托起一層。題裏深取一步。題後開蕩一波。使題之身分滕理。皆聳豁於意表。此文場中白戰飛將也。

老手制局不同。只在輕重詳略脱灑間異人耳。

筆法峭折。多於冷處見雋。是說苑韓詩得意文字。

翻駁要用幾層。則覺深厚。此論文也。若用幾層翻駁。則見得世間道理。移步換形。隨時變易。翻駁多。正所以把截四路。以見此時此事之恰當耳。此文中之理也。

有精實處以盡理。卽有宕逸處以養神。有排鍊處以扼要。卽有蕭散處以取勝。

**熊伯龍如有博施章文**云云**評**短節險勢。峭徑幽蹊。疑其鮮浩瀚之觀矣。而不知其山澤龍蛇。蘊畜鴻鉅如此。此大家之奇古。非名家之奇古也。○人驚其語粗。不知理足則無粗細也。西銘理之至精也。穎封人申生伯奇。如何拉雜闌入。

今日作據於德依於仁等題。前有套承。後有套趯。中有套聯。套遞天然一篇閑文架子。黃口皆可塡湊矣。要字字實做。毫不搘閑文架子。豈不喫力殺人。然不知彼法之不可以爲文。曠刼無長進之日也。

文至斷落轉接。絶不猶人。如雲擁蛟龍。頭尾肢爪露見没滅。正於不相聯續處見其神奇。

用筆古雅者。每於忙中取閒。極容與之致。

通快中有醖藉。惟其雋也。奇肆中有回幹。惟其老也。

雄瑋駿厲之文。須看其入理細處。

時人鋪演縱極弘麗。大約如梨園帝王服色。不拘何代可用。惟其切而警。一句移掇不去。乃眞弘麗耳。

凡行文無奇情古色。如村師講故事。街頭説演義。皆有授受援引。言之鑿然。只是白肚鄙妄耳。

著力都在空際。故落手極輕圓。而得意已極深透。此文品之最貴者。

文有鼎彝之氣。夔龍饕餮雲雷。款識極精工。却自然渾脱高古。無一點閶門青綠顔色。此不可以貌爲而速化者也。

眼中無舊人合作壓住。故氣魄能壯往。胸中有舊人精意矩度在。故一番推出一番新。

其旨深雋。其味冲夷。若不經意道之。而談言微中。意思探索不盡。乃所謂神理也。取神理則品最高矣。此種境界。非老手從危苦艱肆中烹煉來。亦不可得。

不衫不履。神采自是異人。如歷幽溪靈洞。隨步變境。非意所及。回顧來時徑路。迷離難辨。此豈烟火世界所有。

難重題須據取關要。其餘可傳檄而定。

淮陰將兵神勇。只是得大要。明分數耳。

只是口頭道理。但使位置天然。表裏皆見。遂覺題之動靜精粗。略無剩義。

放筆直書。最是理題快事。俗子含含糊糊。怕觸著人。敢百口保其不曾夢見也。

自有時文以來。惡爛之調。庸鄙之法。皆作俑於湯霍林。如司馬牛問仁章題。落首句云不悉其何以爲仁。而直指曰仁者其言也訒。此庸鄙法也。中云以言觀言。抑思夫出言之本安在。以訒言觀言。抑思夫能訒之故爲何。此惡爛調也。而今人方尊秘以爲宣城之派。亦嗜痂逐臭之見矣。○中間問答。自不可抹過。亦自霍林爲之。無識者遂目之爲渾融。近竟以此論元家衣鉢矣。而不知其實糊塗混帳。亦足以驗人心之汚下。而日趨於模稜鄉愿之路也。文字佳惡。固不盡在此。然凡事必有法度。必有定體。

不可以不講。其必欲去之而快者。非異端。則俗學。卽此細事可見。亦學者所宜辨也。

理足故淡而彌永。法眞故樸而彌高。思精故淺而彌厚。今之貌爲先輩者不得託也。

以臭腐爲神奇。所爭在氣脉。不在皮毛也。不然。李于鱗文字。千補百衲。逐句是秦漢。徒見其萎薾齷齪耳。

有下文題。定以激下爲巧。不知其愈巧愈拙。自取敗闕耳。作家得處。純在雲氣虛無形影不定。正得不巧之巧也。不巧之巧有二。先輩樸實頭寫本文意盡處。下意精神越湛。欠則輕輕函蓋。以活脫醞藉留之。別有氣韻。雲氣虛無。形影不定。可以想氣韻矣。

凡論文有須闡提者。有須斡補者。有須禁避者。皆當論其意義。不當論字樣有無多少也。

徑貴生。生則變換不窮。筆貴硬。硬則回幹入古。氣貴橫。橫則運旋有力。法貴細。細則工巧入神。知此者鮮矣。

文氣貴清辣。清字人所愛。辣則羣然噪之矣。然清而不辣。不成作家。其所謂清。乃白肚皮撈漉不出活計耳。即脩飾盡善。亦止是空疎軟媚。非吾所謂清也。

頓挫跌宕。轉側於極寬渾中藏遒緊。方得古文機脉。

見解高脱。目空四海。而感慨淋漓。寄托閒遠。一唱三歎。有烟波無盡之妙。此非深於韓歐者不辨也。

文有沉雄之氣。斯爲眞渾融。今之所謂渾融者。乃不尷尬東西也。

文名曰醇。以其理解確著。筆雅也。此一字最高貴。未嘗妄以許人。俗物莫漫自喜。

眼前意思。他人描寫吃力而不可得。能輕輕出之。透盡。是爲神品國工。

今人於文皆不肯犯手做。依樣葫蘆。便謂得法了事。見有不討便宜。字字實做者。反笑以爲衣絮棘中走向拙路也。嗚呼。做人而不肯犯手做者。知其必無好人。做文而不肯犯手做者。亦知其必無好文。後生初學。便有此等議論在其胸中。那得更有長進也。

說理之文。入箋疏氣易。入經史氣難。

行文貴自闢雲山。豈可依人籬落。

綿密之文。當尋其筋骨。尋其氣度。筋骨在出落擅場。氣度在步驟醖藉。

刺繡不看花草。看下針處。寫字不在點畫。看把筆處。下針之巧在交接。把筆之妙在提放。讀文亦當悟交接提放之訣。

短股相接而變化不窮。只是意思多。故不復。順逆之法精。故不斷促也。

其幅尺甚窄。其包裹甚富。其排闔甚寬。趙千里於片縑盡長江之奇。只精於縮法耳。

於理脉不溢分寸。而氣度敷愉欎密。此爲作家正當之文。有眞實本事始得。世之不通者未曾夢見。脚汗氣在。乃欲以其醜爛。附爲臭味。直使薰蕕無别。吾甚惡之。

凡爲閑話者。皆實義不明也。

**戚藩文**云云**評**字字破幽鑿險而出。不溢幅尺。不留餘地。眞有伐毛濯髓之力。俗手見之曰何必如此。枉殺良工心苦。但使鬼神夜哭耳。

頓跌排宕。文氣淋漓。最是議論文字勝場。

奇創中須安放穩帖。故無脉法者。不許作議論文也。

累墜題挨講。非先輩第一等剪裁法力。不易動筆。試開手數行。便索然無氣矣。一用空架。又率滑不堪入目。得遒鍊排蕩。奇正相生。虛實並茂。便足以爲駕馭繁重之法。

文必以筋骨爲主。筋骨之渾脫處卽是氣度。其流利處卽是風神。無筋骨而講風神氣度。皆芻狗之文繡也。筋骨須從古文求之。向熟爛本頭中尋取。那可得。

摹古大家文須得其腦髓。不在排奡。不在怒張。只於開合關鎖處步驟得法。頓挫得神。自然扼要出奇。

文不易承當一潔字。文到潔處。覷外間紛紛。非濁流卽牛蹄涔水也。然作潔淨文必須理足。

行文如山雲逐雲。溪水赴水。隨境變化。山溪常定。此非老手不辦。

說理文字，求明白顯易，大是難事。只淺淺說來，而大意了然，無一厤糊𢡟㦬語，深於此者得之，非果淺也。

作長題有二法：略去枝蔓，直取腦髓，發得透徹，而餘文亦得，此一法也；逐節搥鍊，虛實環生，全於關瑣結果處著精神，裁剪合度，此亦一法也。若隨手敷衍，忙碌碌地只辦空點，此是遊方扯空拳架子，不足以當一戰，名爲如題挨講，其實謂之無法而已。

時人作長題，實處只忙忙地點逗過去，虛處却添出許多閑文，扭捏周折，所謂颺却甜桃樹，沿山摘醋梨也。有本之文，未嘗露提呼聯絡之痕，而一氣縈旋灌注，極盡變化之巧，非精於法者不解。

文有正解，既明俗解，翻爲我用者，此亦因糧用閒，巧於制勝之師。

作一句題最忌大家話但換却數字便好白掇過去亦意義與文法之分也

極徑直題却以曲折窅渺出之令人纏綿得情又爽然快意此所謂眞趣也靈氣也

奇宕文看其虛留語氣奔馬乍收銜勒具有神力其所發越都不是尋常胸坎思議所及然無非題中神氣命脉也如此乃可謂之奇才

明理之言不在繁多委曲不在張大牽聯看得平實處下手一刀兩段文字分外精采不然載一車刀鎗逐件弄過畢竟無益也

同是挑剔門庭然人以調法而我以意思遂有天淵之隔其挑剔處皆成銀鈎鐵畫此子論文所以執理而不執文法也

只在題內發明題界甚濶若向題外游衍題步反極窄故作文妙

法亦只是素位而行耳。

筆情如飄風乍雨，荒忽而集，最足發人幽思。

有精細處，亦有粗疎處；有奇縱處，亦有緊嚴處；有老辣處，亦有游戲處。數者不備，不成老手。

人如斡盤石，我如轉戶樞。理致繁重，最難此快馬輕刀手段。

至艱深者，能以至淺易達之言，理家最貴此種。

昔人悟作文只是一箇翻案法耳。此說甚淺。然議論文字須用此法，乃有奇境開闢，盡將向來佔畢嬰說翻駁一新，拔趙幟而豎漢幟。固非辣手不辦。

作短文須無繁枝剩葉，然已是第二義。蓋所以言無枝葉者，必其見處簡到故也。題之來根去脉，作者見識都到，自是簡而能盡。他人眼光只在本題數字中摸索，那得不牽枝帶葉乎。

凡人見得處便須直說。如謂已見到此。却又左瞻右顧。半吞半吐。且道時文體格不得暢所欲言。只是見得不曾明白耳。看得親切了當。便奮筆直書。亦自停手不得。

氣度舂容。故有機勢而不見其用機勢之痕。詞致典麗。故有議論而不覺其著議論之迹。

華贍確核。乃許作典制文字。白肚兒郎。且將身葬書册中。尋箇出頭日子。莫學架空捷法。弄得下梢都沒理會。

典制之文貴高華。非藻贍之謂也。必以議論爲主。而氣魄輔之。使讀者但快其所欲言。而忘其纂組之麗。乃爲高華。若填綴字句。張皇聲調。正如優人盛陳帝王將相服色耳。其寒賤骨度不可易也。

文如水茹陸醢。九州之美具焉。然有圭璋鼎俎之色。而無餖飣蔬笱之氣。斯爲可矜可貴。

寫理如話。使讀者犁然有當於心。是爲至文。人總説不出耳。而美其名曰渾融。吾知其人之依阿軟媚。不免於小人之歸也。

近文亦講典制。亦講機局。亦講風調之頓蕩。詞采之節。令只難逃一俗字耳。不食左國之腴。何從得雅秀。

自古文家有二法。一是界畫定了做去。一是不界畫做去。皆精於法而變化在手者乃得。若近來用講章死格子以爲法者。非古人之所謂界畫也。然今有不界畫而界畫分明者。俗眼不識。定以爲變格非法矣。

文到極奇快處。止是眞耳。昌黎所謂醇而後肆。不醇之肆。差異也。非肆也。不能肆而曰醇。膚陋熟爛也。非醇也。

文經千鍾百鍊而出。故只尺幅中亦如陸剸犀象。水截蛟鼉。魚腸純鈎。不足以方其利。

**唐德亮不勉而中二句文云云** **評** 極瀾翻排奡之文。却筆筆含蓄。縮得下句住。須玩其回斡吞咽之妙。胸有寶輪。腕有轆轤。出之不窮。按之不定。此種文自成一絕。○手寫此處。眼注彼處。此君極盡斯巧。然後來許多動下問文活套。雖巧拙高卑。真僞之不同。亦濫觴於此。故機巧作用。終不若古人拙樸真實之難及而無弊。不獨時文爲然也。明者於此更須高著眼孔。

其精神都在轉折關扭出沒處。故舉鼎重如輕丸。此道得也。

呼喝照應文法。亦自采臣唐君始盛。然尚取古文筆力。中題要害。故淺法而能奇。空套而能雅。不似近時不著緊要。亂呼亂喝。如乞兒叫街。妄冀一遇。普天下作一樣寒賤聲氣也。

須知長題作短篇。是賣弄本領。不是討便宜法。若不得他煆鍊切當渾身筋節處，而徒取遞架輕快以爲奇，便不識短文之妙。

唯見處真，故横豎俱得，否則扶牆靠壁，却無是處。

題本艱邃，而我亦以艱邃取之，便坐受困縛，得其三昧，則遊戲自在，無非神通矣。

題貌渾沌，人多畏懦者，以不得根據也。得其根據所在，貼定思量，便有活路，而氣亦直達矣。

堅悶之理，能以雋快發之，此是名士風流，然最易攙入晉人陰界去，非精於講究者不易爲也。

說來玄雋，又正當不入狐禪，此能善用蒙莊之妙者。

文章靈變，全在看題細實。

何以得奇快？曰惟的確，故何以得雄肆？曰惟老實，故。

昔人謂文以意爲主，以氣爲輔，以辭采章句爲兵衛，如鳥隨鳳，魚隨龍師衆隨湯武。不則如荆川所云貧人借富家之衣莊農作大賈之飾。極力裝做醜態盡露矣。

行文如鵷鸞對舞神彩映天。止是語脉眞則文自奇變生動也。

摹古之縱蕩易。摹古之堅峭難。斑駁易樸茂難。豪壯易靜穆難。

吟語閒情。做作入妙。是韓詩說苑得趣文字。

下語蒼勁。生氣屈盤於其間。如太白退之作近體。以駢儷行其奇古意。中無對仗在也。油調家讀之。口舌生拗。定不知其佳矣。

唐荆川謂首尾節奏。天然之度。自不可差。而得意於蹊徑之外。則惟神解者可語乎。謂神解只在天然之度。若俗人所見之度。即非天然。殆莊子所云不疾不徐有數存焉於其間者乎。

氣欲和而不欲軟。調欲秀而不欲恬。此雅俗之辨也。

首尾融結。其中肌縷分明。又不見其界畫之迹。方是古文中高手。

文致適逸簡淡，有爽然不屑傍人意，而用思英銳，使時手竭力追之愈迫愈遠，渠只從容前一頭地耳。此古今形神雅俗之辨也。

**笪重光文自記** 聖賢言語有來路有去路，語脉清，書理自出。〔評〕自癸未以後，文字皆鑽做，不復顧題之語脉虛神，此種文出，自覺塵翳頓除，犁然有當。後來但學其挑剔輕鬆，而不得其理，空滑之弊又生於此，而先輩樸實頭眞本事，竟不可復見矣。余謂作文必書理出，則語氣自清，來路去路自得。若此自記語倒便有病。

古人謂作文須捉得正身字面著，所謂正身者，只是確切字面，更無他字可替代也。然此語正難，要看道理熟極，做得文字熟極，方能得之。今人之文捉得此字眷屬者已爲親切，其次或是隣里知識，其甚者陌路猩獞亦算數矣。只一字捉得正身著，能使一句精湛，一段精湛，一篇精湛，古人之文所以不可及者，只字字正身耳，更有甚奇特事。

凡一句題，宜悟拆劃層次之法，步驟既清，丘壑亦邃，若只鶻崙做去，非空油，即疊架矣。

疆界畫然，却只一氣蟠屈，無描頭畫角，支離澳涊之態，此那得不向神氣求之。

善用架空白描法者，惟其理路極眞，而筆力極奇矯，故轉轉折折皆有意思，後來摹之，便成惡套，李北海云，學我者俗，似我者死，正不得以秦人燔書而罪燧人也。

文章入妙，只是體貼註義精細，無他奇法。

用經語爲肌膚，用古筆爲筋骨，烹煉融洽而出之，故其艷爲古艷，其音爲雅音。

引證題爽和正語是討好法亦是惹厭法不著相便討好著相便惹厭只在用筆雅俗間辨之

似整非整似散非散似著意非著意似筋節非筋節似脫落非脫落此眞古人疎攜瘦硬之妙近人見如爰居駭鍾鼓矣

文之一氣呵成者必用逆不可順蓋用逆勢則一句疊一句一層剝一層瀾翻雲湧勢不可遏讀至終篇却如一句方佳若用順勢則數行之後語氣溘然止矣

典制之文疎則議略核則疑滋皆不求曉暢於一義也詳於古而不窒於古晁董之所以爲大家其風軌如是

經制題無議論堆垛隊仗只是神祠中鹵簿縱極煒煌無生人氣

王平甫謂文章格調須是官樣然實不止於格調也有官樣議論不在刻畫而在唐皇有官樣詞彩不在切露而在流麗吾嘗聞

於前輩館閣亦云。此爲順取榮譽之善技矣。

凡文章賓客。粘著便滯。脱却便疎漏。善用帶過之法。不落色相。却正見其色相爛熳之妙。

章法一片。股法相生。題外映照有情。題中截合有體。其間呼應起伏開合反正之妙。無所不備。惟精於先輩者知之。

長題有主賓有反正。陵暴脱略固無法。挨文衍義亦非法之精也。兵隨將轉。將逐符行。奇正變化。神鬼莫測。先要討取這符在自家手裏。

極曲折幽渺。方能完得直捷透快。若淺率虛滑以求直求快。題中意思無足發洩者。直是氣悶殺人耳。

文章間多弱句。毎以其求風韻太過。反落庸調也。故筆力須鍊。令夭矯愈曲而愈健乃佳。

記序題但勦竊一二左國史漢語，後生小子皆能裁割成文，此艾東鄉之所鄙也。然在今日已不可多得矣。若其離奇峭拔，尺幅中變幻不窮，於左國史漢神似而非形似，尤難也。

高曠之文難於實，疎老之文難於細。一望以爲得之，及息心靜氣久讀而不得其間，此可與言作家矣。

艾千子每以後世事實語言不宜入四子口中，是也。然議論警快處借用，意理亦別見發明，正得史論之力。聖賢實學原期貫徹古今，但須無謬於題義耳。若必拘字字要周朝口角，恐當時先無此排偶語氣矣。

古史荒唐，不可据以立論。學者慎勿以此騁奇，騁奇亦齊東耳。

議論奇快，易入縱横家言，以私意窺測聖人，如蘇氏史論、李贄之藏書，得罪名教，曠刼莫贖矣。辨而嚴，醇而肆，腐豎聞之讋慴，異流又不敢借以恣其私。此方可以論史。
錯雜中要位置不亂。縱溢處須指歸不移。
作文初落想時如向萬里外。轉出只在眉睫之間耳。此法之善也。
然方其初發端時便已開口見喉。及閱之終篇却又悠然不盡。
此又法外之善也。

文必有開合。開者。先縮退一步。所以先補其滲漏之處也。

凡文之長於騁驟取勢者。每不肯實講正面。此正其不濟事處。

行文洞筋擢髓。又一往蒼古奇恣。以氣勝而不於字句求工。然知
此而愛效之者蓋鮮矣。

長題只標舉大義。便須簡脫枝葉。然至討好處。又正要枝葉點揷
得妙。頭現尾沒。東坍西漲。不測其金針之所度。然畢竟是枝葉
也。其本領只是一氣直下。

天下惟明快者能含蓄耳。不明快而求含蓄。都是糢糊影響。

無一筆不轉。無一轉不生。讀去若天然有此一轉。掩卷熟思。意中却無此一轉。鈍根人思路庸熟。到四面斬絶。自悟轉法。

凡題中曲折甚多。支分甚夥。挨排清析殊難。力擒要害。其餘迎刃而解。故駕冗長題只如無有。

理境中分際處説得開。原委處説得合。便如屋裏人説屋裏話。極平易。極眞切。然試教時手爲之。又格格悶悶矣。乃知其平易眞切者。正深奥之至也。理既明。筆又快耳。

作文最忌輕易放過字面。

呂子評語餘編卷五終

呂子評語餘編卷六

小題觀略內摘錄

時下文字皆自以爲有法。而其實無法。統命曰顢頇。顢頇之患由其初未嘗精講於小題也。大題言盡勢足。雖精微難求。而體貌易設。渾舉崖略。猶可鋪張成篇。小題變動不居。半句隻字。稍有增損。即全理爲之改易。邈不相通。不得其道。坐受畫虎捕鼠之誚。故有自詡尊宿。而猝拈枯窘。閣筆失措者。其思素浮。驟遇生徑。則苦澀而不能入其間。架麤忽。束縛於險仄。則昧布置之方。然後知其向所爲鉅篇鴻搆。原有所未盡也。先輩大家多從此用力。故於大題之窪突肢胲。曲盡其妙。而機趣發乎天然。無泛演呫囁之病。今之學者。自初爲文。即不講於此。而遽求速化。逞空鄙之胸。造曼繆之習。徼倖苟得。反取其套數之緒餘以爲小題欣然自以爲無難誑惑後生轉相仿竊幾欲笑古人之徒自苦者宜其顢頇而更不成文也乃論者不此之爲救反謂小道無當於性道經世之學而思有以易之夫盈天地間萬物萬事無非文也故曰皆備於我若曰吾得其要者而已是紛紛者舉不足問則已取所備者而盡棄之吾知要非其要而得非其得此之謂義外自告子陸子以及近代良知之謬未有不出乎此也聖人教人豈不欲其務本而達用而曰興於詩詩之爲道何與乎本與用也然聖人以爲可興觀羣怨焉事父事君焉多識鳥獸草木焉又何説也記曰不學操縵不能安絃不學博依不能安詩不學雜服不能安禮不興其藝不能樂學小題之道亦如是已矣論者又曰吾非惡其小也惡夫摹肖唇吻則詘毀駁駱優黠滑稽便嬖騃豎無所不效焉斯不可爲訓也其辨吾亦

取諸詩。近代叛攻朱子者。謂朱子於詩廢序說而入之淫風。不可訓也。然桑中氓丰。雖序亦以爲淫亂者也。其詞曰。期我乎桑中。要我乎上宮。送我乎淇之上矣。乘彼垝垣。以望復關。以爾車來。以我賄遷。俟我乎巷兮。悔予不送兮。又何狎褻纖醜之曲盡也。不識當時師儒將廢此數章而不講習歟。抑别有說焉而序又不足信歟。曰此其爲刺也。夫爲淫亂者之詞而所以爲刺。又烏知夫摹肖脣吻者之非所以爲戒歟。古來稱文章之雄者。曰左。曰司馬。左氏於弒逆荒亂怪誕不經者。橅寫尤精彩。司馬氏傳刺客佞幸奸雄權詐者。極意刻畫。令千載下覽者如壁觀焉。使二子者而在今日。幾何其得與於斯文也。夫美惡是非邪正。人事之必然也。聖人立言。詎不專取夫美者是者正者。而必反覆互對舉之。何也。孟子知詖淫邪遁之言。而後聖人復起而不易正以是也。故狀善而不極善之至。不足以感奮。狀不善而不極不善之至。不足以創懲。極其至者善與善不相蒙。不善與不善不相混。化工賦物。萬彙流形。皆自然而然。盡古今事理言語之變。而至道行乎其間。此小題之義通於詩。卽凡爲文章之法。以進之性道經世之學。無有二也。又何巔頂之患之有。代序

小題爲初學從入之門。門徑一誤。終身墮坑落塹。如蠱入腹。後雖知而求治。難愈也。故子弟爲文須先遠俗派。如時下油口活套。兒曹習之。旬日便肖。不數月輒成。使之解脫。卽生龜蛻筒。白首不離毛病。凡爲父兄師友。當如妖魔狠蠆。以遠之。不可以不厲也。

小題所以盡文字之變。除是天地間義理所窮。心思所屈。無可復生處則已。有則必須生盡。故是集家數最博。不以成格限之。不

以偏嗜障之。然其中指歸固未始不一也。韓公云學焉而各得其性之所近。初取所喜者引之。繼取所逆者治之。漸推漸廣無所不學。而後能自成一家。此之謂得其性之所近。若專守一格而不知變。未見有得者也。由淺及深。自正盡奇。是在教者因其材當其可而施不陵節焉耳。

小題尤重者法。法無定本。只以恰肖題位。劃清上下。不可增損移掇爲率。近日鑿油滑之非法。思有以變之。是也。然不得其眞。必以麄疎爲大方。以蕩軼爲才情。以脫落爲高致。此無法之弊。與非法罪均。程子所謂扶醉漢扶一邊倒一邊。非變之善也。又有一種假先輩講說。印板泥塑。困縛文人心思。坐置腐爛無用之地。名曰死法。壞却後生好材質不少。學者知非法無法死法之不可爲法。則眞法出矣。以上附錄

文無古脉無心得縱合拍只是鄙俗講章支裔不可以言文猶演義盲詞之不可以言史也說理題能無一不本訓詁却無一點訓詁氣味尤難得

立柱分股固是古格然出之須變化生動使板煞字樣文成甚文字古人立柱之法亦只要每股各有意義不合掌不倒亂不複疊耳今之論者但取字樣吆呼道破即以爲得法而其中毫無意義或仍不免於合掌倒亂複疊則立柱適增醜惡爲不讀書人開支架捷法矣故論文總以意理爲主莫墜死套子下

小題文得大家氣魄尤難似不工而工似不密而密非可從套數求之故難也閱近文如黠徒與猾吏獄辭越舞文律側越欺罔無情直是死囚活計耳

前輩論如題法謂文之全體義理不可倒亂耳非指字樣也近見

雖曰未學等題中比必用雖字直起或作者偶然爲之亦是雖字假象未是正身借作游戲法耳遂相傳爲不易之式極可鄙笑如孝弟也者般尾定以也者押住皆此類也

凡文波瀾映帶處巧而不鑿不穉其得法只是善於用側

慶曆以前先輩作虛縮題只認得本位界限分明步步倒縮節節順生到恰好處便住而下句自然接合此爲動下神品慶曆以後始開挑逗襯托法門似巧而實拙似靈而實死已犯續尾添足之病非古法也今文并不會慶曆之挑逗襯托而别撰一副當醜調即在聖賢口中自作吆呼自作商量辨難曰我動下矣究竟下何曾動羸得摇頭擺尾做出許多惡狀耳

凡文用經用古全在自已開點得妙則頑鐵皆黄金僅撫詞句以爲點染者反使黄金成頑鐵也

如小車無軏等題。今人都避實蹈空矣。然則攗拾者卽得爲實乎。曰是不然。凡典而切於題者卽爲實、不切於題者卽爲空。如確是小車、移作大車不得者、卽實也。寫盡一部考工記、俱屬兩句通套用得者、卽空也。彼徒於形貌求之、毋乃論文之下乎。

凡虛題入手卽出題面、更無餘地、不失之窘、必失之露、先用虛翻取勢。入題後逐字鉤劃、使下意躍然欲出、却又一筆攔住、方極得步虛之巧。

搭題提挽爲易。過文爲難。過文多不如少。有不如無。庖丁之解牛。所謂恢乎有餘地者、其間原不容刃。然而劃然已解、躊躇滿志。此手法不傳也。

搭題不難於提綰穿插之有法、而難於轉換融鑄之無痕。

時手遇有反坫等題、只會簸弄虛字。如云有之者誰乎。夫誰得而有之技蓋止此耳。見有考核詳明、箋疏華贍者，不譏之曰太古奥，則誚之爲不靈動。邑犬羣吠，吠所怪也。然典博矣，而用意處句句有對照，煞合處恰收住語位，此所謂法也。有法乃爲典博，否則爲堆砌而已。

文之妙在鬆，鬆之妙在筆快，筆快之妙在意多而語雋，則無閒文衍調。一句閒衍，便謂之泛，謂之懈，謂之膚率，不可以語鬆也。

情形不眞，意致便改，故不窮世故之變，不足以盡事理之極致，文章高下，傳與不傳，亦在此耳。

點染襯貼處，皆出入風雅，滿幅經籍之氣，此爲雅音。今日除講章俗文外，不知宇宙尚有何書，而欲求大雅之復作也難矣。

凡虛題須看其虛在何處，虛在上較急，虛在下較寬。急則不容停筆，故當以虛養之於前；寬則尚有餘情，故當以虛宕之於後。

取下文。先輩善用順逼。至慶曆後始作反激。極易討好。然不及先輩處亦在此。

假先輩論法度。分做者必不可合。截做者必不可併。不知能手即股股合併做。而未嘗犯複疊合掌之病。則以其意思多。論不窮也。故講法則死。得意則活。

沾沾上下呼應縮結。法愈密。氣愈弱。綳布紐揑。都成兒戲。安得更有閎議浩氣耶。故作小巧文。須具眞本領大氣魄始得。

凌虛之文。須有奇情。有快腕。有古文間架起伏。乃見勝塲。不則如游絲胥塵煤。愈裊娜飛揚。愈見其蕪穢耳。

凡文惟其義圓。故機趣皆圓。機圓便俗。義圓便雅。

**張芳富而可求三句文**云云。**評**其摺捩也超忽。其起滅也幻詭。令人不可捉搦。不可正視。不可摹仿。得南華之神奇。而理法又適在圜中。其孰得而近之。○章法離奇惝怳。意論橫恣。莫當三句一滚屈盤。不作挨聲討氣之迹。而逐字層折而出。此精於如題之法者也。時下以喝露强排膚衍軟襯爲如題。正未夢見在。使熟讀此種文。初時茫然無依傍處。久之悟入。把柄自生。自然縱橫如意。無不合法。其樂當自知也。○而也雖亦諸虚字。一氣看來方活。纔著呆衍。便失神理。故虚字有緩有急。有虚有實。有合有分。不在節節逗唱。字字印描。此又精於做虚字法也。

連章搭題。聯結渡卸諸法不難。難在卷舒出落。純以灝氣經行。若得之無意。而極力用意所不能到。

樸實簡老之文。每嫌澀縮。澀縮者。理不足而氣不達也。惟理足。故每股可化作數股。每句可化作數句。惟氣達。故以數股數句爲一股一句。而其中頓折盤旋。沛然江海岳麓之觀。

凡虛題善於曲折處埋藏正意。於縮咽處勾留口氣。故極透露。又極含蓄。而醞藉沖夷。無近來麻軟習調。甚難。

小題固以花簇生動爲佳。然使無層出意思。則雖欲花簇生動而有所不能也。時手技窮。輒舍意而求之調。三疊四疊。徒增醜態耳。

凡作叠字如申申夭夭與與切切偲偲等。都要從實際做出乃佳。今輒以空腔調弄。或借偏旁反面叠字挑剔之。皆沒本領人無聊活計也。

兩句相似題。以移掇不動爲妙。若庸搆則換却詞語。彼此可通套矣。一則無法。一則腹白耳。

作文一落筆即思作轉。李營丘郭恕先畫一尺樹。必無一寸直枝。此即文家三昧。然有學轉而反成輕薄者。此非吾之所謂轉也。

吾所謂轉，轉以意；彼所謂轉，轉以詞。轉意極難，轉詞極易。學轉者當於轉中求難，不可於轉中求易。

鄉黨篇數節題，映帶之法，亦人所羣趨也。所貴考核詳明，詳明矣，又要穿插穎巧，穎巧矣，又要筆力雋古，具此三者爲難。

點綴都從內則、周官，便使最易俗題，出之皆新奇。然所謂新奇者自有在也，若復於周官、內則中求之，是即糟粕陳腐耳矣。

凡題字點染多，意議少，即就無意議處生意議，連點染都活，此是空中樓閣法，得之可以不窮。

治窘以贍，治俗以雅，庸人之所謂難也。作家則又難在刻劃精切，運用無痕處耳。

虛題法，論之最悉矣。然又須看下文層次，有虛一層者，有虛二三層者。題面雖同，而下文各異，則局亦隨變矣。如雖疏食菜羹與

雖車馬句其面酷類然彼處車馬要看得重此處食羹要看得輕彼題虛一層此題虛止一層也故一樣雖字却是兩樣是又虛題一解

串插映帶作家與俗工同此蹊徑耳只是出手不同一則費盡氣力不得討好處一則若不經意而共驚其巧此豈可以死法求之

音節古峭難在有排宕之氣機局緊凑難在有寬遠之神

讀歐陽各傳總論法度森嚴中自見變化神理高淡中自露精采故方幅俳儷之文只如散行文字此深於古者也

有下落語還他有下落不打破語還他不打破儘覺境界無窮只是未說近時善於撲斷說近時善於颺開既說了善於活蛻

題本以不解解之作者必强作解自取觸礙究無是處此即禪家

所謂一句合頭語，萬刼繫驢橛也。巧者卽用觸礙反面層層翻駁，只留正位不犯，君來路，我歸路，人生會有相逢處，又生方便法門。

制截題不患不知首尾生情之法，正患泥法而背理，徒見惡俗，似有法，實非法耳。如孔子與之坐至使者出一題，坐出二字爲首尾關，曰固也，然坐字有意理，出字無意理，苦於對照無情，强爲牽湊，於是將出字穿鑿出許多俗解，寫得夫子與使者排場做作，皆有機鋒公案，非背理之甚者乎。此自以爲首尾生情，而實不知以虛對實之法，乃所謂無法也。若其安頓自然，有意理者還他意理，未嘗喧奪，無意理者還他無意理，未嘗枯寂，而關照有情，神氣一貫，乃大家至精之法，此邪正之辨，不止雅俗也。

無一股一句不恰合題位，此法也，其中賓主正反，皆以奇思出之。

巧也。而其奇思皆從經雅中議論證据而得。學也。法生於巧。巧生於學。此所以貴乎讀書也。今人不知五經爲何物。而紛紛論題論文。以爲法應如何。毅然以其粗心白腹爲之。曰已得法矣。無惑乎其日趨於汚下而無法也。

長搭題貴省得出。却遺不得。貴插得入。却添不得。善省者在起勢。勢逆則逆。勢順則順。輕重曲折。映帶而出。或一筆而得數節。或一語而得數句。隨手有無。忽隱忽現。此省得出也。善插者在起波。波平則收束見奇。波起則轉換入妙。遠近斷續。接渡無痕。或頻呼而非眞。或暗度而不覺。前斷後截。各還天然。此插得入也

凡游戲尖巧文字。使俗腕爲之。定成演義笑府。最墮惡道。故非明理而熟於古者。不可妄作也。

偏將人情粗淺意寫入理致精細中。另有異樣神彩。此非大家老

手不辨詩家不解少陵長慶善用俚俗妄生議論亦只坐無此見識力量耳。

題必有要猶之先王設險無地不到然而秦之殽函鄭之虎牢則要也得此則勢如建瓴矣。

案在前斷在後或先立斷而案應或案斷並行其法皆本於左傳惟史記善用之人多謂左傳每先經起傳亦不盡然也左傳原自成篇編次者以經隔絕之耳。

廬陵與高范二司諫書句句罵他句句却原他寬一步正緊一步退一步正進一步凡文用此法正是深文非平情也若認做爲彼出脫卽爲作者所愚矣。

凡爲合傳兩人非有甚同處則其文不奇兩人非有甚異處則其文亦不奇非有甚同是以磁引銅也非有甚異是以水益水也

此須於遠近離合之間思之。便得其理。

單句題。惟挨做。故層次應接不窮。惟拆做。故翻覆出沒不窮。稱手非鶻崙。即亂竄。便窮矣。

敘事用散體。借幾句史贊套話作假古文。第一可憎。以其無意思議論也。意論多。則轉摺自夭矯。起伏自縹緲矣。

單句拆做。固得法矣。然人能拆做一迴顛倒空行。能逐字有巧思乎。即有巧思矣。能逐字有來歷乎。故天下極奇極幻文字。正在目前經傳中自具。不患手拙。但患腹枵。

文境幽峭雄悍。而步驟出落。又自然安閑。此從柳州集得來。非時文中所有。俗眼針劄不入。定以爲削淡無味矣。

老手高人。祇是巧生於熟。熟生於切。

能手須玩其空中落想處。接頭落筆處。必從人四際路斷。忽然開出異樣神奇，却正是順行穩步。鈍漢悟此，生多少無碍眞實法門。

搭題有字面之暎帶，有意理之迴顧。字面之暎帶貴無意，惟無意故巧極而位置不紊。意理之迴顧須實發，惟實發故樸極而意態横生。此之謂大家。

長題難在折處，折處須極縈紆；搭題難在渡處，渡處須極輕快。

明理而有爽氣，纔不入講說家壁落，此是身分高貴處。

雖極說盡題，必有遠神，須向言外遊行；雖極空冒題，必有正旨，須在言内埋伏。實者虚之，虚者實之。

相題之訣，只在善拆。善拆便層出不窮，若囫圇寫，則無變化矣。用意之巧，只是善借。善借便字字雋異，若呆實寫，則無生發矣。

引證題叙事天然，議論天然，不患其不能整齊，但患其不能參差。

整齊只是平庸。參差乃見奇巧。但又須尋作參差不覺作參差之妙。

凡題位甚窄者。逐節作緩緩可也。閒不可也。處處闗合章義。點逗翻辨。皆所以避閒也。文無閒筆。便是奇巧。

凡提挽以掩映爲巧。直犯爲拙。做上句便隱然有下句在。巧也。至其做下句處。竟若呆挽上句者。拙也。惟有意者能爲巧。人所知也。惟意盛者敢爲拙。人所未知也。

理題有經學氣。無講章氣。大是難事

凡做極空活道理。其妙處只在靠實。

凡文劈頭盡情駁翻。逼到開口不得。此下不爲大謬。即成大奇。是亦淮陰背水陣。所謂置之死地而後生者也。然議論痛快處。毋不免蘇氏縱横之病。又須分別。

文無典據不成其奇然使捜遍周禮考工奇文竟安在乃知仍在吾看題之頭耳其法若何曰只要看得題字碎極活極方能用得考工周禮等書以成我之奇

凡文之妙在無閒話搭題之妙尤不可有閒話凡文之所謂閒話者空放一句便是閒話搭題之所謂閒話者實講一句便是閒話做上句便有下句在做下句便有上句在做中段便有上下在令讀之者應接不暇目不及瞬方謂之無閒話也

割裂題全看他渾成渾成者奇巧之至若出自然也無奇巧而講渾成則膚泛而已矣忙窘題全看他生發生發者博辨之至確切不移也無博辨而講生發則粗鄙而已矣

文貴雅而昌華而則日見枵胸俚吻集濃釅之鄙語奉吉祥之乞詞自以爲得金馬玉堂之訣不知其於題爲膚於文爲俗於品

爲汚於心術爲邪也。

凡轉筆之捷，其來必紆。一句將轉，數句前必先有布置，其勢欲下。其理已足，故一句即轉耳。若已至此句，然後索轉，只有撞壁住。豈能轉，又豈能捷乎。今人不求所以捷轉之法，而徒欲其轉之捷，其不入於空滑者鮮矣。

史記之妙，只是摹寫情事逼眞，口角形神都到，而奇古在其中。法度亦在其中，非別尋奇古法度以爲摹寫也。

古人謂行乎不得不行，止乎不得不止。予謂必行處要止便止，止處要行便行，方是文章之至。不如此，不足以爲奇，不足以爲橫。

文只有襯托法。如爲長者折枝題，先出長者，見得長者之命極重，襯出折枝極易來，一襯法也。既出折枝，見得折枝本易，縮轉爲長者，況乎有長者命在，亦襯法也。

層層逆入，故其勢益奇，其氣益厚，其鋒益利，假才情俗陵駕，只曉得頭一皮粗淺翻頭，亦自詡逆勢，却是朱子所謂只弄成一條死蛇，不濟事。

頂上句陪伴本句，即是糾纏，就上句脱出本句，便極清楚。一邊是從詞語上膠粘，一邊是就意思中褪出，老稚妍醜，逈乎其不同。如徒以頂接上文爲秘訣，猶皮毛之論耳。

文有一定做法，無一定局法。

凡奇文無確切根據，是爲野，非奇也。

**韓菼文**云云。**評**意中以爲必如此轉，偏不如此轉，意中以爲必不如此轉，偏如此轉，人不能轉之意思，看他轉出，人不敢接之句子，看他接下。凡有出落，必令我不見其蹤，突然而出，令人大驚。此皆非時文家所有法也。

文有文之轉折。題有題之轉折。能使題之轉折。隨吾文之轉折。不以文之轉折。隨彼題之轉折。則得之矣。

吾嘗謂虛題看虛字。若豈惟民哉句題。虛字却在兩頭。不特豈字一點便盡。卽哉字亦不可點。何也。哉字氣勢爲豈字所促。一點之後。再轉不去矣。只將惟民二字層次折翻。豈哉二字處處遮攔不放。末幅始出豈字。結句始煞哉字。非故爲做作也。題勢不得不然耳。

小題生發點綴。村學究皆能想及。此所謂臭腐。非神奇也。其點鐵成金之妙。只在用筆處。得用筆之法。則尋常意思。皆成靈異矣。

叙事題。却又於題外別尋情事。尋來又正是題中緊要。一句勝百句。一筆省百筆。故妙。不然。卽是節外生枝。屋上架屋。

極累墜題。舉之若無。西人精於轉重。奇在輪外用輪耳。皆鬬智不

凡著詞語只依稀彷彿者正如官司捉人只得其鄰附眷屬非正身也天造地設移易不得雖意思無加自能使讀者驚心動魄方知詞語原從意思生也

還他步驟段落而段落步驟之中能見筋節此所以爲巧若使段落糊塗步驟竄雜先已轍亂旗靡矣更從何處設奇乎

凡搭題因挽挈而生議論者大拙也即議論而爲挽挈者大巧也學者當仔細參之

陶士行之竹頭木屑方其藏之皆棄物也及其用之則至寶矣人不肯於平時收拾棄物顧欲以備倉卒之用難哉

文不翻駁不奇翻駁不重亦不奇翻駁重而後有危險有危險而後有驚駭有驚駭而後有歎服然非大力不能舉也

筆勢頓跌處不可直轉折處不可停渡接處不可順凡文皆然而

凡著詞語只依稀彷彿者。正如官司捉人。只得其鄰附眷屬。非正身也。天造地設。移易不得。雖意思無加。自能使讀者驚心動魄。方知詞語原從意思生也。

還他步驟段落。而段落步驟之中。能見筋節。此所以爲巧。若使段落糊塗。步驟龐雜。先已轍亂旗靡矣。更從何處設奇乎。

凡搭題因挽挈而生議論者。大拙也。即議論而爲挽挈者。大巧也。學者當仔細參之。

陶士行之竹頭木屑。方其藏之。皆棄物也。及其用之。則至寶矣。人不肯於平時收拾棄物。顧欲以備倉卒之用。難哉。

文不翻駁不奇。翻駁不重亦不奇。翻駁重而後有危險。有危險而後有驚駭。有驚駭而後有歎服。然非大力不能舉也。

筆勢頓跌處不可直。轉折處不可停。渡接處不可順。凡文皆然。而搭題尤甚。

雄瑋之論。盤屈行墨。但覺妥帖。正如毒龍蜿蜒於禁法指鉢間。直緜絃耳。須知此是翻海拏雲力量。

人謂俚題不難於堆積。難於空靈。吾謂不難於輕秀。難於質實。惟不以詞勝。而以意勝。乃眞所謂空靈輕秀也。

長題不能駕馭。只坐無識。搭題苦多絆縶。只坐欠理法。成於識。巧生於理。其不可方物處。正不可移易處。若離理識而別尋巧法。即走入拙工死路。曠刦無出頭日子。

用題中字面作鈎搭。最易牽纏無味。而能手但覺其靈快。何也。彼以字面。此以意思。所謂意思者。只於賓主反正間取之。而字面隨之以出。若徒以字面。則糾結填砌而已矣。○又須玩其筆妙。人亦此意思。渠亦只此意思。而寫來自別。只是脫盡俗調新逕自開看其轉折出落。絶不猶人。人所枉費氣力而不能達者。何其省力而出色也。

今之小題家。大概坐不肯刻劃之病。然使今人爲刻劃之文。必成奇醜。何者。緣不讀書。不過鄙俚杜撰而已。不讀書人總無一而可。今人挨家比戸。皆講變風氣。吾謂正難。有志之士。急多讀根本之書。然後議變乃得。

呂子評語餘編卷六終

# 呂子評語餘編卷七

## 程墨觀略內摘錄

論程墨者皆執得失以爲招。故卑污者既有低腔墨裁之醜。而其才情自命者又皆以粗疎破碎傲之。先生謂此二家厥罪惟均。蓋總不講義理而但講妝束。其無當於題則一也。故先生雅不喜講變風氣三字。謂自周秦漢以至今日文字。風氣無一日不變。何待於人之變之。惟文字所載之道。則天地虧沉。此理不滅。雖風氣極變時。必賴學者爲之救正。孟子所謂反經是已。故先生論文。一以理爲斷。不講風氣。不講妝束。亦未嘗專取高奇而厭薄平正也。第膚淺板腐之死法。浮夸軟俗之惡聲。自謂平正。其實似是而非。則闢之甚力。惟恐人墮入魔道鬼趣。斯獨有苦心耳。凡例文之高下，不當以格法爲定論。

論文無死法，只看義理切當否耳。

文之貴賤，只在看書。書理切一等，文貴一等。

變幻文章，須看他針線不走處。

局隨義起，似奇反正，此於理有眞得，方能自立門戶，非世間鹵莽變法所能影射也。

說理文字所貴，曰眞、曰實、曰醇。不眞則雖有如無，眞而不實則淺薄無味，眞實而未醇，則養之未深，有苦心極力之象而無優柔厭飫之神。

節次既極安詳，詞旨又復融洽，此種文致，書家之漏痕，畫家之滃鬱，曲家之裏字裏音，琴家之半甲半肉，詩家之不病聲律也。揣摩者撫榻而不可得，乃變爲甜俗，眞末代兒孫矣。

熊伯龍文云云陸雯若看其一渡一提一結。純是古文化境。後來學者便成套語。評所以學成套語者。徒求之句調。而不知其有氣骨也。然又須知氣骨尚未是盡處。緣作者精神止到得氣骨上住。故文極蒼古。而意理疎薄。後來之一折而爲浮套。亦其勢然也。故論氣骨者。又當求之意理。

近來講古文以唐宋爲歸。再上至西漢而止。若周秦手法。與心口隔閡。自然運用不來矣。

施閏章文云云評文字足以觀人性學。亦足以卜其平生。故以貴重爲難。然所謂貴重者。初不在奇正濃淡間也。奇正濃淡。止是服飾。不關骨相。骨相貴重者。縕褐袞舄其儀一也。惟骨相輕賤而後講服飾。試看世間講服飾者。必市井倡優。與不學之紈褲。其輕賤可知矣。乙丙之間。以詞華爲貴重而流於穢怪。乙未以後。以講章爲貴重。而流於村鄙。辛丑以後。又以吉祥大話爲貴重。而流於乞媚。總皆於服飾講貴重。而不知其眞輕賤也。看此文未嘗不用詞華。而自然有鳴鸞佩玉垂紳正笏之度。惟其骨相高耳。學者但當求骨相。骨相既好。隨時服飾。其貴重自在。極雕繢文字。所言精警。亦有先民名程所難得者。時論概以詞重置之。使枵腹空拳之徒。反譏訶爲文弊。而不自知其弊之又出詞重下凡幾等也。

孫若士云。勢者馭文之善物。可謂知言矣。然取勢必先鍊氣。鍊氣必先明理。理明則題之髖髀腠理。皆以神遇。謋然已解。如土委地。所謂目無全牛也。但向文法中求勢。那可得。

文家惟鍊之一字最難說。此是積學精思溶煆而成。須火候到此自得。不可以貌爲而捷取也。今人不講於此。徒就聲口詞句求之。其軟者流爲熟爛。硬者流爲俗賴。皆自以爲鍊。而不知其入於魔道也。作家之鍊。純是筋骨。故但見其高雅出羣。

今人最不解鍊字。但團弄時下詞句。至軟混熟爛處。自以爲鍊。不知其正與作家之鍊相反。作家之鍊。正要淘汰凡近。獨存古人之精英。所謂鍊者。鍊其出鋒。非欲其模稜倒角也。

鍊之一字。人都不解。輒以詞句之軟混者當之。不知鍊之爲言。卽書家之藏鋒。正取其鋒之中正精鋭。非去其鋒也。不用努筋出骨。却渾身都是筋骨。此之謂鍊。

先輩必不以上下互插爲高。在上爲侵陵。在下爲添繞。故不爲也。慶曆之末。此法始盛。然猶以隱然自然爭巧。今則竟有不論道理。毫無意思。但取字樣互見。以爲得法。則愈趨愈下矣。

文以高簡勝者。筆不竭鋒。墨不盡汁。而牢籠造化於尺幅之中。畫

家之逸品也。時人以枯窘當之，猶俗工作雲林法，謂之省事則
可，謂之雲林則非。

近人苦無實際本事，故喜言虛神閑趣，專以挑弄語氣爲能。不知
無實際本事，則虛實皆失；有則虛實皆得。故欲講虛實，先講精
切。先輩所爭，切一分便是妙一分，便是眞本事，此外更別無奇。
無時人閑套頭，亦不涉老教書講章語意，理所至，情詞自備，斯爲
大雅之音。

目前事理，却異樣出色，不是另有議論稀奇，所爭思路入細不入
細耳。

子長之文峻，孟堅之文緩。峻故變幻不測，緩故蘊畜有神。退之從
峻出者也。永叔學退之，却以緩得峻。子固學永叔，却純用其緩。
凡得氣脉於古，則其手腕健利有力，舉題中所有，皆成輕便，故出

落高而轉運快人視爲若不經意而得者皆其力大處也。

**唐德亮文**云云**評**明快老橫是所長也儘多空疎則於理欠精確文人每坐此病庸流讀之反棄其明快老橫而寶其空疎以爲法以此歸咎作者所謂秦人燔書而追罪燧人氏也。有機神有局度有骨有肉遒練高融此當行作家文字也然理不細實便使數者皆減却聲價不可不知。

題面堂皇選者多取浮詞俗調充之大要是叫街喝好語耳晏元獻譏李慶富貴曲詩軸裝曲譜金書字樹記花名玉篆牌云是乞兒相看人富貴者非富貴語也又窮人强作富貴詩云脛挺化爲紅玳瑁眼睛變作碧琉璃聞者絶倒時作正玳瑁脛琉璃眼耳何如梨花院落溶溶月柳絮池塘淡淡風爲眞富貴氣象乎。

名手舉一切堆粱醲釄之物，與一切方幅濶綽之態，盡洗而空之，而理體未嘗不厚，氣局未嘗不大，風采未嘗不高華，然則文章得失，所爭不在腔調間亦明矣。

空快文毋忌輕佻淺薄，而作家橫衝直突，所向無前，但見其光昌老鍊，其空快有本也。

挑逗描摹，時論之所謂有法有韻也，然於題之實處避却，如水上毬，以不沾帶爲妙，亦時之所謂法與韻耳，此說自萬曆來即有之，亦以爲先輩中一種，故尤難辨。

能於題之神氣，瞪目久注，忽然提筆疾追其所見，窮幽歷險，只在一眨眼無所不到，少鬆一步，即迷茫不可得，此種文境，須具解衣浴毒龍湫中手段，方有此本分逍遥。

評家謂語語著實，是大難事，看來著實未是難，著實而當理，當理而自有發明斯爲難耳。要知不當理無發明。亦承當著實二字不起。
文章有魔調。似演義非演義。似科白非科白。此自古文人之所無。故曰魔。然有從極高來者。有從極低來者。低者出於學究講章。高者出於佛氏語錄。低之魔人易知。高之魔文人老學毋浸淫惑溺而不知其爲魔。究與講章之爛惡同也。凡文字過高者。當首辨而滌除之。
如貧而無諂章題。概爲空悟話頭。似乎靈妙。大類村比丘說佛法。越神通越鄙俚耳。刻繕名理。耐人苦索處。忽然一句半句通箇消息。令人言下超然。此却不是弄舌尖狡獪可得。
化題之畛畦。入文之爐竈。所謂鎔成汁。瀉成錠。使俗子守之。汞飛鼎敗矣。

隨題陶鑄乍散乍整以還題之實理散以發題之虛神而得力尤在散筆句句立身題外古人畫龍必於支股斷處烘染烟雲爲不測烟雲奇則鱗甲更奇矣○淵明采菊東籬下悠然見南山此亦只是尋常眼前實景看他說出甚容易爲甚千古詩人刻劃不到摹彷不來可知語句之妙不可向語句中蹤跡也見地高胸次灑落下筆自有箇迥絶處若只於前評用工夫不曉得向上一節也是枉然

思之尖能深入人曲折所不到處使其中更有一層留餘便不見其深筆之超又能高出人識想所不著處使其上更有一點芥蔕便不見其高兩者缺其一則深者晦而高者滑矣此種文眞可爲浮淺膩鈍人却病上藥

凡題多穠膩軟熟之調者得高峭雋逸最難今人即講古也只在

唐宋以下。不能問之秦漢前。故其筆力愈蔓穢也。

文字首辨雅俗。讀其文夷猶瀟灑。如置太白於殿廷作宮中行樂艷調。而本色高致自在此之謂眞雅。若是俗骨。雖理解不謬。格局如法。而俗不可醫。即不可以言文。○俗有出於文氣者。有出於理體者。墨裁之俗。如乞兒登門喝采。作吉祥富貴語。油腔之俗。如弋陽村劇塲上塲下同聲。此俗之出於文氣者也。至未嘗講究義理。而妄論書旨是非。未嘗稍習古人行文之法。而侈談先輩法度。止靠講章一本。自以爲學問盡於此。此俗之出於理體者也。然文氣之俗。不過希世速售。彼亦心知其鄙。故稍有志識。即能變改。若理體之俗。則其占地高而執説近乎正。更牢不可破。此一種俗人。猶難識辨。故自以講章爲文。不特理體壞。文氣亦壞。此不可不首辨也。

無時文蒙氣。無講章腐氣。清淺中自饒雋姿名理。此爲眞色當行。

强加巴攬差排。便俗態百出矣。

老手行文。如書畫大家晚年製作。俱從極奇横秀潤工緻中來。故淺淺疎疎數筆。令人玩之有不盡之意。卽文家所謂絢爛之極乃造平淡也。

用意越濃。出手越淡。用力越重。出手越輕。用筋節越老辣。出手越秀嫩。此是作家純熟脫化時自有此種境界。强迫取之不得也。

文之貴賤。分於骨氣。不可於形模求也。近人輒以夸大之語重滯之調。粗俗之論充之。此乞兒贊富貴。非當身富貴者也。骨氣之賤。至此爲極。看先輩文。止是本色風流。自然高朗秀逸。是爲眞貴。然則骨氣賤者何以救之也。無他法。只是多讀古。不急求。必得之道。如此則心正。心正則氣骨亦轉矣。

或疑小講不是點上文處。曰。此論亦坐看煞了時俗格式。小講點上文直起。此法最古。後來用虛籠數語爲小講而後入題。此爲近古法。若小講說完全題。而入題又從新說起。乃時下俗法也。反執俗法以譏古法。不亦謬乎。若小講單冒全題。不承上文還可點清。小講承矣落題又承。不但逐節畫斷。無此文氣。所謂頭上安頭。幷無此格式。則又以亂竄無法之法。譏最古有法之法。不更謬乎。

古人雖極變化中。題界未有不清者。不清則無法矣。

**唐德亮參乎章文** 云云 **評** 一貫有一貫正義。忠恕有忠恕正義。兩下各自著實。而關會處了然。此是先輩最高本事。固不用偷腔換氣。亦無暇掉弄閒幌子也。自論文者鄙依註說理爲學究氣訓詁氣。以不著色相不落言詮爲高。於是學者日與理遠。凡遇理題。必避正面而尋旁枝異徑。如此章但取授受公案。與言語同異機鋒。所謂一貫忠恕。則概置不講。非不講也。向來厭棄若浼。不知其說云何。雖欲講而不能也。一變而强爲之講。則又不得不出於學究訓詁膚鄙之塗以爲遵註。嗚呼。豈復有書理註義哉。此文亦犯前病。然其文特高。有客論近來滑調空行之弊。實始於唐君。曰不然。唐之空滑。猶本於古文。後來之空滑。本於講章。此不可同年而語。出自古文者。猶有思致奇趣。但少實理耳。若講章一派。則惟有爛惡而已矣。正如吏部論出身。一爲科甲。一爲雜流。其高卑貴賤固迥殊也。但講章之爛惡粗事古學者。即知其非。其以古文爲空滑者。到說道理處。無可支架。必借佛經語錄之套以自名高。老以爲古人之旁通橫溢。無所不妙。而不知其爛惡與講章同也。此又如科甲與雜流到溺職削籍。

則一而已矣。此一弊每足以誤高明。故特爲拈出。

**俞鐸文**云云**評**卑庸之文。不足深辨。稍有才識讀古者皆能心知其非。但牽於揣摩之說。不即棄置耳。若此種文。其見地與手筆頗高。非卑庸之所敢望也。故有才識讀古者易惑之。不知雖有高下之別。而其爲魔而不當理均也。故特舉以爲辨。○魔解始於正嘉之後。若魔調則自萬曆中始亦有高下二種。下者出於講章小說湯睡菴之類是也。高者出於佛經語錄。楊復所之類是也。至啟禎之間。又有以莊列史漢大家古文而運用佛經語錄。如金正希陳大士皆不免於此。其品愈高。其魔愈深。此文乃其流裔也。眞學古者於此更當高著眼孔。

先民精於理學。每自有發明。不由訓詁。却正得傳註之妙。自嘉隆以後。邪說浸灌。叛道反攻。若有發明。必悖程朱。又不如墨守之爲愈近時名爲遵註。實不明註義。但聲喚幾箇註中字樣。便自以爲得法作家。此不特爲邪說所鄙笑。并訓詁老學究亦慨訕其不通矣。將來窮則必變。此一羣楞胸捷舌之徒。豈能出二氏之手。其必折而入於邪說可知。有心斯道者。其憂畏當何如也。

**陸燦子使漆雕章文**云云**評**其見處煞高。然有過高到那邊處。反見麤疎也。是得曾點分數多。得漆雕開分數少。學者不見此等文字。眼孔低。境界淺。終久沒智力。正不得以粗疎失之。

文無他奇。止要見得分明。則一切蒙籠纏繞皆用不著。其文必潔淨。潔淨則轉折出落皆自由自在。故便利。便利則發必中的。而所擇愈簡而愈精。斯爲老到。老到則高矣。

**朱彝夫子之文章文**云云**評**此文迴絕衆人處。不在解題確。不在局法古。不在機神斂快。只是說道理到十分平實。是十分高妙。

彼在解題局法機神講究者。眞淺之乎言文也。此非精於經學理學。固不能窺其藩籬。亦信不及他好處。

老手作文無他奇。隨他裝束入時。只是骨性不改耳。看其妥貼處自有空盤排奡之氣。

文之瓌瑋踔厲。不可一世者。難其肖像處使鬚眉生動耳。若不著題目痛痒者。雖奇麗吾無取也。

文章稱情得體處。卽是正大莊嚴。作家高人在此。諺所謂有理不賭聲高也。

奇秀在濶遠中來。濶遠又在超脫中來。令人久讀而意境常新。此所謂自然靈氣。

凡爲大言者。其中無可大而假於言以大之。吾正薄其不能大也。按之有骨。咀之有味。又何歉乎大言。

康體謙文云云評端謹密栗北宗之長技也脫灑變幻南宗之長技也今南方皆趨平熟如此奇肆之作乃得之秦中朱子譏老莊家精微盡爲釋氏所竊却去倣他經教之屬譬之巨室子弟珍寶爲人盜盡却去收拾他家破釜破甕正復相類也

如早朝應制諸詩取冠冕臺閣亦未爲不佳然也須切題著色語語典雅自見風神後來徒以乞僧喝采之鄙聲亦自附於冠冕臺閣則又當頌寃矣

古文中能縮大爲小第一算公穀以短節促拍爲排蕩縹渺之勢令人讀之不覺其短促此公穀之妙也今人以刻爪尖纖爲公穀失之遠矣

鄭梁文云云仇滄柱鄭子學本程朱詩宗晉魏作古文以方正學王文成爲法獨於八股自謂不必用心噫鄭子以無意成文而

我以有意質之理學之人。必能虛受諒不予憾也。**評**有德者。必有言。若更用力於詩古文。則言中工夫又加詳矣。八股不過體格異耳。道理文法。豈有異乎。言爲心聲。書爲心畫。古人於嚬笑舉止。足以窺人底裏。況經營成章之言乎。厭薄語言文字。無如王伯安。然伯安所作八股。理法亦未嘗不謹嚴也。程子寫字甚敬。云即此是學。故謂八股不必作則可。謂八股不必用心。即此語便不是學。則其所爲程朱晉魏方王者。皆屬可議矣。此雖一時應付之語。然學者不可爲訓。

文章虛妙處。皆生於實。彼不能實者。不能虛也。

以實爲虛。而筆情高妙。令人摸頭不著。如雨中觀龍挂。蜿蜒分明。却不見其出沒起滅所在。此種變化。不向漆園家裏過來。亦無從擬議。

持正稱韓文凌紙怪發。鯨鏗春麗。然而栗密窈渺。章妥句適。文具此氣象甚難。要不可不存斯意。鈍根穢業。妄思坐致榮膴。宋人詩云。從來剽竊爲塲屋。直是無由識古書。屈指罕能官顯達。到頭剩得腹空虛。真堪愧悔死矣。

舊人行文。大約前以輕淺引入。其力量俱留在中後。令人愈入愈驚其難盡。今人所有在起手數行已和盤傾倒。以後不是游演了却。便說了又說。或另生枝節。皆不識養局法也。

凡於邊縫花草間牽纏。見長定於正面脫略。縱極奇快也。只是空疎沒力量文字。題中實義。正苦發泄不盡。何暇作交互繚戾閑文耶。

文所貴者。爽氣朝來。玲瓏窗戶。無纖塵之翳。外間含含糊糊。不痛不癢。美其名曰渾融。不露。我道是不曾明白。說不出耳。

文字有學者氣，有大人名士氣，有和尚氣，有村教書氣，有市井氣。時下最是市井氣多。其典型則村教書而已，惟學者氣絕少。胸無意義，覩題便有多寡虛實之迹，磊墜綳布，力已盡於支配安得更有佳勝哉。作家隊仗精工，只是理足，自有天然之巧。

說理的確，難矣。的確而出之以超逸灑脱流動，則尤難。到此方是自得。故凡自以爲的確，而驅而納之村學鄙說之中而不知出者，其所爲的確，乃大不的確者也。

於語言字句之外，别有一種風神纏綿兜裹之在。畫家謂之氣韻，診脉謂之胃氣，地理謂之生氣，皆是物也。文家得之爲文情，此不可以迹象求者。

文字到真腔的板，無虛著一分花假偷換。若不從經學理學實講究一番來，也無處討他消息。正如禪家語句，雲門曹洞，外間看來尋常作家聞之下拜。

文以靜氣爲至貴。而時論每以俗文之卑弱無氣者當之。不知靜出於雅。正與俗反。靜文必矜卓。正與卑反。靜則骨勝於肉。正與弱反也。從此推之。可以得靜之眞。

文字到賭眞實本事。便無絲毫躲閃那移處。不但隔壁寬皮。近他不得。便依經傍毋。是副身。不是正身。也都近他不得。其餘論格局。論出落。論氣體。論機神。皆不消論得。蓋理眞實。則無所不備矣。

評文者動曰渾融。曰圓密。曰閒靜。曰韶秀。此數者。固古人文字中至高至美之品。然觀評者之所指。則實未曾知此數者是如何。而漫以含糊軟熟。不著邊際者當之。不知其非數者而彼固自有主名也。其名維何。曰只。一混字盡之。何以爲混。曰只講調頭。

不論義理。

時文亦有製局如法。氣度清閒者。可惜不曾向題目裏面認眞道得一句。便恁休去耳。嘗語子弟曰。汝怕題目痛耶。題目螫汝手耶。如何遮東掩西。只討得一塲没理會。

評家謂絢爛之極。乃爲平淡。清眞之至。乃爲波瀾。含蓄不露。乃爲局度。最善論文矣。顧在今日先須辨雅俗。不則打油活套。膚衍麻糊。皆可冒附矣。

目空四海。方能開人間未闢之境。要其落筆都在空際四旁。故文之不能爲奇。大概犯粘皮帶骨之病。

文境明快直達。郭青螺所謂清空一氣如話者。此本色品骨最高之文。非摹擬脩飾之所及也。

取徑於幽仄之區。游神於泬寥之表。不無過處。然不得與塵土輩比較短長。

有脫然處。有的然處。有恍然渺然處。文之境界乃逸。

駿瑋之言。其間毋不無粗處。要之洪濤中無所不浮。只是脉正氣盛。不礙巨觀耳。

欲破俗士膠粘沉痼之疾。須得雄奇橫肆手段。陳白沙所謂附子大黃天下藥。此處却正用得著也。若更以精醇出之。其妙當復如何。請大家參此一轉。

文章能事要在實地耳。虛神所以助勢而出奇。然無實地。則虛神亦無所附。

世所稱端凝闊達。只在詞調上煉成。吾所喜者。其理正而氣靜。自然端凝闊達耳。

時下文字。局法非不安詳。機調非不圓利。神韻非不渾融。然只欠一切字。故作讀之甚佳。細按之多不著實。是以先輩文字。本領只在意理。若單講局法機調神韻而不講意理。便成假合。

切題在意義。不在字樣。意義確切。則字樣露與不露俱佳。今不講意義而止論字樣。則主分貼者不過以吆喝了事。主渾發者不過以含糊混過。使作文者顛倒於選家無定之説。曾何當於題理乎。

遒麗中筋節挺露。此之謂華秀。華秀在骨不在肉也。若不論骨法則市井癡肥漢。皆可作虎頭燕頷觀矣。

先輩論文貴平實。平非庸也。而況可以俗當之乎。實非肥也。而況可以醜當之乎。按脉中理。不少不多。不浮不沉。斯平實之正則耳。

文之峭崛者。必少雄浩之概。其疎濶者。又必無堅鍊之音。此唐以後名家所不能兼也。

艾千子善講拙樸之妙。拙樸者奇巧之極。近人所不曾夢見也。然有平實之拙樸。有渾浩之拙樸。有幽峭之拙樸。

**喬甲觀旣庶矣二段文**云云**評**氣局甚冠冕宏正。按之却不耐咀嚼。以其詞多義少也。如何是義多於詞。只是意切。此文亦無題外溢語。如何不切。吾所謂切者。非門面貼合之謂。如富之必從庶講出。教之必從富講出。庶何以必須富。富何以必須教。庶難富亦易富。富難教亦易教。富庶合如何。教富合如何。此中甚有精理。能洗發便是意切。只浮面鋪陳。縱極貼合。與題中精理膜隔。不可謂之切也。

今日人品文品。其病都欠一恥字。就時文言之。目不識經學理學爲何語。口不識周秦漢唐宋爲何書。而居然講義論文。牧猪奴賣菜傭皆可稱名宿矣。至活套之調。熟爛之詞。爭塡鬭抄。若以不雷同爲恨。互相稱歎。至下極汚。久而不厭。昔者套用别題文句。亦必稍更變而出之。今則公然對題通篇直書。且刻且行。恬不爲恥。皆可怪可歎。嗚呼。行文有恥。亦可謂士矣。

欲學古人。勿求形似。須先得其氣。欲得其氣。須先開膽力。膽力何由開。只是看得道理明白。坦然無疑。横衝直撞。無所不可。隨地觸發議論。不論金銀銅錫。都可開點寶丹。則膽力足而氣沛然矣。但區區衲補幾句古文。麻布夾紵縩。死口取活氣。何處討此景象來。

劉須溪謂唐人文字皆界定格叚做。所以死。惟退之一片做。所以活。此亦文中關捩子也。

古人謂子由文界畫定做却不好。子瞻不界畫一滚說去却好。悟此關捩。提筆直書。屈廣注海。純以一片神行。眞有篇如股。股如句之奇。

作家反正淺深開合之法。亦與世無殊。只是世間所講實義。都是假竊名貌。最上不過尋得伴當副車。惟眞作家擒拿盡是正身耳。此間相去却甚遠。

凡詞多而理少則浮。語重而氣俗則穢。皆肉勝之害也。若理眞則但覺其詞之高貴。氣雅則但覺其語之端凝。肉即是骨。又何骨肉之可分乎。

文章雋永之妙。止在言中。而言外之味。翫之不盡。亦無他奇。只是曲折影托處。令我所欲言者。隱躍透露。四面盡出耳。須知此是說意理。不是說文法。

凡說大話過火。便於理不切。文未嘗不端練。按之皆膚套矣。

自首訖尾。如題挨講。而肢節斷續。一氣溶化。夭矯蜿蟺。不可尋其段界。此種神境須火候到此自會。不易臨仿。然須時存此氣象於胸中。雖凡胎亦能超詣。若錮於村講章之派。拘於假先輩之形。視此種如仇敵。如天神。不敢稍近。則曠劫墮落矣。

或謂兩截題總提起非古法。曰古有何法。法何必古。只在當理耳。先總提。下面側分。亦有何害。但中後總做。則不如截做爲得。蓋總做未免說了又說。多疊床合掌之病耳。若總做而不犯此病。又何害。

如事君敬其事而後其食題。論格則截做正也。分做亦正之次也。分對之中。仍不失輕重賓主。與上下聯貫一氣之法。又其巧也。而下語用意皆有精義。不作寬套大帽頭。則又在論格之上。

凡小講下即直點全題者。必欲自出議論。不便循題中次第而然。

若既隨題挨講矣，則斷無直點在前之法，蓋後面挨講諸比，即是此一句，若點在前，則後皆複剩矣。

文章中名貴二字最難承當，爲其不可以貌爲也。於體格法度不細密，則雖高亦爲疎脱；若過於細密，則又入卑俗。無光華則爲枯澀，著意於光華則又失之膚。此皆名貴之所反也。必湛深古學，又精於時文之法，淘洗錘鍊，皮毛落盡，乃見眞相耳。

極散題偏做得極方，多寡無痕，輕重悉敵，若此題非此格不可者。此局法生於意理也。方在意理，不在局法，方在局法則爲割裂。方在意理，則爲變化。

文無靈快奔逸之氣，縱極脩飾冠冕，如子陽鑾旗蓰騎，陛衞警蹕，總是偶人形耳。

今人未嘗不遵傳註，論先輩，然理則講章之理，法則學究之法，謂則楞乞之調。豈可以此爲傳註先輩哉。言之無文。行之不遠。古文時文皆文也。今之腔板。謂之俗可耳。亦名曰文。豈不可恥。故當先辨雅俗而後問其密疏美惡。

文有說盡之妙。有不說盡之妙。不說盡。却不是含糊遮掩者得而假冒。須有許多意思道理擁到言下。却不消費力。只以淡遠之筆舉其大意。令人隱約盡見。此謂不說盡之妙。

至變者文。至不可變者理。格調者文之變也。俗法每以爲斷然不可移。如喜怒哀樂之未發節。言性情自然之德。不根戒懼慎獨。是一定不可變之理。選家見不根者。則云不根上遵註。妙。見根來說者。則云根上本艾東鄉說。妙。嗚呼。艾孝廉何人也。乃可與程朱兩存其說而無一是乎。理不可變者任之變。文可變者禁之變。直謂今之選家。文理俱不懂可也。

文有短小精悍。又復渾浩踔厲。此不在尺幅論廣狹者也。彼以委怯爲和平。迂繞爲春容。束縮無生意。枯澀無議論。爲收斂者。眞不翅池蛙之擬法部。

文無遒宕迤演之氣。囚瑣媕娿。皆行尸坐魄耳。未嘗以崛鶩爲奇。自然排闥驚羣。得此氣也。

以理學爲經。以經學爲緯。以古文之學爲組織。此昔人所謂錦機也。

人於鳶飛戾天等題。最怕實講道理。曰腐。曰執著。故寧取空滑一路。不知實講則雋快。安得腐。實講則通明高脫。安得執著。彼空滑者。未能腐與執著者也。腐與執著者。未能實講者也。總之不會讀書講學。而欲猝乍到此也。大難。

所取乎變格者。貴其凌空出奇。而更能發明體要也。於題義無得。

而徒求異於章法掀翻之淺者。抑變格之末已。但以破墨腔鄙說則可。

贍麗之文。每不耐久者。中無有也。以實義爲體。以古調爲用。斯光彩常新矣。

典贍是易。典確則難。時文不論何題。隨手塡湊。無他。只緣空疏寬泛耳。若語語有來歷。不混借。自然高華典貴。

只用淺深反覆之法。而意境變幻。令人應接不窮。此是白描中最高手。渾身是筋骨。不可以皮毛仿之也。

朱子謂李盱江文字皆從大處起議論。蘇眉山家皆從小處起議論。此指發端言耳。惟大小具備。斯縱橫莫當。若有小無大。則叙次雖極錯落。終屬小家。有大無小。則平點必忽略無味矣。

前輩論文。謂神理亘古常新。字句脱口成故。今以枯管楞腹襲取套詞。若村學童描硃。老弋陽度曲。淺陋雷同。令人嘔吐。若能發揮名理。而以古文氣骨行之。神奇滅沒莫知端倪。令靡靡者欲襲而不可襲。豈非絶代一快哉。

體格脉縫之精密。猶是時文家所能。若下語字字落儒者窠槽。如江都武侯宣公論事。便有理學氣象。須會貫下講究來。非熟爛本頭之所有也。

**康體謙凡爲天下節文**云云**評**短文能手多用曲。此偏用直。多用單句。此偏用疊句。多用玲瓏簡貴。此偏用縱横排奡。所云芥納須彌。稊藏巨海。極短文之奇變矣。○短文講大意。必撇過本文。若挨講本文。則不及大議論。此篇前後議論雄放。以發大意。中幅以古筆點次本文。而仍不滿三百言。可知俗所謂短文。原非法嚴只坐才窘耳。○重巒複巘。直以大氣舉之。胸中若有一點要短之意。卽不能奇横至此。

今文萎薾。如六朝子弟。無不薰衣剃面。傅粉塗脂。無一鬚眉男子。安得衣冠劍佩。顧盼熠如。一洗巾幗不揚之氣。

文氣壯濶。若涉河海。一時難測其吞洩之所在。人以爲蘇氏父子。非也。直從漢人得來。時文中有此。實是奇觀。學人卽未能爲。亦須見得。放令肚皮開濶。

畫家最貴者。氣韻之秀潤。而最惡者曰甜。甜者亦自以爲秀潤。而不知其實俗也。兩者相似而極相遠。何以辨之。畫之秀在神骨。而不在布設烘染。文之秀在思理氣脉。而不在聲調句字。凡在布設烘染聲調句字中求秀。卽未有不落甜俗者也。

說道理直到滴滴落銅錢眼孔裏。無他也。只是熟耳。如何是熟。理實到極處。心細到極處。氣靜到極處。

刻斲之文。難於爽拔。意論多而絕無支離悶澀之病。只是理足自達耳。

文無定體。體隨義立。只要明得定體之所以然。則不定更佳。

用經學最難。而用易尤難。非淺腐。即穿鑿耳。因謂易不可用之時文。此所謂不善操舟嫌港曲。不善作書嫌筆禿也。

題目大樣。文固須得體。然所謂大樣得體。有根本。有大義。有典則。故曰宰相須用讀書人。亦爲讀書則見識經術不同。若不曾讀書。而妄求大樣。不過市井之夸談。吏胥之尊奉而已。徒見其寒乞。安得大樣。

凡自命古學者。多失之粗疎。而專精理法者。則又成講說俚鄙之習。兩家分據門戶。畸互勝負以爲救。而文章之道盡矣。不知其所謂古學與理法。皆從假襲。故各不相通耳。不相通。便非真理眞古也。但眞讀書人，則兩者自一。

凡題苦多廓落語者。一著鋪陳，徒增穢俗。或者避而入於架虛寒陋，又於題之本體不相得。正如王李鍾譚之論詩，爭取舍於濃淡，其不知詩同耳。嘗見錢虞山謂臺閣詩近世惟李西涯得體。

吾見西涯詩只是眞雅，眞雅便自然莊嚴華貴。論文亦當得此意。

文到說得震動精微，或詫以爲粗，非也。粗文不刻入，刻入那得粗。驚人者只是氣之鷙悍耳。然鷙悍過火處自有語病，亦須分別觀之。

看淸義解，橫衝直撞，不問金銀銅鐵，信手拈來，鎔成一器，是甚樣氣魄。若無此本領，便精艮至寶，都爲爐邊查礦耳。故求氣魄者必於義解。

**熊伯龍文自記**文極透快。而一時名士以我爲腐。自立之難如此。

**評**大約名士先不識字義。如所云腐者。訓熟爛也。空朽也。臭惡也。然則今日名士之文。乃眞腐耳。若實學至理。如終古此日月而光景嘗新。正與腐字相反。故凡以理學爲腐。皆不讀書不識字名士之言。

凌虛之技。妙只在鬆。鬆則層次不竭。而變幻自生。即本地風光亦運用有餘矣。然須要意思多。乃有生發。不則鬆處皆成空殼。

引述語。可前後用引者大旨。而中述其詞。或尚有下文。則止在前半用斷。或前後俱未盡。則於起講略斷一二語。引入或轉側得手。索性用斷亦有之。乃有聖賢自言而半斷半順忽斷忽順者。又近來異事也。

文字中靈境極難得。以其必從實地開出也。名山勝地。終古登臨而奇變如一日。以其實也。桃源醉鄉只好紙上恍忽耳。何靈之有。

愈切實本領愈大。故文之大小視乎理。不在詞調恢弘也。

**俞之琰禮下二句文**云云**評**根上文。畢通章。講此題針線盡之矣。抑末也。其爲根爲畢。俱要從議論發越乃佳。有議論矣。抑末也有讀書人議論。有市井吏胥議論。故有指陳利弊。講究情事。大段亦不甚遠。然出之讀書人者。便有體識。有原本。有氣量。其規模精意之所至。自是不同。故曰宰相須用讀書人。非沾沾記得一文錢上年號源流遂足當讀書人三字也。不然。禮下民制。只消幾箇吏禮戶部當該火房足辦矣。近來議論極曉暢者。每不脫市井吏胥氣。如此文可見讀書臭味。

近日論文者。好言正大昌明。及觀其所指。則極卑汚鄙醜之文耳。

其訣不論題理。不用意思。止揀無破綻吉祥詞語運之以圓熟寬套之句調。如乞兒叫門喝采者然。乃所謂正大昌明也。示以名理高昌一種。不知反目何名矣。

挨題實講。層層有新警之思。與章旨上下節脈相經緯。股法不合掌。句法字法不油衍不虛楞。章法奇偶相生。參伍彌縫。如魚麗此種是王震澤直下法。

文人心思正當在人所不用處。用出奇勝來爲妙耳。如何今人論文都要驅入腐爛無用之死地去。

敷綴者多驕駁。解脫者逃空荒。肯用深思古力爲鉤勒。而虛實皆至固當求之讀書人耳。

作文不在詞費。只要見識高人。

文字得情不得情。與生死眞僞。只在著眼落脉處鬆不得一分。

局不嫌奇。要看理透不透耳。

文有全題竟不見踪影。不但格局幷句字註解俱不見踪影。然却無一語不從題之骨髓出來者。若拘定格局論文。則有才思人斷無開口處。必欲其同腐爛於幾箇惡套醜調中而後已耶。

今人好言醇雅。不知二字極難承當。醇之反爲偏僻。所知也。而不知膚鄙之非醇。雅之反爲粗悍。所知也。而不知淺滑之非雅。

近人最不解作小講之法。大都開口說盡。已是一篇小文字。後邊反成贅複。其餘或入首太隔遠。或别生枝節。亦總無是處。此皆近時邨教書。俗選手。不識法度。蒙童開筆便錯壞。却多少好資質。可歎也。

嘗謂昔日秀才難做。近日忒易。當日極陋劣秀才。巾箱中亦須抄經子古文摘段類語一本。史學則王鳳洲。再少蘇紫溪諸理齋鑑一部。學者猶鄙笑之。今都不消得矣。可歎也。

今日之文謂之描文仿文湊文塡文俱可。謂之做文則不可。向謂描仿湊塡之文必是易爲。故信從者衆。比見此曹爲之。亦復不易。蚓竅蠅鳴。聲悲思苦。竟有不能成者。則原未嘗畏難也。爲人所愚耳。

理題無油口閑文。亦無努筋刻骨。得註疏之精。無一點注疏氣。平平淡淡說來。如故鄉人道土語。如老成世故人談向來家常事。自然津津有眞味。淺學者未許容易到得識得。

行文如砍陣。盡銳擣其中堅。其餘只須蹂躪而已。

文須不落窠臼始得。獨出機杼。提挈轉落。皆庸夫意中以爲不當如此者。而作家以爲必當如此。寒蛟出壑。不可端倪。使扣盤捫籥依樣葫蘆兒讀之。亦當爲破甕之舞。

說理有生辣氣最難。生辣而明白淺易如話尤難。

細實文苦悶濇。高爽文苦疎略。透過此境直是迥絶。

粗雜之中。自有精細。如生金出礦。不無砂石查滓。然寶光自然流露。蓋眞金也。後來揀選精細。淘盡粗雜。以爲醇粹之業矣。然入煆不得。皆鼎汞假物耳。眞假何以分。曰實須見過書來。眞何以不粗雜。曰篤信聖賢之說。隨所見之書而講究之。

論格者詳於排場關目。矜才者盡於機勢横流。若於題之要害。無樸實頭本事。則兩者總成死法。然所謂樸實頭本事。非呆塡膚演幾句詞語之謂也。必於理實有所見。信筆直達。無須假捏。始得。

凡用總提過文。固不如先輩直起直落之爲高。然先輩力量在實做要害。不在區區死格子上也。不可執此法以論文。

凡文謂之雅鍊圓秀者。以其中有骨而外有韻也。骨在理脉意思。韻則玩其用筆著色處。

文章到輕重虛實皆渾化無迹。無他。只是理明。理明便氣貫。

短文不枯率。只在理足。但講得間架出落。便茫茫地驀過。有何意味。

**楊昶知者無不四句文**云云**評**兩大比雖是正格。然頓跌曲折之文虛多實少。對偶中換字同聲。讀次比時。索然無味矣。此用層次併做法。故節節瓏璁峭倩。或云。如此似題云知者仁者無不知無不愛也。當務急親賢之爲急務。否。予笑曰。即如此亦何害。村學究道聽得先輩有如題挨講一法。便哆口惑亂人。不有了日。我法不然。果是生龍。一任橫行逆走。

吕子評語餘編卷七終

呂子評語餘編卷八

東皐續選內摘錄

長文易虛浮短文易枯寂皆理不足也理足只是道得著道不著時千言萬句看來只如無有道得著時數語隻字自是意味無窮然須不是偶輳將數十冊理學書一一在尺田寸宅中打疊過來方得

虛題人苦難支架於是用文外之文語外之語如敬大臣也三句題動云臣卽未言其效何如事何如雖其事其效未盡乎此等句竟如小說演義所云按下不題且聽下回分解者可怪可笑而相習成風至今奉爲虛題祕密藏法選家瞎贊盲圈若非此不可者毒誤後學不小

與其取油口空拳偷腔白戳使白丁皆自命爲鴻儒寧取當行簡

鍊之文。端凝有法。切理鑄詞。不令浮豔得竊其色。笑。庶幾學究秀才强飲幾升墨汁耳。

簡鍊之文。須有老氣。法膾珍鯖。極芬腴中貴有姜桂之味。近人痛恨此種。只喜塵羹油肉。終是屠沽食料耳。

有論仲弓問仁章題文。夫子口中不露仁字。不露敬恕爲妙者。此正學究强作圓通派頭。萬曆末年講章論文大都如此。爲背畔傳註之由。不可不戒也。此章論箇恁麼。仁字如何要隱。只是要說爲仁。不可說竟是仁耳。敬恕是鐵板註脚。如何要諱。若云題中無敬恕字樣。然則存心推心等語又豈題中字樣乎。敬恕乃解白文。存推又解敬恕。尊講章而諱本註。豈講章字面反可入夫子口中乎。執此論文。將使天下視註語若鬼怪。必欲盡泯滅而後已。其害可勝言耶。總之解題貴乎切理。切理在乎體註。有通篇吆喝敬恕而全不得敬恕之理者只算不曾做敬恕有通篇不必露敬恕而其理湛足眞是做敬恕文之妙正在切理體註而氣韻生動不在字樣之露與不露也

圓密之文貴乎切理如綿裹鍼須有鍼在外間所作圓密乃狐狸拜月戴髑髏耳嫵媚即得謂有人氣即非

書家公案曰畫沙曰印泥曰屋漏痕止是要藏鋒耳藏鋒便有鋒在非癡肥墨猪也論文亦須得其錘鍊筋節處

清異之文必精于煆煉方有神味但用空纏便不堪尋玩須令人上口爽脆久咀益鮮而無糟魄之可厭乃爲佳耳

文最忌熟熟則必俗故士龍怵他人之我先退之惟陳言之務去習之以爲造言之大端即書畫家亦惡熟俗以熟裏生爲訣正謂此也今人爲文惟恐一字一句不熟到十分萬首雷同如一

父之子。尚得謂之文乎。

文章著色不在堆垛隊仗。但骨氣高貴。雖淡淡烘染。自覺陸離。彼以豐肌縟肉爲色者。眞穢相也。骨氣如何。只在法律簡鍊處看。布置全局。筆筆老到。自然高貴矣。

短文煆煉。如丹家銀母。一刀圭可開點千萬乃是耳。又如作畫。尺山寸樹。須通身縮小。若于中忽作徑寸人物。便不成畫矣。

先輩謂文字大段卓越。句字不足介意。如神王者疥癬豈能爲害。若尫削之人。雖五官肌膚無恙。然長桑君望而却走矣。故文不必無累句。而氣局純乎古文。見識便自濶大。正不許皮相家向牝牡驪黃擿索也。

法脈出落不可不講。然無蒼秀氣骨。而著意于此以爲老鍊。其老鍊處正是惡俗處也。名家不衫不履。淸機相引。而段落鍼線妙入無痕。大呆子從何處覓生活。乃悟斜插簪解散髻。非王謝家固不須捉此耳。

文貴有眞氣。眞則行文必簡樸。用意必刻深。遣詞必淡雅。此先輩之所以可貴也。

一題衆拈。變格勢所必至。變而仍當於理法。正見文人弄奇妙境無窮處。但自走難路耳。如不當於理法。雖正格無益也。

短文貴長勢在轉换。有不窮之氣。短文貴長韻。在蕩折有言外之神。彼枯縮以爲短者。非能短者也。

短文無變换。則窘于邊幅。無意思則枯索。無老峭之致。則稚子初試筆。僅免曳白耳。

文貴鍊粗以爲精。非省多以爲少也。

文有使人一望而知其爲老手者。其間架方圓。猶夫人也。句語虛實亦猶夫人也。但言不妄發，必中要害。莊周所謂犂然有當于人心者。此却大難，須火候到此乃得。

有蒼老之骨，而後能爲輕快之文。無本領而依口學舌，徒見其淺劣白撰而已。白傅詩老嫗能解處，却是作家不到處，他是如何用工來。

慙書內摘錄

冊子上言語，紐捏巴攬來說，終是不似。朱子云：須是爛泥醬熟，縱橫妙用，皆由自家，方濟得事。老蘇平生因聞升裏轉斗裏量之語，遂悟作文妙處。所爭在熟不熟也。

其次致曲二句文記

時自湖上歸，胸臆尚不惡，憶坡公詩所至得其妙，心知口難傳。策杖無道路，直造意所便。又行至孤山西，夜色已蒼蒼。清吟雜夢寐，得句旋已忘。尚記梨花村，依依聞暗香。

西湖東坡一時在目也下筆灑然。

各本序例附錄內摘錄

洪永之文質樸簡重氣象淵遠有不欲求工之意此大圭淸瑟也成弘正三朝猶漢之建元元封唐之天寶元和宋之元祐元豐蔑以加矣嘉靖當盛極之時瑰奇浩演氣越出而不窮然識者憂其難繼隆慶辛未復見弘正風規至今稱之文體之壞其在萬曆乎丁丑以前猶屬雅製庚辰令始限字而氣格萎薾癸未開軟媚之端變徵已見己丑得陶董中流一砥而江河已下不能留也至于壬辰格用斷制調用挑翻凌駕攻劫意見龐逞矩矱先去矣再變而乙未則杜撰惡俗之調影響之理剔弄之法曰圓熟曰機鋒皆自古文章之所無村豎學究喜其淺陋不必讀書稽古遂傳爲時文正宗自此至天啓壬戌咸以此得元魁

展轉爛惡，勢無復之，於是甲乙之間，繼以僞子僞經，鬼怪百出，令人作惡。崇禎朝加意振刷，辛未、甲戌、丁丑崇雅黜俗，始以秦漢唐宋之文發明經術，理雖未醇，文實近古。庚辰、癸未，忽流爲浮豔，而變亂不可爲矣。此三百年升降之大略也。東皐遺選前集附録

一省一科之風氣，定於主司；天下數科之風氣，定于選手。通闈即無合作，不得不因陋就簡，此主司之予奪兼數命者也。聚遠近先後而論斷之，引繩削墨，是非灼然，此選手之予奪專於理者也。故選手不與主司較遇合，而後足以論文。昔之選手，大都如是，故其書至今可以惠後學。今之選手，本領庸劣，其腹之空疏，手之甜俗，更甚于學究秀才，助彼説而張其燄。昔之選手能轉天下，今之選手爲天下轉，故曰今之選手，今之秀才之罪人也。東皐遺選今集附録下同

吴次尾譏萬曆末年士。自本科十八房而外。不知宇宙尚有何書。前此作者尚有何人。實學之衰。極重難挽。近時習尚正復如此。己丑壬辰。一返蔓縟而歸之醇正。多老學好古之士。故格力道上。乙未以來名曰模範先民。實趨空疎甜俗。其所見之理。所宗之法。不能出萬曆乙未之圓熟機鋒。况能闖嘉隆以上之籬落乎。戊戌己亥辛丑。雅鄭互見。未嘗無矯傑之作。而外間盛行。偏取下流。不知佳文幾何。盡爲俗眼所埋没矣。

次尾標摘當時俚俗字句爲文禁。且曰此等惡習。始於一二空疎之子。以僥倖取捷。後人無學無識。轉相套襲。日增月盛。今之惡習尤甚矣。目不識經史爲何物。而欲鍊飾詞彩。不得不出於俗談諢語。臭穢不堪。有人悟近日一名稿。全部只三百字可了。以爲祕妙。蛆蜋甘帶。鴟鼠嗜糞。良不虚也。

癸丑夏，余尋宋以後書於金陵，得借抄黄氏千頃齋、周氏遥連堂藏本數十種，又與諸友倡和飲酒樂甚，留秦淮再閲月。攜昔友陸雯若墨選鬻於市，市人謂風氣乍旋，此書如飃激也。余不知風氣爲何物，旋不旋，行不行，何預人事。見坊本有詬羣選劣狀者，快喜披終卷，則故是向聲適自詬耳。又爲之索然，或曰彼固皆知文，而以選爲業，方將以其書媾賈聘，煽童蒙津干謁，釣優等高第，贄帳幙梯媒，餍宫室妻妾子女臧獲之欲，其關切如此，得失交患，顧瞻皇惑，雖心知其非，不能不順時也。公殆無意此數者，盍正諸。余又烏乎正，人心之汙下也久矣。士不力學，中無所主，而丐活於外，惟知温飽聲勢爲志。凡余以爲理也、文也，彼且以爲利也、名也，而又烏乎正？雖然，公刻陸君書，旣續之矣，今增是集，不更使陸選流通乎？余感其言，因合諸名本刪之，共點

次得若干首以附今集後。雖與外論不同。然典型虎賁。敗骼黃金。其間苟取充塞。可訴亦復不少。嗚呼。雖甚盛。又豈吾事哉。東皐

續選附錄下同

文體之敝也由選手。而選手之敝也由蒙師。時文法度之最淺近者。如破承之貴切而高渾也。小講之虛涵而勿盡也。提挈之得脈而勿痕迹也。提比之籠罩而勿急也。小比之點次老鍊也。中股之開合切實也。後股之推廓而不餒不泛也。過文之宜反宜正緩急合度也。結比之有餘勇也。掉尾之力勁而有別趣也。一句之當拆發也。全章之剪裁有要也。連斷詳略之不可混也。立柱分股之不可合掌也。布局命意之不可複疊也。此宜童子試筆時講明久矣。而今之巨公皆犯之。選家賞歎之。則豈非蒙師罪哉。昔者盛時。吳中大家嚴重師坐。皆不惜厚幣豐養致敬盡

禮以聘名宿爲師者亦自珍貴以副其責今皆不然欄中之牛撫有數金館穀若項王弄印刓敝視善承吾意者與之亦如其僱工然不患其無有也爲師者因各營狗監以求進旣得之則婜媚順旨諂事弟子彌縫及乎僮僕以是爲固館之術然且有攫而擠之者其價日以賤其品業日以卑其人日以衆或戲謂二千五百人爲師其徒數十人非徒少而師多蓋無人不可爲師也師旣如是見文之奇博有本者懵不能句讀音釋講解則必力求空疎活套之書以爲業使其徒速成而已可免訴於是乎空疎活套之選家得哆然餬口於其閒亦無人不可爲選手也選生師師生選文體遂極弊而不可返今縱不能驟還於古願皐比論文者取淺近法度共講明之其爲文也亦必取資於六經左國莊騷史漢唐宋作者如程畏齋之分年日程趙考古

之學笵成法具在可仿而行也余嘗謂五方言語謠唱百里殊風無一同者獨乞兒爹妳之聲普天下無二今文萬喙雷同猶此聲耳士龍怵他人之我先退之惟陳言之務去苟力行之有作者起必來取法是爲作者師也

自開闢至今兹其爲文不知凡幾何變也自今兹至不可億算其爲文又不知凡幾何變也有腐儒焉欲起而一之必有腐儒焉起而爭之又必有腐儒焉起而調劑之夫其一之爭之調劑之是皆爲變所驅而不能用變者也善用變者有可變有不可變予天下以可變而奪之以不可變可變者文不可變者理今夫烟波雲氣斯天下之至奇且幻者也然求烟波於汚池觀雲氣于赤鹵其爲奇與幻者無有也故觀雲氣者必嶽麓求烟波者必江湖夫江湖嶽麓自開闢至不可億算猶故物也而天下且

以爲荒忽怪異莫奇且幻於此此非烟波雲氣之力哉然烟波
不能自爲起滅而雲氣不能自爲卷舒則皆江湖嶽麓之自爲
奇幻而已烟波雲氣可變而嶽麓江湖必不可變文之有理則
猶江湖嶽麓其有文則烟波雲氣也以至變之文傳不變之理
雖開闢至不可億算其爲文無不可定況數科乎哉顧文運之
變每視文理之勝負爲盛衰理勝于文則極治平則盛文勝則
衰純乎文則亂自治而盛也文運長自衰而亂也文運促成弘
以上制科之文理勝之文也嘉隆之閒文與理平之文也萬曆
以至啓禎則文勝與純乎文之文也其變也如四時然寒而燠
肅而和風馳而雹掣卽吾操筆落紙時已迅逝而不可留蓋無
瞬息不變也乃自開闢至不可億算其爲春秋者如是其爲冬
夏者如是然則非變也復也復所以爲變也是以歲之冬也必

復而爲春必不復而爲秋爲夏可知也則文運之亂必復而爲治必不復而爲衰爲盛可知也天下曰文已復古然而非復也變也何則今所復者當成弘之前而不當慶曆之下也朱子曰高祖文帝詔令只三數句貞觀開元都無文章嘉祐以前其文極拙而詞氣謹重有欲工而不能之意嗚呼此眞文運之極治哉今之復古者有是乎故曰非復也然滓者變而爲清譎者變而爲正荒怪者變而爲醇雅震震然知文之必本於理殆將以開文運之復乎由此推之使孔曾思孟以及周程張朱之書燦然復明于天下如二儀五緯經天羅次而不息庶幾猶及見成弘以上歟乃一之爭之調劑之者方且習訓詁之說實空虛浮滑之調謂若者守溪若者震川若者昆湖荊川思泉嗚呼使數君子者在今日其爲文又不知其何若也乃舍不可變之理而

刻畫可變之文，是猶去嶽麓、離江湖而求所謂烟波雲氣，而且執繪之雲氣、塑之烟波，謂開闢以至不可億算，凡爲烟波雲氣者當如是也。悲夫！是爲腐儒而已矣。五科程墨序

先生語學者：有思辨之文，有記誦之文，二者功夫皆不可少。今人但解記誦而不知思辨，此文之所以日下也。不知思辨處得力最多。思辨長識見，記誦長機神。機神所附麗止于腔調句字，若識見長則道理精、法度細、手筆高、議論暢，文品不可限量矣。故思辨之文不必句句合度可讀，但就一篇之中得其高出在何處，其弊病在何處，研窮剖析，擇善而從，擇不善而改，故雖不佳之文，皆可以長識見。此即格物之學所必當引繩批根，不可使有毫髮之差者也。至于腔調句字，乃所以襯簟其道理法度手筆議論者，固不可不熟。不熟，則識見雖高，不能自達。然腔調句

字。因時爲變。在一時中又有高下異同。各從其所主。但取其有當于己之機神者。讀之極熟。到行文時。自有奔湊運用之妙。即解有未當。局有未眞。皆在所略。故每有平淺無奇之文。而名家反得其用。又不可不知。程墨凡例

凡文棄實而取虛。棄勁而取柔。棄古雅而取俗惡。棄樸直明白而取含糊輕巧。皆病中人心。而事關氣運。非細故也。近時論文。直至股尾虛字。亦以乎哉爲硬。而止用歟字。以矣字耳字爲直。而變用已字爾字。此種議論。不知起自何人。即其心術品行。必至污極下而不可問者。至章句辭采。古人無一字無來歷。出於經傳爲上。出於子史古文者次之。湯霍林用冰兢二字。鍊經語無法。艾千子猶譏笑其不通。今則俚鄙滿幅。王半山悔變秀才爲學究。不知今又變學究爲白丁也。是集辭而闢之。廓如矣。大題凡例

先生論文以意思義論爲主不在機調意論達則機調自生凡一飜一正一開一折定有頭一皮庸陋見識套數先到先生謂必須撥過此番然後有眞意思好義論出若人人心手必然萬喙一律者斷無可取小題凡例

呂子評語餘編卷八終

# 呂子評語餘編附刻

## 親炙錄

作文所以講明義理。非止要文義通達而已。世人多岐講學與作文爲二。最是謬見。

詩文有三字訣。曰熟裏生。

詩文一道也。縮一篇長文於八句之中。故求精甚難。其妙都在神理。不在詞句。古人詩中嘗有一二語雪淡處。却意味無窮者。今人多不識也。

問詩有含蓄者。有說盡者。是各隨體格否。曰。然。然須是說盡處仍自含蓄。不盡所以爲難。

或語余曰。吾子詩固佳。惜落宋人詩派耳。余問宋詩何故不好。曰。詩本性情。宋人慣說道學。失却詩中意趣。余曰。天生蒸民。有物有則。民之秉彝。好是懿德。非說道學耶。然則三百篇亦欠好矣。其人憮然。又言詩貴有臺閣氣象。宋人詩太寒餓。余曰。子美盛唐人。其詩曰。歲拾橡栗隨狙公。天寒日暮山谷裏。何等寒餓。集中如此類。不一而足。然則子美亦不得爲詩人耶。其人又憮然。問先生所著文何如。曰。吾文不佳。惟與人往復書中。有議論關係者不可沒。餘並不欲存之。本意此去欲勉爲之。不奈今已病矣。休矣。異日將以此事付公等耳。

呂子評語餘編附刻終